仮面舞踏会は公爵と

ジョアンナ・メイトランド 作
江田さだえ 訳

ハーレクイン・ヒストリカル・スペシャル

東京・ロンドン・トロント・パリ・ニューヨーク・アムステルダム
ハンブルク・ストックホルム・ミラノ・シドニー・マドリッド・ワルシャワ
ブダペスト・リオデジャネイロ・ルクセンブルク・フリブール・ムンバイ

HIS CAVALRY LADY

by Joanna Maitland

Published by Harlequin Japan, a Division of K.K. HarperCollins Japan, 2025

ジョアンナ・メイトランド

生まれも育ちもスコットランドだが、成人してからはイングランド及び海外で暮らすことが多い。システムアナリスト、会計係、公務員などの職業を経験、慈善事業にも携わっていた。結婚して子どもが生まれてから物語を書くようになったが、それがやがて歴史小説を手がけるきっかけになったという。

主要登場人物

アレクサンドラ・イヴァノヴナ・クラルキナ……ロシアのマリウポリ軽騎隊の大尉。
愛称アレックス。
アレクサンドル……ロシア皇帝。
ヴォルコンスキー公爵……ロシア宮廷長官。
メグ・フレイザー……アレックスの元乳母。
ドミニク・エイキンヘッド……コールダー公爵。
レオとジャック……ドミニクの弟たち。

プロローグ

一八一二年　サンクトペテルブルク

三番目のドアを開けると、そこも立派な部屋だった。前のふたつと同じくだれもいない。つぎの部屋へ進むしかない。

　勇ましい姿勢をくずさぬまま、若い騎兵は奥のドアへと足を進めた。ドアの前でほんの束《つか》の間《ま》ためらったものの、彼はノブに手をかけ、ドアを開いた。

「ああ、ボリソフ、とうとう現れたか」宮廷服に身を包んだでっぷりとした紳士が声をかけて微笑《ほほえ》んだ。「わたしは宮廷長官のヴォルコンスキー公爵だ」

　騎兵ははっとした。「わたしは……」彼は言いよどんだ。だれもいない控えの間を開けるたびに不安が募っていたのだ。

　長官の笑みが広がった。「皇帝陛下がお待ちだ。きみの手柄のことが多々お耳に入っていてね。手本となるその勇気についてもだ。きみのような兵士がほかに一万もいれば、とっくにあのいまいましいナポレオンをやっつけていたろうに」

　ボリソフは顔が赤くなるのを覚え、内心悪態をついた。また赤くなった。顔を赤らめるのは娘だけだ。戦争で鍛えられた騎兵が赤くなるとは。

「寛容なおことばをありがとうございます。しかし軍には勇敢な兵士がおおぜいいて――」

「たしかに。しかしきみのように若くしてこれだけの戦歴を誇る者はそうはいない。さて、座らないか。陛下にきみが到着したことをお伝えしてこよう。陛下はいま用事がおありだが、きみならすぐにお目にかかれるだろう」ヴォルコンスキー公爵はボリソフに答える間もあたえず、さらにあるドアをそっと叩《たた》き、なかへ入ると静かにドアを閉めた。

ロシア皇帝アレクサンドル陛下があのドアのむこうにいらっしゃる。その震える思いがボリソフの頭をよぎった。そしてわたしは陛下にお会いするのだ。きょう、これから。

ボリソフは室内を行ったり来たりしはじめた。動かずにいられなかった。戦闘の前にじっとしていられないように。きょうのこの面会はこれまで体験したどの戦争にも劣らないほど重要なのだ。

ボリソフがようやく皇帝になんと話しかけようかと考えはじめたころ、ドアがふたたび開いた。

「ボリソフ、陛下がいまきみにお会いになる」

ボリソフは最良の軍人らしい姿勢を取り、畏《おそ》れ多いドアを通った。

そこはきわめて広々とした部屋で、絵画や鏡が壁にかかっていたが、家具はほとんどなにもなかった。奥の隅の高い窓の下に装飾を施した金色の机があり、そのむこうに椅子が一脚だけある。

机のむこうにいた人物が立ちあがり、部屋の中央にやってきた。ボリソフはドアのそばに立ちつくしていた。

「ボリソフ、前へ。明るいところできみを見たい」

ボリソフはお辞儀をしてそのことばに従った。

皇帝のほうが背が高かった。ボリソフとちがい、皇帝には立派な頬ひげがある。軍服を着て威厳を漂わせ、明るく知的な目でこちらを見つめている。値踏みする目だ。

わたしの上着がサーベルで切られたところを繕ってあるのに陛下は気づかれるにちがいない。ボリソフは突然そう思い、新しい上着を買うだけの余裕がないのを悔やんだ。

「きみが数々の戦いで勇ましい手柄をいくつも立てていると聞いた。突撃に何度加わった？　五度か？」

ボリソフは口のなかがからからでなにも言えず、またも赤くなりながら、うなずいた。

「指揮官の話では、きみはまったくの怖いもの知らずで、小競り合いがあるたびに飛びこんでいくそうだな。攻撃をかけるのが自分の大隊でないときでさえ」皇帝は励ますようにボリソフに微笑みかけた。

ボリソフはぐっと唾《つば》をのんだ。「あの……それは誤りでした」

皇帝は眉を片方上げたが、なにも言わなかった。

「わたしが初めて戦ったときのことです。大隊ごとに攻撃をかけるとは、だれからも教えられていませんでした。それでそのあともてっきり、前のようにすればいいのだと思いこんでしまったのです」

「なるほど。しかし最終的にそれはやめたんだろう？」

「はい。上級曹長からひとりで飛びださずに、大隊ともに攻撃しろと言われましたので」

皇帝の目がおかしそうに躍った。「しかし戦闘があるたびに身を投じるのはやめなかったんだな？そしてボロディノで将校の命を救った」

ボリソフは深く息を吸った。「負傷されていたのです。わたしは敵を追い払っただけでした。敵は槍《やり》を構えた騎兵が自分たちのほうへ向かってくるのを見ると、即座に逃げてしまいました」

「そしてきみはその将校に自分の馬を差しだした」

「は……はい」ボリソフは馬が返されたとき、のせておいた所持品一切が盗まれていたこと、その結果外套《がいとう》がないために凍え死にしそうになったことは言わずにおいた。

「将校の命を救ったのは賞賛に値する行為だ。それできみを呼んで聖ジョージ十字勲章を授けることにしたのだ。それから……」皇帝は机に戻り、一枚の紙を取りあげた。「呼んだ理由はもうひとつある。

イヴァン・クラルキン伯爵というひどく取り乱した父親から愛する子供を捜しだしてほしいという嘆願状が届いていてね。その子供は騎兵隊に入りたいと家出をして、もう二年以上も行方不明のままだ。偽名で騎兵になったらしい。その子供を家に戻して、年老いた自分を安心させてほしいとの嘆願だ。わたしはその嘆願に応《こた》えるべきだろうか、ボリソフ？」

皇帝は紙を机に戻した。

ボリソフは心の動揺が顔に出てしまったのに気づき、はっと息をのんだ。

「意見はないのか、ボリソフ？」皇帝の鋭い目は騎兵に向けられている。

「意見は控えさせていただきます」

皇帝はいい返事だとでもいうようにうなずき、広大な庭園を見下ろす窓のほうへ足を運んだ。そして木々に目を向けて窓辺にたたずんでいたが、ふいにくるりとボリソフに向きなおり、かろうじて聞きとれるほど低い声で言った。「きみは女だと聞いているぞ、ボリソフ。本当なのか？　偽りなく答えよ」

ボリソフはその場に凍りついた。口を動かしたものの、声が出てこない。

皇帝がやってきて、ボリソフの一歩手前で立ちどまった。皇帝は怒っているようでもなければ、近寄りがたいようすでもなく、単に興味をそそられているらしかった。それに返事を待っている。

皇帝陛下に嘘《うそ》をつくことなどできない。それに陛下は明らかに事実をご存じだ。「本当のことです」

ボリソフは小さな声で答え、殴られるのを待った。

皇帝はにっこり笑い、ボリソフの肩を叩いた。

「女でありながら、きみのようなことができるとは。なんという勇気、なんという献身だろう。きみは軍隊にとって輝かしい手本だ。アレクサンドラ・イヴァノヴナ・クラルキナ、きみに敬意を表する」皇帝はボリソフの制服に十字の勲章をつけ、両頬に形式的なキスをしてから一歩下がると、相手の反応を見た。それから机に戻り、ふたたび紙を取りあげた。

「先ほどの質問に返事がなかったので、わたしが代わりに答えよう。きみは皇帝みずからがあらゆる礼をもって家に戻す。きみの手柄は宴《うたげ》をもって称《たた》える」

だめよ！　それは困る！　父と継母のもとに戻されるなんて。会ったこともない男性と結婚させられるのがいやで家を出たのに、戻ればきっと継母にまたべつの結婚を強いられる。それでは二度と自由になれない。そんな扱いには耐えられない。アレクサンドラは皇帝の足元にひれ伏した。「陛下、どうかお願いです。わたしを父のもとに戻さないでください。家に戻るより戦場で命を落としたいのです。どうかわたしをこのまま軍隊に置いて陛下にお仕えさせてください。騎兵でいるのはわたしのなによりの望みなのです。父のもとに戻れば、陛下にお仕えすることができません」

皇帝は足元の男装をした娘を見下ろした。そしてかすかに顔をしかめ、ひれ伏したアレクサンドラをそのままにしてむこうを向いた。それは騎兵の取るべき姿勢ではなかったが、アレクサンドラは皇帝が室内を行ったり来たりするのを息をひそめて見つめた。陛下は考えを変えてくださるだろうか。

「きみはいくつだ？」ふいに皇帝が尋ね、立つようしぐさで命じた。

「二十二歳です」

「ほう？　せいぜい十六にしか見えないな。なにをしてもかまわないとしたら、きみはなにをしたい？」

「いまのまま騎兵連隊で陛下にお仕えしたく思います」

「どの連隊がいい？」

アレクサンドラはとまどった。どういう意味なのだろう。「選べるものなら、軽騎隊が望みです」軽騎隊の制服に身を包み、サーベルを下げて戦闘に加わっている自分の姿が頭に浮かぶ。そう、軽騎隊がいい。

「将校としてだね？」皇帝の口角には小さな笑みが浮かんでいる。

法外な提案にアレクサンドラは胸がどきどきしはじめた。貴族であることを文書で証明できる者しか将校にはなれない。ボリソフという偽名を使い、しかも貴族であることを明らかにするわけにはいかない以上、アレクサンドラには一介の騎兵として入隊するしか道はなかったのだ。これまでの軍隊生活はすばらしく、また楽しいものだった。でも将校になれるとしたら！「軽騎隊に配属されるのは、とうてい不可能だと思いつづけていた夢がかなうようなものです」アレクサンドラはおずおずと皇帝を見あげた。これは本当のことなのだろうか。陛下はわたしの夢をかなえてくださるのだろうか。

皇帝がうなずいた。「きみをマリウポリ軽騎隊員に任ぜよう」

思わずアレクサンドラはあきれ声をあげた。そうせずにはいられなかった。マリウポリ軽騎隊といえば、精鋭の連隊なのだ。貴族の男たちがそこに任官されようと必死になっている。

「しかしボリソフとしてではない。本名のクラルキナでですもちろんない。きみにはわたしの名をつけよう。アレクサンドロフだ。マリウポリ軽騎隊のアレクセイ・イヴァノヴィッチ・アレクサンドロフ」

「ああ、ありがとうございます」アレクサンドラはうれしさではち切れそうだった。皇帝陛下みずからがいちばん大きな夢をかなえてくださったのだ。奇跡が起きたとしか思えない。

「戦場で将校の命を救ったなら、これくらいの褒美を受けて当然だ。それにきみには必要な資金を父親にねだることはできないだろうから、わたしがそれを用意することにしよう。ヴォルコンスキー公を通して直接わたしに言えばいい。このことはほかにはだれも知らない。きみは男として軍人を続ける」

「陛下、どうお礼を申しあげればいいのか、わかりません。わたしは——」

「礼を言うなら、ひとつだけ方法がある、アレクサンドロフ。きみは新しく栄えある名をあたえられた。戦場でもそれ以外でも、その名にふさわしく行動することだ。その名で生きているかぎり、名を汚してはならない」皇帝は誓いを求め、アレクサンドラの目を見つめた。

　魂の焼けつくようなその瞬間、アレクセイ・イヴァノヴィッチ・アレクサンドロフは死ぬまでアレクサンドル皇帝に誇りをもって仕えることを自分に誓った。

1

一八一四年六月　ブローニュ

ドミニクは煙のにおいで目覚めた。

　たっぷり三秒間、彼は宿屋〈リオン・ドール〉のいちばんいい部屋のベッドに横たわったまま、頭に飛びこんできたこの奇妙な情報を咀嚼《そしやく》しようとした。暗い。静かだ。煙？　火事だ！

　彼は飛び起きた。明かりをつけなければ！　それにわたしの膝丈ズボン《ブリーチズ》はいったいどこにあるのだ？

　怯《おび》えたいななきが夜明け前の静けさを破った。ついで巨人が大きく息を吸いこむような音がしたかと思うと、身の毛もよだつ赤い光が現れた。

煙が炎に変わったのだ。〈リオン・ドール〉の厩《うまや》が燃えているにちがいない!

ドミニクは半分開いていた窓をさらに開け、頭を突きだして大声で叫んだ。「火事だ! 火事だ!」彼はブリーチズを身につけ、ブーツをはいた。下から声が聞こえ、それからさらに声が続いた。必死に叫ぶ女性の声だ。そして火が乾いた藁《わら》と古ぼけた材木に移った、ぱちぱちという音が聞こえた。

ドミニクは階段を二段飛びで駆け下りた。中庭ではさっきまでの静けさが混乱に変わっていた。不気味な明るさのなかで人々が動きまわり、叫んだり悪態をついたりしている。だれも水を運んでいる者はいない。だれも馬を助けようとはしていない。

ドミニクは近くにいた馬番の肩をつかみ、簡潔なフランス語で命令した。「ポンプまで行って桶《おけ》に水をくめ。それから、きみ」彼はべつの男のシャツをつかんだ。「全員叩《たた》き起こして列をつくらせろ。桶の水を順繰りに運ぶんだ。そこのふたり、ぼうっと突ったっていないで、厩から馬を出せ」

一分とたたないうちに、ドミニクは混乱状態に秩序の兆しをもたらした。怯えた馬は安全な場所へと連れていかれている。水も運ばれている。しかし炎はその先を行き、勢いが強い。

厩の前面と出入り口の片側が燃えている。恐怖に駆られた馬が一頭、戸口を抜けるのをいやがっている。後ろ足で立ち、目をむき、蹄《ひづめ》で空を切っている。馬番が悲鳴をあげて、地面に倒れ、馬は厩の奥へ逃げこんだ。

ドミニクは前へ突進し、気絶している馬番を肩にかつぎあげると母屋に戻った。ドアのそばに恐怖で目を見開いたメイドが突ったっていた。彼はメイドの足元に馬番をそっと下ろした。「けがの手当てを頼む」返事を聞いているひまはない。馬を救いださなければ。馬を連れだしている男はあとひとりしかいない。それではとうてい足りない。

煙はいまやとても濃く、視界がほとんどきかない。それに息がしづらい。ドミニクはあたりを見まわし、顔を覆えるものはないかと探した。シャツを着てくればよかったのだが。使えるものはなにもなかった。このまま行動するしかない。彼は胸いっぱいに息を吸いこむと、炎を上げる厩へと入っていった。

馬はまだ五、六頭残っている。いや、それより多いかもしれない。厩の奥は煙が充満し、よく見えないのだ。とはいえ、まだ炎は上がっていない。彼は体を低くして煙を避けながら、奥へと急いだ。

渦を巻く煙のなかからまるで亡霊のように、汚れた白い衣装姿のほっそりした人影が馬を引いて現れた。よくは見えないが、まだ少年らしく、寝巻きとブーツしか身につけていない。しかし馬の扱いには慣れているらしく、馬の目をふさいでおとなしくさせている。「でかした、小僧」すれちがったとき、ドミニクは声をかけた。少年は無我夢中なのか、返事はなかった。

馬を救うのに時間がかかりすぎている。火は広がるばかりだ。それなのに寝巻き姿の少年は怖いもの知らずで、厩でもいちばん危険な場所へと戻っていく。怯えた馬を扱うすべを心得ているらしい。一度ならずドミニクは少年が馬に低く話しかけ、燃えている戸口のほうへ促している声を聞いたような気がした。さらに少年は煙を吸いこまないように、馬の鼻孔をふさごうとしてすらいる。火事がおさまったら、少年を捜しだしてその勇敢さを褒めてやろう。ドミニクは頭の片隅でそう考えた。

ふたたび中庭に戻ると、宿屋の使用人が濡《ぬ》れた布を投げ渡してくれた。ドミニクはあの少年も布をもらっていればいいのだがと思いつつ、それで頭を覆い、濃さを増している煙のなかへ入っていった。

残っている馬の一頭のつなぎ綱をはずすのに手間

取った。抵抗する馬が綱をぴんと張ってしまっている。振りまわしている蹄が当たれば、ドミニクの頭は割れてしまうだろう。ナイフさえあれば！　綱がほどけない。この分では馬も自分も焼けてしまう！ナイフを握ったほっそりした手が煙のなかから現れた。あの少年だ！　手はナイフをひと振りして綱を切り、煙のなかに消えた。礼のことばを言うひまもない。突然自由になった馬が後ろ足で立ち、大きくいなないた。ドミニクは体をかがめて蹄をよけ、引き綱をつかむと下へ引っ張った。この馬を外へ出さなければならない。火の手はいまや完全に勢いづいている。もうすぐ厩の屋根が焼け落ちるにちがいない。そうなれば、もう馬を救えない。

ついにドミニクは馬をなだめすかして戸口から出した。だれかが炎を小さくするために、燃えている木材を斧《おの》で砕き、隙間《すきま》を広げている。地面には折れた木材がくすぶりながら転がっている。ドミニクは待ちかまえていた手に引き綱を渡し、駆け足で奥に引き返した。なにも着ていない胸や背中に火花が当たる痛みは無視した。すでに体じゅうが小さなやけどだらけだ。しかしいまは煙で隠れている馬がいないかどうかを確かめなければならない。

寝巻き姿の少年も同じことを考えたらしい。煙が渦を巻く闇《やみ》を通して、馬房のあいだを見まわっているあの亡霊のような姿がかろうじて見える。ドミニクは少年に駆け寄った。「馬はあれで全部か？」

少年がなにも言えないうちに、ふたりの頭上でばきっと不気味な音がした。炎を上げている太い木材が落ちてくるのがドミニクの目に入った。落ちる先には少年がいる！　ドミニクは大きく一歩踏みだし、少年をつかむと横へ押した。木材はふたりから数十センチしか離れていないところに落ち、ふたりに火花を浴びせた。たちまち少年の寝巻きに火がついた。

ドミニクは少年の寝巻きを引き裂いて脱がせよう

ようとした。

「やめて！」それは苦悶《くもん》の叫びだった。

なにをばかなことを言っているのだろう。やけどをするよりはだかでいるほうがいいことくらいわかっているだろうに。

「やめて！」少年がふたたび叫び、ドミニクの手から寝巻きの切れ端をもぎとった。

言い争っているひまはない。それに解決法はひとつしかない。ドミニクは少年を床に押し倒して覆いかぶさると、ほこりのなかをいっしょに転げまわって火花を消した。

そして理解した。

これは少年ではない。自分が覆いかぶさっているしなやかな体は女性のものだ！

頭はドミニクにそんなはずはないと告げているが、体はだまされなかった。ふたりのまわりの炎のように、いまにも燃えあがってしまいそうだ。ああ、なぜこの娘に？　なぜいまこのときに？　自分には自制というものがないのか？

大きなうめき声が彼を現実に戻した。自分の重みが娘の繊細な体を押しつぶしている。それにいまはふたりのあいだに起きたことを考えている場合ではない。娘をここから連れださなければ。残っている屋根がいつ落ちてきてもおかしくない。

ドミニクは勢いよく立ちあがり、腕をつかんで娘を立たせた。「おいで《ヴネ》」彼はしわがれ声で言うと、戸口をめざそうとした。だが、娘は彼の手を振り払おうとする。いったいなんのつもりだ？　はじらっている場合ではないのに。

悪態をひとつつくと、ドミニクは娘のほっそりとしたウエストに腕をまわし、娘を肩にかつぎあげた。小さな手が背中を叩いたが、それには取りあわず、彼は娘をかついだ腕にいっそう力をこめた。説得しているひまはない。それに熱い煙にのどをやられ、しゃべることができそうになかった。彼は身をかがめ、よろめきながら戸口に向かった。まだ煙が充満していたが、炎はなかった。ついにみんなは火を消したらしい。

安堵《あんど》の声をあげつつ、ドミニクは娘を中庭の地面に下ろした。娘の驚くべき勇気を褒め、断りもせずにかつぎあげたことを詫《わ》びなければならない。

「お嬢《マドモワゼル》さん、あなたは――」しわがれた低い声で彼は言ったが、言い終えることはできなかった。娘がそれを聞いて目を丸く見開いたのだ。押し殺した悲鳴をひとつあげると、娘はドミニクから自分の身をもぎとるようにして母屋の入り口へと去っていった。その姿は立ちこめる煙にかすみ、白い顔の大きな目と刈りこんだ髪、そしてほっそりした体にまつわりついている汚れた寝巻きしかわからなかった。

ドミニクは娘を追いかけようとした。亡霊のように消えてしまってはならない。どこのだれなのかを突きとめたい。あの娘は――。

「ムッシュー！　気をつけて《アタンシヨン》！」中庭にいた男のひとりがドミニクの腕をつかみ、指さした。すさまじい音をたてて、厩の屋根が内側にくずれた。火花がそこらじゅうに飛んでいる。炎がまた盛大に燃えあがっている。すぐに消さなければ、母屋に火が移ってしまう。

ドミニクは桶をつかみ、母屋の外壁に水をかけながら、ほかの人々にも手を貸せと呼びかけた。

とうとう火が消えたころには、だれもが疲れ果てていた。とはいえ、全員がうれしそうだった。中庭は白い歯をのぞかせて笑っている黒い顔でいっぱいだ。ドミニクの顔も同じように汚れきっているはずだった。

何時間にも思えるひとときで初めて彼は肩の力を抜いた。背中が痛い。それに体じゅうの小さなやけどがひどくうずきはじめている。

宿屋の使用人たちはいまや有能な一団として動いていた。もはや彼が指揮を取る必要もない。そこで、ほっと息をつくと、彼は母屋の入り口を入り、自分の部屋へと階段を上った。部屋にはだれもいなかった。側仕《そばづか》えのクーパーはまだ中庭で残り火を消すのを手伝っており、汗と汚れでだれだかわからない状態になっているにちがいない。

窓と窓のあいだにある鏡に映った自分の姿を見て、彼は立ちどまった。汚れているのは顔ばかりでない。全身が煤《すす》だらけだ。彼は思わずにやりとした。あの娘が逃げだしたのも無理はない。これではまるで黒い悪魔だ。母にも自分の息子だとわからないだろう。体を洗わなければならないが、火事がおさまり厨房《ちゅうぼう》が正常に動くようになるまで風呂を使うのは待たなければならない。

ぐったりとため息をつき、ドミニクはベッドに腰を下ろすと傷だらけになったブーツを片方脱いだ。側仕えにもこれは直せないだろう。運がよければ、皮膚に塗る軟膏《なんこう》は彼が荷物のどこかに入れていそうだ。しかしいまはそれもどうでもいい。せめて数分間、目を閉じていたい。

ドミニクはブーツのもう片方を床に落とし、ベッドに横たわって羽根枕《まくら》に頭をあずけた。やれやれ。ほんの少しだけ休もう。ほんの少しだけ。

まどろみかけたとき、あの娘のぼんやりした姿が頭に浮かんだ。なんという勇気の持ち主だろう。もう一度会って礼を言わなければ。しかしそれはきれいに体を洗って、人前に出られる格好になってからだ。それに肉体の反応を完全に抑制できるようになってからだ。がつがつした悪魔ではなく、紳士であるところを見せなければならない。彼は娘の顔や髪の色をよく覚えていないのに気づいた。なにもかもが煙でよく見えなかった。それにあとのころには娘も頭を濡れた布で覆っていた。しかし髪が男の子のように刈りこんであったのはまちがいない。とても奇妙だ。ひょっとして最近熱病かなにかから回復したばかりなのだろうか。そうだ、きっとそうにちがいない。それでもあの娘を見つけだすのはさほどむずかしくはないだろう。ブローニュの最上の宿に泊まっている刈りこんだ髪をした娘はそういないはずだ。見つけだして、礼を言おう。受けとるようなら、報奨金をあたえてもいい。それに値するのだから。

「どうかじっとしていてください、旦那《だんな》さま」

ドミニクは悪態をついた。側仕えの軟膏の塗り方は念入りすぎるほど念入りだった。

「いま全部のやけどに塗っておかないと、悪化してどうなります?」クーパーは長年ドミニクに仕えており、これが正しいとわかっているときにはとくに差し出がましくなるのだ。たとえばいまのように。

ドミニクは吐息をつき、側仕えが軟膏を塗り終わるまでじっとしていた。クーパーがやけどだらけの主人の上半身に上質のローン地のシャツを着せかけた。

「薬はすばらしく効きますよ、旦那さま。まあ、見ていてごらんなさい。じきによくおなりです」

「たしかに、クーパー」ドミニクはしわがれ声で言った。のどがまだいがらっぽい。彼はタンブラーに手を伸ばし、なかの水を飲み干した。

「すぐに蜂蜜《はちみつ》をお持ちします」クーパーは中庭で水を入れた桶を渡す役をやっていたが、ドミニクほど煙を吸いこまなかったので、ほぼふだんどおりの声をしている。「お召し替えがすみましたら」

ドミニクはひとつうなると、幅広のネクタイ《クラバット》に手を伸ばした。すでに時間をむだにしすぎている。眠るつもりはなかったのだが、くたびれてつい眠ってしまった。あの娘を見つけなければならなかったのに。娘ものどをやられ、やけどをたくさんつくっているはずだ。クーパーの軟膏を差しだそう。そして――。

「さあ、これで人前に出られます」クーパーが鏡に映った主人にうなずいてみせた。

ドミニクは自分の姿をよく見てみた。これなら母にも自分の息子だとわかるだろう。

彼は部屋を出て階段を下り、宿屋のあるじに会いに行った。あの娘を捜しださなければならない。

宿屋のあるじはすぐに現れ、鼻が膝につきそうなほど低くお辞儀をした。その口からは感謝のことばがあふれでて、尽きそうにない。

「わかった、わかった」ドミニクは手をひと振りした。「だれでも同じようにしたはずだ。もうこれ以上はなにも言わなくていい」あるじはさらに深くお辞儀をした。そのあとまた同じことを繰り返しそうだったので、今度はドミニクも先に言った。「この宿に髪を刈りこんだ娘が泊まっているな。その娘と話をしたいのだが、わたしのところまで連れてきてもらえるとありがたい」

「娘ですか？」あるじはあっけに取られた顔をしたあと言った。「ああ、髪を刈りこんだ娘ですね？」

「そうだ、その娘だ。娘に会いたい。どこにいるんだ？　名前は？」

「穀物商の娘にちがいありません。ほかにそんな頭をした娘はいませんからね。かわいそうに、熱病にかかったのだと父親が言っていましたが、女の子が髪をあんなふうに切るのは本当にかわいそうです」

「そうだ、そうだ。で、娘はどこに？」

宿屋のあるじははっとしたあと、うなだれた。「残念ながら、もういません。穀物商の一家は二、三時間前に出発してしまいました」

ドミニクは眠ってしまった自分に内心毒づいた。すぐに娘を追うべきだったのだ。「娘の名前は？」

あるじは一瞬ためらった。「名前は……わかりません。パリのデュランという穀物商で、あの女の子は娘だと思うんですが。ムッシュー・デュランには正確な住所を教えてもらっていないんです。その必要はないもので――」

「すると、その一家に連絡を取るすべはないのか？」

「残念ながら」

「よし、わかった」ドミニクは娘がいなくなったことに苛立《いらだ》っていた。なぜ娘はこんな平凡な姓なのだろう。しかも正確な住所がわからないとは。頭をひと振りして短い礼のことばを口にすると、ドミニクは火事の跡を見に中庭に向かった。

彼のうしろで宿屋のあるじがゆっくりと頭を振った。イギリス人というのは奇妙な人々だ。コールダー公爵のように完璧《かんぺき》なフランス語を話す人でさえ。いったいなんで公爵が十歳の女の子に用があるのだろう。イギリス人というのは変わった性癖があるといううわさだ。国を愛する善良なフランス人としては、相手がこの建物を火事から救ってくれた恩人ではあっても、娘がだれかを教えるようなことはできない。なんといっても、ナポレオン皇帝を追放してしまったのはイギリス人なのだから。

公爵にあの女の子の正しい名前と住所を教えなかったのは正解だ。いまごろ女の子は無事家に向かっているだろう。もちろんパリではなく。

ドミニクは燃えた厩からできるだけ離して馬をつないであるところへ行った。馬番が集まって馬を落ち着かせようとしている。まだ煙のにおいが満ちていて、馬が怯えているのだ。

足の速い馬があれば、娘に追いつけるだろうか。穀物商の一家はパリに向かう道をたどっているだろうから、駅馬車に乗っているのでないかぎり、さほど遠くまでは行っていないはずだ。商人の一家が駅馬車に乗るだろうか。

馬に鞍《くら》をつけるよう頼もうとしたところで、彼は自分がいまどこにいるかを思いだした。それにここでなすべき任務も。

ブローニュを離れるわけにはいかない。たとえ一時間でも。外務大臣であるカースルレー卿《きょう》の命令を遂行しなければならなかった。カースルレー卿からやわらかな物言いであたえられた命令が、厳正に遂行されるべきなのは疑いをはさむ余地はない。

「見たところ、きみの任務は簡単だ」カースルレー卿はこう言っていた。「アレクサンドル皇帝がロンドンを訪問するあいだ、その訪問団に付き添う。ロシアの宮中言語はフランス語だが、もちろんきみは母国語同様に話せるから、なにも問題はないだろう。皇帝の滞在中、なにごとも円滑に進むよう力をつくしてもらいたい。それから皇帝の随行員がこちらにいるあいだ面倒なことに巻きこまれないようにも」

「見たところ、ですか？　それ以外にもあるということですね？」

「やはりきみを選んで正解だったよ、コールダー。そのとおり、それ以外の任務がある。政府はロシアの皇帝についていくぶん心配をしていてね。有能な人物だが、イギリスの敵と取引をしないともかぎらない。われわれは、たとえばシャーロット公女とオラニエ公との縁談がアレクサンドル皇帝にはおもしろくないことを知っている。皇帝は破談に持っていこうとするかもしれない。摂政皇太子殿下はロシア皇帝を手厚くもてなして、どんな人物が皇帝を訪ねてくるかを調べるおつもりだ。きみの任務は内側からそれを監視することにある」

「皇帝が明敏な人なら、イギリスの連絡係の将校が付き添うのを断ってくるのではありませんか？」

「そうしようとはするだろう。しかしそれはうまくいかないよ」

そのとおり、皇帝は断れなかった。断っていれば、ドミニクはいまブローニュで皇帝に付き添う準備をしていない。それでもブローニュに来る前にエイキンヘッド・パークに帰省する時間はわずかながらあった。イギリス政府のためにたったひとりで何カ月もフランスで諜報《ちようほう》活動をしてきたあとだけに、息抜きのできる時間がなんとしても必要だった。

帰省は短いながらも楽しくくつろげるひとときとなった。末の弟のジャックも帰っていたのでなおさらだった。ドミニクが三十六歳であるのに対してジャックはまだ二十四歳だが、ふたりのあいだの絆《きずな》は強い。数年前にジャックがドミニクの諜報集団エイキンヘッド・オナーズに三人目のスパイとして加わって以来、その絆はさらに強まっている。エイキンヘッドの三兄弟で長兄のドミニクがリーダーのエース、二歳年下のレオがキング、ジャックがならず者《ネー》だ。ジャックの呼び名がぴったりなのに、ドミニクはいつも微笑《ほほえ》まずにいられない。さらにジャックの親友ベン・デクスターがテン。エイキンヘッド・オナーズにはクイーンが欠けている。秘密を託せるほど信頼できる女性がまだ見つけられずにいるのだ。それにスパイ活動はとても危険である場合が多く、女性にはとうてい勧められないし、また勇気あふれる女性というのもそうはいない。とはいえ、あの娘はどうだろう。いまごろ娘は……。

ドミニクは頭を振り、雑念を追い払った。ここブローニュでは政府から直接任務を命じられているからエイキンヘッド・オナーズの出番はない。あの娘のことを考えるのもやめるべきだ。あすロシア皇帝と初めて会うまでに準備しておくべきことがまだ残っている。

彼は一段飛ばしに階段を上り、自分の部屋に向かった。いつまでもがっかりしてはいられない。いかに勇気ある娘でも、結局は商人の娘にすぎないのだ。愛人にするには身分が高すぎるし、妻にするには低すぎる。さっさと忘れてしまおう。それにどんな顔だったかもろくに覚えていない始末だ。しかもむこうはことばをかわそうとしなかった。怯えた馬をなだめるのを聞いたから、低い、歌うような声をしていたのはたしかだが、こちらに向かっては〝やめて！〟という叫び声以外なにもあげていない。礼のことばすら。恐怖に目を見張り、逃げ去ってしまった。

まるで悪魔そのものから逃れるかのように。

2

アレックスことアレクセイはブローニュの埠頭《ふとう》近くに立ち、生まれて初めて海を見つめていた。海とはどんなものだろうとこれまで何度も想像したものだった。湖をもっと大きくしたようなものだろうかとも考えた。土ではなく水に覆われた草原を思い描いたこともある。でも動きは想像できなかった。そう、海は動いている。港の船は上がったり下がったりしている。

胃がそれに同調して動き、アレックスはいきなり胸が騒いだ。アレクサンドル皇帝のイギリス訪問の旅に同行せよと命令を受けたときは大喜びしたが、旅行のこの行程だけは楽しめそうにない。

うねる海への恐怖から気をそらそうと、アレックスはあの燃える厩《うまや》でのとても変わった出会いを思い返すことをとうとう自分に許した。いまのいままであの男性については考えるのを避けてきた。あの人には命を救ってもらい、ありがたく思わなければならなかった。事実そう思っている。でも〝マドモワゼル〟と話しかけられ、逃げ去るしかなかったのだ。礼のことばも述べずに。彼はアレックスの秘密を知っている。ことばをかわせば、なにも考えずにその秘密を暴露してしまったことだろう。

自分に覆いかぶさり、火を消すために地面を転がりまわったときの彼の体の感触をいまも覚えている。彼はとてもたくましく感じられた。アレックスは小柄だが、決して体は軽くない。それなのに彼はまるで体重などないかのようにアレックスを軽々と肩にかつぎあげていた。せめて宿屋のあるじに彼の名を尋ねていたら、匿名で礼状を送れていただろうに。

いや、それはできない。煤《すす》で汚れたフランス人の使用人に礼を言うだけのことなのに、すべてを危険にさらすわけにはいかない。彼を捜しだすには、こちらが何者かを明らかにしなければならないだろう。それは正気の沙汰《さた》ではない。あの男性のことも厩で起きたできごとも、なにもかも忘れてしまわなければ。

アレックスはそれよりも自分の使命に意識を集中し、フランス語だけを話すのだと自分に言い聞かせた。母と乳母がスコットランド人であり、そのためアレックスは英語がとても流暢《りゅうちょう》に話せるが、それを明かしてはならないと皇帝からじきじきに言い渡されている。聞こえてくることに耳を傾け、たとえ些細《ささい》に思えることがらでもすべて報告するのがアレックスの仕事だ。つまり皇帝のためにスパイをするのだ。母なるロシアのために。

イギリス海軍の戦艦が埠頭にやってきて、やがて上陸用の桟橋に係留された。ロープでつながれても、まだ上下に浮き沈みしている。それを見ているだけでも、アレックスは気分が悪くなった。言うことを聞かない体を服従させよう、助けに来てくれるあの男性の姿がまた脳裏に浮かぶのを追い払おう。懸命にそう努めつつ、アレックスは埠頭に背を向け、フランス人漁師たちにとれた魚について話しかけた。

ドミニクはブローニュ港に入る戦艦の手すりにのんびりともたれ、艦を係留するのに備えていた。ロシア皇帝をこのインプレグナブル号に迎える準備はすべて整っている。ふたたびフランスの地を踏んだそのときから、本格的に任務が始まる。自由に使える時間など一瞬もない。晩餐《ばんさん》会、舞踏会、演説など国家元首の訪問には不可欠な催しが何週間も続く。

ひどくくたびれる毎日になるだろうが、酔っ払った将校やふと聞こえてきた会話から情報が得られる場合があるから、つねに警戒を怠ってはならない。母から再婚しろとうるさく言われても、エイキンヘッド・パークにはもっといたかった。母の目はいつも長男への愛情に満ちているが、かすかに不満があるのを隠そうともしない。公平を期するなら、それももっともなのだ。一度結婚したものの妻を亡くし、跡継ぎとなる子供もいないのだから。とはいえ、母からうるさく言われようと、ドミニクにとってエイキンヘッド・パークはつねに安らげる避難場所で、心身ともに元気を回復してくれる。

そしてそれはドミニクが妻に求めるものなのだ。いまではそうだとわかる。最初の結婚ではユージニアの美貌《びぼう》と才気と快活さといううわべに引かれ、悲惨なものに終わってしまった。ユージニアはベッドの外ではよそよそしくて冷たく、ベッドのなかでは男の熱情をたちまち凍らせてしまう能力の持ち主だった。同じまちがいを犯すつもりはない。新しい妻は温かくてくつろげる家庭をつくれる、穏やかで落ち着いた女性でなければならない。甘美な響きのやわらかな声が外のわずらわしさを忘れさせてくれて――。

　突然彼は背すじがぞくぞくとした。港のどこかから、品のいいフランス語を話す女性の声が聞こえてきたような気がする。これまで思い描いてきた低く歌うような声。あの厩で聞いたような声だ。あの娘がここにいるのだろうか。それとも気のせいだろうか。

　彼は埠頭の近くをざっと見てみた。あの娘がいるのなら、捜しださなければならない。ロープが結ばれると、彼はすぐに歩み板を下りた。あの豊かで美しい声の持ち主を見つけなければ。きっとあの娘だ。

「おめでとう《ジュ・ヴ・フェリシト》」その声の主が言った。「それに、《エ・ジュ・ヴ》ありがとう《ルメルシ・オシ》」

　声はフランス人漁師の集まった場所から聞こえてくるようだ。制服を着たロシア人将校がこちらに背を向けて漁師のなかに交じっている。たくましい漁師たちの体に隠れて、あの娘もいるのだろうか。

　将校が漁師の集団から離れかけた。「ではまた《オ・ルヴォワール》」将校は手を振り、埠頭を船に向かって歩きだした。

　ドミニクは胃が縮むような心地を覚え、思わず悪態をついた。わたしは頭がおかしくなったらしい。男の声に甘い夢を見ていたとは！

　私服姿の長身で日焼けした男性が戦艦から現れた。アレックスは彼に敬礼し、きびきびとしたフランス語で言った。「アレクセイ・イヴァノヴィッチ・アレクサンドロフ大尉です」

　一瞬その男性はびっくりしたようだったが、すぐに小さく会釈してアレックスの敬礼に応《こた》えた。「イギリス政府と貴国皇帝陛下の連絡係に任命されたコールダーだ」彼は完璧《かんぺき》なフランス語で言った。「わたしの任務は皇帝陛下にイギリスご滞在中できるかぎり快適に楽しくすごしていただくことにある。また随行団に手助けが必要な場合は、なんなりとお申しつけいただきたい。そのためにわたしがいるのだから」

驚いた。このように比較的下級の任務を受けるにはかなり高位の人物に見える。とはいえ、いまのところアレックスは儀礼上礼を述べるだけにとどめた。

「インプレグナブル号のなかをごらんになるかな、大尉？　船旅のあいだ皇帝陛下がどんなところですごされるかを見ておきたいのでは？」彼は戦艦に戻りはじめた。

アレックスは迷った。コールダーは一歩足を運ぶごとに薄っぺらな歩み板が少し沈んでも、まったく平気らしい。勇気を出して前進せよ！　アレックスは自分に言い聞かせ、歩み板に足を踏みだすと、下でうねっている海水を頑として無視した。

ついにインプレグナブル号の甲板に着くと、アレックスはコールダーの案内で急なはしごを下り、船尾にある広くて明るい船室に入った。豪華な内装の船室には、金を施した家具、絵画、皿、繊細なガラス器など上流階級の人々が好みそうなものがそろっている。

船室のドアを閉めようとしたちょうどそのとき、突然船が動いた。アレックスは掛け金をつかみそこね、そばの小さなテーブルにぶつかった。

「足がふらふらするのにはすぐに慣れるよ、大尉」コールダーが言った。「しかしそれまでは、船内を動くときはなにかにつかまったほうがいい。とくに昇降用はしご《コンパニオンウェイ》を上り下りするときは」

「コンパニオンウェイ？」

「甲板と甲板のあいだにあるはしごだ。海軍には独特の用語があってね」

「失礼ながら、完璧なフランス語を話せるばかりか、海軍の隠語まで理解するイギリス人に会えるとは、たいへんな驚きです」

「母がフランス人なんだ」

「なるほど。しかしお母上が海軍に在籍されたとは、これまたたいへんな驚きです」

コールダーは頬をわずかにゆるめた。「一本取られたな。もちろん母は海軍になどいない。しかしわたし自身はよく海に出ている。われわれイギリス人は海の民だからな。そういう血が流れている。きみたちロシア人の場合は広大な草原が同じ役割をしているのではないかな」

そのとおり。このコールダーという男は洞察が鋭い。「ロシアを訪れたことがおありですか？」

コールダーはやや驚いたようだったが、気楽そうに答えた。「いや、行ったことはない。この十五年ばかり民間人にとって旅行は少しむずかしかった。とはいえ、ナポレオンがエルバの皇帝として無事おさまっているいま、イギリス人は大好きな旅行がふたたびできるようになった。なかでもパリにはもちろんとくに。たぶんロシアのように遠いところへも行くんじゃないかな。足を運ぶかいがあるところにちがいない」

「ええ、そのとおり。ロシアは広大な国ですから、なんでもあります」

「ただし……海はない」

そのとき船がまたふいに揺れ、アレックスは体全体が二十センチも沈んだのに、胃だけ宙に取り残されたような心地を覚えた。

「座ってはいかがかな、大尉。そうすれば、体の均衡を取るのがずっと楽になる」

まるで父親のような気遣いだ。アレックスは内心首をかしげた。ひどく厳格な顔をしたイギリス人が、なぜずっと年下にちがいないロシアの軍人に気遣いを見せるのだろう。とはいえ、アレックスは腰を下ろした。

「きみの気分は想像できるよ。わたしは船酔いの経験はないが、船を見るたびに青くなる弟がいるんだ」

「なるほど」アレックスは吐き気を催し、無意識に答えた。

「しかし、治すにはどうすればいいかに詳しいわけではない。調理係に吐き気を静めてくれる特製の煎《せん》じ茶を用意させよう」

「それはご親切に」波のうねりがさらにひどくなっており、アレックスはこの見知らぬイギリス人の思いやりをありがたく思った。

「ところで仕事のことだが」歯切れのいい口調でコールダーは皇帝に快適にすごしてもらうための手配について説明した。アレックスに口をはさむ余地はない。コールダーとその同僚たちは万事に配慮しているようだ。「今回のイギリスへの船旅は摂政皇太子殿下の弟君であるクラレンス公の主催で行われる。クラレンス公はご自身、海軍の軍人でいらっしゃる。ややぶっきらぼうなところがおありで、皇帝陛下が気を悪くなさらないといいのだが。海軍のことば遣いはやや乱暴なときがあるのでね」

アレックスは微笑《ほほえ》んだ。一騎兵としてすごした年月にアレックスが遭遇した乱暴なことばの数は、クラレンス公が皇帝の前で使う数の何十倍にも達するだろう。「陛下は完璧な趣味と礼儀の方です。主催者をまごつかせるようなことはなさらないでしょう」

「それはありがたい」

「陛下のご一行はいつ乗船することになっていますか？」

「満潮の一、二時間前かな。まもなくインプレグナブル号の艦長が正確な時刻を教えてくれるはずだ。ところで、アレクサンドロフ大尉、皇帝陛下は大随行団とともに旅されるのだろうか?」

「いや、今回はちがいます。お招きくださった方に負担をかけたくありませんからね」アレックスは皇帝に随行する人々の名をあげた。

そのあいだコールダーは無表情をくずさなかった。その気になれば、まったく読みとれない表情を浮かべることができるらしい。

「摂政皇太子殿下は皇帝陛下のためにセント・ジェームズ宮に豪奢《ごうしゃ》な部屋を用意されている。皇帝陛下も随行員もきわめて快適にすごせるはずだ」

「ああ」思わずアレックスはつぶやいた。

コールダーが片方の眉を上げた。「なにか問題でも?」

「皇帝陛下は……実は陛下の妹君であるオルデンブルク大公妃殿下がお忍びの旅行ですでにロンドンにいらっしゃるのです」

コールダーがうなずいた。

「陛下はイギリス王室にご迷惑をおかけするお気持ちはさらさらおありではないのですが、妹君をこよなく愛していらっしゃり、いっしょにパルトニー・ホテルに滞在することになさいました。それでかまいませんね?」皇帝が絶対そうする気でいるのがわかっているだけに、アレックスは断言口調で言おうとした。摂政皇太子にその計画を知らせないことで、皇帝はなんとしても計画をじゃまされまいとしたのだ。

「摂政皇太子殿下は皇帝陛下同様、完璧に礼儀をわきまえた方だ。なにもかも陛下のお望みどおりになされればいい。ただし、パルトニー・ホテルにこのような客を泊めるのに必要な設備があればという条件つきだが」コールダーは片眉を吊《つ》りあげた。

アレックスは赤くなった。ホテルの手配は大公妃によってすでに行われている。「パルトニー・ホテルが満足な状態でなければ、陛下は喜んで摂政皇太子殿下のおもてなしをお受けになるでしょう。しかしそれは陛下がご自分でお決めになることである以上、わたしとしてはパルトニーが適切な便宜を提供できるのを祈るしかありません」

「それはまちがいない」コールダーは簡潔に答えた。

「皇帝づきの補佐官に手配について説明したよ」ほんのしばらくのち、ドミニクはインプレグナブル号の艦長に言った。「あの補佐官は船に弱いぞ。甲板が少し持ちあがっても青くなっている」

「かわいそうに」ウッド艦長が微笑んだ。「補佐官になれるような年齢にはとても見えませんね」

「そもそも軍服を着るような年齢に見えないな。しかし将校であるのはまちがいない。臨時の昇進なのかもしれないが、大尉ではあるし、それに聖ジョージ十字勲章をつけている。ロシアの騎兵では最上の勲章なんだよ。若いのに、戦闘経験があるということだ」

ドミニクはこの若いロシア人アレクサンドロフに対して自分が最初に示した反応がまだ充分理解できずにいた。アレクサンドロフは燃える厩にいたあの驚くべき娘のぼんやりとした記憶にどこも似ていない。それなのに、アレクサンドロフの声を聞いて頭に浮かんだのは、あの娘の姿なのだ。刈りこんだ髪以外、共通点があるはずはない。きっと煙を吸った頭が錯覚を起こしたにちがいない。アレクサンドロフは短く刈りこんだ髪と目立たない顔だちをした小柄で華奢《きゃしゃ》な若者だが、愛想もいいし、機知に富んでいていい話し相手になりそうだ。その声の歌うような美しさを無視するよう努め、あの娘の記憶を消してしまいさえすればいいのだ。あの娘を見つけられる可能性などいまとなってはないに等しい。それなら、娘のことは忘れるにかぎる。

「公爵、皇帝が何十人もの随行員を連れてきたというのは本当ですか？」

「本当だ。でも安心しろ。ジェーソン号はプロシア王ばかりかその息子がふたりに兄弟が少なくともひとり、おまけにおじやら甥《おい》やらを乗せているんだぞ」

「イギリス海軍は随行者をだれでも引き受けられるだけの規模がありますからね。むこうには陸軍があるが、われわれには海軍がある。重要なのはそこです。シャーロット公女の結婚でオランダと姻戚《いんせき》関係になれば、イギリス海軍はさらに強くなる」

ドミニクはうなずいた。「出発はいつだ、艦長？」

「およそ二時間後に。いまの風向きなら、ドーヴァーにはすぐ着きますよ」

「あの若い大尉があまり苦しい思いをしないように、早く着けるといいんだが」

「おやさしいんですね、公爵。みずから気にかけられるとは」

「そうかもしれない。しかし連絡将校としては、病人を出したくない。全員が乗船するなら、なおさらだ。ところで、ロシア皇帝は摂政皇太子殿下が大金をかけて用意した宿泊施設には泊まらないことになった。それを殿下に説明しなければならない」

「本当ですか？」

「そのようだ。アレクサンドロフがわたしに話すというよりうっかり口をすべらした。皇帝は妹君の大公妃とともにパルトニー・ホテルに泊まると決めたらしい。つまりセント・ジェームズ宮の最上の部屋ですごしてもらうという殿下の計画は無に帰すことになる。第一回戦は皇帝の勝ちだ」

アレックスはまたもやうめいた。胃の中身がすっかり空になったというのに、なぜまだ吐き気を催すのだろう。皇帝陛下からは付き添わなくていいと言われた。せめて吐き気が――。

「アレクサンドロフ」船室のドアが開いており、コールダーと湯気の立つマグを持った水兵が入ってきた。「それをもらおう」コールダーはマグを指さし、英語で水兵に言った。「この客人の世話はわたしが引き受ける」

「承知しました、閣下」水兵がマグをコールダーに渡した。「わたしならラム酒のほうが好みです」水兵は顔をしかめてマグを見た。

「持ち場に戻ってよろしい」コールダーは水兵の手に硬貨を握らせた。水兵は敬礼をして去っていった。

アレックスは英語のやりとりを無視しようとしたが、ひとつわかったことがある。水兵はコールダーに〝閣下〟と呼びかけていた。このことばが用いられる爵位は公爵しかない。コールダーが公爵？　だとすれば、連絡将校という役目はアレックスが考えていた以上に奇妙だ。艦が揺れ、アレックスはうめいた。

コールダーがアレックスの背中を支え、マグを唇に当てるとフランス語で言った。「少し飲んでごらん。胃が楽になる」

ぴりっとしたにおいがかすかにする。またもや吐き気を催し、アレックスはマグを押しやろうとした。

「本当に効くんだ。さあ、飲んでごらん」

においはかがないようにして、アレックスは煎じ茶を口に含んだ。香辛料の味がする。生姜《しょうが》だろうか。飲み下してみたが、吐き気は催さなかった。

「そうだ。もう少し飲むといい」

アレックスは煎じ茶をさらに口に含んだ。まもなく四分の一ほどを飲んでしまい、痛む胃が温まった。

「残りはここに置いておこう。さて、睡眠をとるといいだろうし、できるなら甲板に上がるともっと楽になる」

階段を上ったり揺れる甲板に立ったりすることを思うと、アレックスはひるんだ。

「いまは少しも楽しくは思えないだろうが、外の風に当たると気分がよくなるよ。どちらにする？　眠るか、風に当たるか」

「ご助言に従います」

ふいにコールダーが微笑んだ。笑みは厳格なその顔だちを変えた。「すでに煎じ茶が効いている。よかった。もうすぐドーヴァーの白い断崖《だんがい》が見えるよ。ドーヴァーに着けば、きみのつらい試練も終わりだ」

アレックスはうめいた。いまのところはこの試練が終わるとはとうてい思えない。

「なるほど。いまにも死にそうで、なにをしても治らないような気分だろう。でも陸に上がってなにかを食べて五分もすれば――」

なにかを食べると思うだけで、アレックスは口に手を当てた。

「少しおなかにおさめれば」コールダーはアレックスの苦しみには取りあわずに言った。「もとどおり元気になるよ。われわれは皇帝随行団にロンドンまで同行する。きみだけドーヴァーに残されたくはないだろう？」

「それは困ります！　陛下にお仕えするためにいるのですから。なにがあっても、陛下のいらっしゃるところに行かなければなりません」

「きみは勇敢だ」コールダーはアレックスの肩を叩《たた》いた。「さあ、甲板に出てみよう」

アレックスはめまいをこらえつつ、ゆっくり体を起こし、両足を床に下ろした。驚いたことに、かなり気分がよくなっている。コールダーが腕を差しだしたが、アレックスはそれを無視し、足に体重をかけた。「自分で立てます」

よろめいたアレックスをコールダーが支えた。

「きみはがんこだな、アレクセイ・イヴァノヴィッチ」

ロシア式に名前を呼ばれて、アレックスはびっくりした。

「ロシア式の自尊心はしばらくわきに置いて、甲板に行くにはわたしの手を借りたほうがいい。最小限必要な助けしかしないと約束しよう。勇敢な軍人としてのきみの姿はなんら損なわれない」

「それでは甘やかしすぎです」アレックスは彼に支えてもらうことにした。

五分とたたないうちに、ふたりは急な階段を難なく上り、ついにアレックスはコールダーに支えられずに立って、手すりにもたれた。外の風に当たると、たしかに気分はずっとよくなった。それにはるかむこうに陸が見える。「あれはイギリスですね?」

「そう。昔からドーヴァーの白い断崖はイギリスの水夫にとっては祖国の目印だ。これが見えれば、無事帰ってきたという気持ちになる」

「ヨーロッパのほかの国々がイギリスに対して港を閉鎖したときはたいへんだったでしょうね」

「ヨーロッパ本土がイギリス海軍に対して港を閉鎖したことは実のところ一度もない。地中海にはいたるところにわれわれの基地がある。上陸や補給をする場所にはこと欠かない」

「そうしようと思えば、内陸に入りこむこともできたわけですね?」

「そうじゃないかな。わたしは海軍の人間ではないから、そこまでは知らないが」

「でも航海の経験はあるとおっしゃいました」

「たしかに。船旅の経験はある。少々だが。それでも自分には陸のほうがいいとわかった。きみもそうじゃないかな」

そのとき艦長がやってきた。「立っているのを見てほっとしたよ、アレクサンドロフ大尉」艦長はかなり口ごもりながらフランス語で言った。「公爵の看護が手厚かったにちがいない」

「公爵?」アレックスは驚いたふりを装った。「たんにコールダーと自己紹介されたのに」

「それが公爵のやり方なんだ、アレクサンドロフ大尉。この人はコールダー公爵四世ドミニク・エイキンヘッド。うまくかつがれてしまったね」

もったいぶるように公爵が背すじを伸ばした。だが、その目にはきらりとした光があった。「申し訳ない、アレクセイ・イヴァノヴィッチ。これからしばらくはいっしょに仕事をするわけだから、あまり〝閣下〟を連発してもじゃまになると思ってね」

「なるほど、閣下」アレックスは笑いそうになるのをこらえながら言った。「あまり多く〝閣下〟を連発しないよう努めます、閣下。それでよろしいでしょうか、閣下」

公爵が噴きだした。「これはまいった。もとの身分に戻ってしまったぞ」

「それでいいんですよ」ウッド艦長が言った。

「そうかもしれないが」コールダーはアレックスに言った。「できたら、こうしないか。わたしはたんなるコールダーで、きみはアレクサンドロフかアレクセイ・イヴァノヴィッチだ。どうかな?」

アレックスは胸のあたりにほのぼのとした温《ぬく》もりを覚えた。「了解です」

3

「体調はどうだ、アレクセイ・イヴァノヴィッチ？」

アレックスは現在仕事は休みで、式典の準備作業を眺めていた。たいへんな数の見物人が集まっている。公爵は具合を尋ねるためにだけわたしを捜しだしたのだろうか。そうだとすれば、奇妙だ。「おかげさまでずっとよくなりました。ドーヴァーの海は揺れなくて大いに気に入りましたよ」

「食事は？」

「まだです」

「なぜ？」公爵が鋭く尋ねた。

アレックスはむっとした。公爵には感謝しているが、ああしろこうしろと指図される筋合いはないはずだ。「船ではなにも食べられなかったし、上陸してからはその機会がありません。皇帝陛下にお仕えしなければなりませんからね。いくら空腹でも、抜けだして食事をとるようなことはできません」

静かにしろという声が何人かからふたりに向けられた。集まった高官たちがいよいよドーヴァーの住人たちの前で歓迎の挨拶《あいさつ》を行うのだ。

そのあいだ、アレックスは無表情を通そうと努めた。もちろん話の中身はすべて理解できたが、仰々しくておもしろみのないものばかりだった。

歓迎の挨拶が終わり、皇帝がそれに応じた。「貴国の言語は理解できますが、返礼のことばを述べるほどうまくはないので、通訳してもらわなければなりません」皇帝はそのあとをフランス語で続けた。

謝辞はとても温かく受けとめられた。

「驚いたな、アレクセイ・イヴァノヴィッチ。皇帝陛下が英語を話せるのをきみは知っていた？」

「あの……わたしはまだ補佐官になったばかりで、英語がおできになるとは知りませんでした」

「ほう？　随行員はひとりも英語を話さないのかな？」

「迎えてくださる方々の多くがフランス語を話されるものと思いこんでいたのではないでしょうか」アレックスはできるかぎり返事をはぐらかした。

「イギリスではだれもがフランス語を話せるわけじゃない。もっとも、話せる貴族は多いが。王室の人々はドイツ語を話すから、プロシア王とプロシアのブリュッヒャー陸軍元帥はその点で不自由を感じずにすむ。しかしきみたちロシア皇帝随行団がロンドンに行けば、なにを言いたいかをまわりにわからせることができない。それは危険だ。たとえ同盟国であっても」

「では思いやり深い連絡将校が助けてくださると信じるしかありませんね」

公爵がふんと笑った。目が躍っている。「口の悪いロンドンの放蕩《ほうとう》者ならいざ知らず、いくつもの戦場で活躍してきた騎兵がそんなふうに言うとは」

「ご心配なく。英語が話せなくとも、わたしにはサーベルがある。あなたが助けに現れなくとも、サーベルがわたしを救ってくれるでしょう」

皇帝づき補佐官長ザス少佐はパルトニー・ホテルに集まった若い将校たちを微笑《ほほえ》みながら見まわした。

「すべてきわめて順調に進んでいる。船上では支障があったにもかかわらずだ」

アレックスは首が赤くなるのを感じた。少佐はわたしの船酔いのことを言っているのだ。コールダー公爵がいなければ、もっとひどいことになっていただろう。公爵は本当に親切で思いやりがある。まるで兄のように。

なんと妙な連想だろう。兄というのはあんなふうにふるまうのだろうか。自分にはわからない。たったひとりの弟はまだ幼いから。それでも公爵は——。

少佐が将校にさまざまな任務を割りあてていた。

「アレクサンドロフ」名を呼ばれて、アレックスはもの思いからたちまち現実に戻った。「陛下が馬でロンドン見物をされる際に随行してもらいたい。ただし舞踏会や宴《うたげ》には随行しなくていい」少佐は笑いを含んだまなざしで将校たちを見まわした。「諸君も知ってのとおり、アレクサンドロフ大尉はダンスがまったく苦手だからな。それどころか、女性恐怖症じゃないかと思えるくらいだ」

アレックスの抗議は仲間たちの笑い声に消された。異議を唱えたところでしかたがない。本当のことなのだから。女性と同席する機会は極力避けている。男装を見破られてしまう危険性が高すぎるのだ。

「まじめな話に戻るが」少佐が言った。「イギリス政府が連絡将校に任命したコールダー公爵には全員が会ったはずだ。彼はフランス語と英語を話すだけでロシア語はできないように見えるが、ひょっとしたら、少しくらいは話せるかもしれない。だから彼のいるところでは決して油断をしないように。ロシア語は通じないなどと思いこまないことだ。いいな？」

「はい！」将校たちは一斉に答えた。

「よろしい。アレクサンドロフ、きみは公爵とことのほか親しくなったようだな」

「船酔いをしたとき、親切にしてもらいました。それだけのことです」

「それはそうかもしれないが。ちょっとむこうで話そう」少佐はアレックスをだれもいない控えの間へと促した。ほかの将校たちは冗談を言いあったり、雑談をかわしたりしている。

「きみがコールダー公爵と親しくなれば、非常に都合がいい。われわれはあの公爵が見かけどおりではないと考えている。たとえば、なぜ公爵なのに連絡将校なのだろう。イギリス軍にはフランス語の達者な将校が何人もいるはずだ。それなのになぜ彼なんだ？」

「公爵はスパイだとお考えですか？」アレックスは驚いて口早に言った。公爵はとても親切で、自分はその親切心を受け入れ、それに報いようとすらしはじめている。あれはすべてこちらの信用を得るための演技だったのだろうか。しかしなぜ？　自分は随行団でも最年少なのだ。それになにも知らない。

「その可能性はある。イギリスは何年にもわたり単独でナポレオンに反対の立場を取り、ほかの国を信用しなかった。いまでこそロシアとは同盟国だが、これまで……」

アレックスは息をのんだ。ザス少佐は皇帝陛下を批判するつもりなのだろうか。まさか……。

少佐が耳障りな笑い声をあげた。「同盟国はお互いの国のために必要なことしかしないはずだ。わが皇帝陛下もそうだ。しかしイギリスの立場から見れば、そのようには見えないのかもしれない。イギリス人にとっては、すべての同盟国が気まぐれで、行動の予測がつかない。イギリスはロシアを信頼してはこなかった。だからこそきみの公爵はここにいるのかもしれない」

「わたしの公爵？　まだ出会ったばかりですよ」

「彼はきみのものだ、アレクサンドロフ。皇帝陛下が彼をきみに割りあてられた。彼についてできるかぎりのことを探る。きみの国のためにだ。いいな？」

「わかりました」

「よろしい。公爵はきみの素性を知らないのだろうね？　きみが英語を話せるという点についてだが」

「知りません。英語が耳に入るたびにまったく理解できないふりを装っていますから」

「よろしい。今後もそうしてくれ。毎日わたしに報告してほしい。耳に入ったことのすべてをだ」

「承知しました」

少佐は満足げに部屋を出ていった。

アレックスは肩の力を抜き、こらえていた息を吐いた。ザス少佐には緊張させられる。皇帝陛下からは自分の素性は陛下以外に宮廷長官のヴォルコンスキー公爵しか知らないと言われているが、少佐は陛下の側近だ。彼は知っているのかも——。

いや、そんなことは憶測してもはじまらない。あくまで一時的に皇帝づき補佐官を務めているマリウポリ軽騎隊の将校アレクセイ・イヴァノヴィッチ・アレクサンドロフとしてふるまうしかない。コールダー公爵をスパイするのが任務の臨時補佐官として、イギリス政府の思惑をできるかぎり探りだすことだ。

厄介な仕事だ。勘は公爵を信頼し、真の友情を結ぶべきだと告げているが、いまではそれが不可能になってしまった。

「コールダー公爵閣下です」給仕が低くお辞儀をして、目を丸くしながら下がっていった。

ザス少佐が前へ出てお辞儀をすると、フランス語で言った。「今夜またお会いできる喜びに浴するとは思ってもいませんでした」

ドミニクは少佐に笑いかけ、室内をゆっくり見まわした。少佐の部下の将校たちが半数ほど出席しているが、アレクサンドロフがいる気配はない。

「皇帝陛下をお迎えに上がりました」返答がない。ドミニクは再度言った。「摂政皇太子殿下がカールトン・ハウスで催される晩餐会《ばんさん》に」なにか手違いがあったにちがいない。将校の大半がうつむいているし、ザス少佐は視線を合わせようとしない。「わたしの知らない問題があるのかな、少佐?」

少佐が唇をなめた。「もしかしたら、情報が届いていなかったのでしょうか。皇帝陛下はこちらで夕食をとられます。妹君のオルデンブルク大公妃殿下とともに。摂政皇太子殿下にはすでにお詫《わ》びをお伝えしています。旅の疲れと——」

「わかりました。それ以上はなにもおっしゃらなくてけっこう」ドミニクは内心悪態をついた。なにが旅の疲れだ、まったく！　皇帝は元気いっぱいなのに。摂政皇太子はすでに皇帝からセント・ジェームズ宮に滞在するのを断られたことで猛烈に腹を立てている。豪勢な宴まで断られたとわかれば、また子供のようにすねて機嫌が悪くなりかねない。

「ありがとうございます、公爵。陛下にはなにがあったかを詳しくお伝えします。お迎えのお心遣いにはとても感謝されるでしょう」

ドミニクは理解した印に会釈をしたが、そう簡単に引き下がるつもりはなかった。「摂政皇太子殿下に詫びなど伝えられてはいませんぞ、少佐。ひょっとしてそちらの将校が忘れたのでは？」

少佐はいまや完全に困っているように見えた。

「問題の将校が謝罪の意を表したければ、わたしが摂政皇太子殿下にそれを伝えよう。皇帝陛下からのお詫びも当然ながらいっしょに」

少佐はいまにも卒中の発作かなにかを起こしそうだった。そのとき、どこからともなくアレクサンドロフが現れた。いままで大柄な仲間の陰に隠れて見えなかったにちがいない。「公爵、わたしの手落ちです。ザス少佐から皇帝陛下のお詫びを公爵にお伝えするよう指示されていたのですが、うっかり忘れてしまいました。船酔いのせいにちがいありません。体調の悪いことしか考えられなくなってしまって」

あまりじょうずな嘘《うそ》のつき方ではなかったが、ドミニクはそれを事実だと受けとめたふりをすべきだと悟った。実際の責任の所在はだれにあるか、推測できたからだ。「ザス少佐、わたしと同行して摂政皇太子殿下にお会いし、きみから直接皇帝陛下のお詫びをお伝えしたいのではないかな？」

「アレクサンドロフ大尉に行かせます」少佐が青ざめ、口早に言った。「彼の手落ちですから」

ドミニクはあきれた。これは上官が部下に対してとる態度ではない。しかし彼はこう言うだけにとどめた。「よろしい。アレクサンドロフ、馬車を待たせてある。きみの支度ができ次第、カールトン・ハウスに向かおう」

アレックスは拍車をかたかたと鳴らしながら玄関広間に向かって階段を下りつつ、羽根飾りのついた筒型軍帽を頭にかぶった。公爵は玄関ドアのそばでアレックスを待っていた。夜会用の正装をした公爵は堂々として立派に見えた。それに近寄りがたくもある。彼は皇帝が計画を変えたことを知り、とても腹を立てているにちがいない。摂政皇太子もまちがいなく立腹するだろう。

アレックスはまだ摂政皇太子の姿を見たこともないが、ヨーロッパじゅうの人々がその評判を知っている。スコットランド人であるアレックスの乳母メグは、おとぎばなしに出てくる王子さまのようにハンサムなのよと言っていたが、それはもう二十年も昔のことだ。

そのとき公爵がこちらを見た。アレックスは真っ赤になり、心のなかで毒づいた。男性としてふるまうむずかしさのなかでも、これがいちばんたいへんだ。赤くなってしまうのをどうにも抑えられない。それにもちろん、今回は赤くなってしまうだけの理由がある。公爵が自分を摂政皇太子の前に連れていき、皇帝の移り気の責任を取らせるのだ。なぜわたしは自分の手落ちだと言ってしまったのだろう。ザス少佐がちゃんと解決法を見つけたはずだから、その必要はなにもなかったのに。でも少佐にまかせておけば、皇帝への批判をにおわせることになったかもしれず、それは受け入れられなかった。

「現れたか、アレクセイ・イヴァノヴィッチ。遅いぞ」

「申し訳ありません。当番兵がブラシをかけに軍帽を持っていってしまいまして」

公爵はアレックスの全身を眺めた。「軽騎隊の礼装軍服がとても立派なのは認めざるをえないな。ただし」彼は微笑んだ。「実用性にはやや欠ける」

アレックスは少し緊張を解いた。ふたりは以前のように冗談を言いあえる状態に戻っている。

「さあ、行こう。ここまで来るのに馬車がなかなか進めなくてね。帰りはもっとたいへんかもしれない」公爵は肩で人だかりを押し分けて進み、馬車の扉を開けた。

彼のあとをついていきながら、アレックスは軍帽を脱いだ。馬車のなかでかぶっているには、羽根飾りが長すぎる。

「カールトン・ハウスまで」公爵が鋭く命じた。

「できるだけ速く頼む」

馬車が動きだしたが、動きはのろかった。アレックスはホテルを振り返った。皇帝、大公妃、さまざまな将校たちがバルコニーに出ており、群集が歓声をあげている。

「時間がかかりそうだな」公爵がため息をついた。

アレックスはうなずき、楽な姿勢を取った。

「立ち入った話をして申し訳ないが、わたしはきみが戦場経験など一度もないほど若いのに驚かずにいられない。しかしきみがつけている勲章は手柄に対して授けられたものだと知っている。ボロディノでの殊勲を称《たた》えたものだそうだね？」

アレックスは前々から空で覚えている返事で応じた。「わたしは見かけほど若くはないんです。ロシア陸軍に入ってもう五年を越えました」

「するとボロディノが最初の戦場ではないのか」

アレックスはうなずいた。「ひげが生えないせいで若く見られますが、戦友たちはすぐに慣れてくれました」

「ずいぶんいじめられただろうね」

アレックスは首を振った。「おもしろがってもすぐに飽きます。軍隊仲間にとって大事なのは、わたしが頼りになる将校であること、部下がわたしの命令に無条件で従うことです。部下は従っています」

「そうだろう。きみはきわめて意志の強い若者だ」

「さほど若くはありませんよ。二十四歳ですから」

公爵は眉を上げた。「ほう？　信じられないな」

アレックスは笑い声をあげた。ふだんなら、ここまで話すとばつが悪くなる。ところが、公爵が相手だと、そうはならない。

突然馬車が止まり、ふたりとも前につんのめった。

公爵が悪態をついた。そのあと窓から頭を出して御者に話しかけ、顔をしかめながらもとの姿勢に戻った。「動きが取れなくなっている。プロシアのブリュッヒャー元帥がカールトン・ハウスに到着したんだ。馬に乗っていても通れない」

アレックスは軍帽を手に取った。「歩きますか？」

「そうだな」公爵が扉の取っ手に手を伸ばした。

「しかしそのロシア式の立派な軍服を着ていては、きみも人にもみくちゃにされるかもしれない」

アレックスはサーベルの柄《つか》に手をかけた。「ご心配なく。万一襲ってくる者があれば、即座にわたしがお守りします」

公爵は自分よりずっと背の低いアレックスを見下ろした。一瞬、彼はあっけに取られたようだった。それから高らかに笑いだした。「きみといっしょだと、なんでもありだな、アレクサンドロフ」

カールトン・ハウスの門の前にはおびただしい数の人々が集まり、その喧騒《けんそう》は耳をふさぎたくなるほどだった。ドミニクはふつうのやり方では先に進めないと判断した。群集はブリュッヒャー元帥の名を叫び、その熱狂ぶりたるやパルトニー・ホテルで皇帝を見に集まった人々よりもさらに激しい。「こっちだ、アレクサンドロフ。厩《うまや》をまわっていこう」

若いロシア人はうなずくと、歩行のじゃまにならないようサーベルを押さえてあとに従った。

「これだけ人がいても、少なくともきみとはぐれる心配はないな。その軍帽の羽根飾りがあれば」

アレクサンドロフはにやりと笑った。

彼はからかいにとてもうまく対応している。慣れているにちがいない。とはいえ、やや緊張しはじめているようだが、おそらくそれはこれから摂政皇太子に直接謝罪しなければならないからだろう。ドミニクはふいに自分がはずかしくなった。アレクサンドロフが詫びなければならなくなったのは、自分がそう仕向けてしまったからだった。そんなつもりではさらさらなかったのだが。自分はアレクサンドロフの声にまだ悩まされていることに仕返しをしたかったのだろうか。もしもそうなら、それは不当だ。自分の頭が勝手に錯覚を起こしているのであって、アレクサンドロフに罪はない。

厩の門は閉まっており、兵士が番をしていた。

「通せ」ドミニクは命じた。「わたしはコールダー公爵、こちらの将校はロシア皇帝陛下の随行員だ」

「それはできません」

「そんなばかな。すぐに門を開けろ」

兵士は直立したままで、ドミニクの命令に応じる気配がない。「たったいま門をようやく閉めたところなのです。ブリュッヒャー元帥の馬車を通したのですが、どっと人が押し寄せて門を壊しそうになりました。館内にはまだ何百人も人がいます。正門からお入りください。申し訳ありません」

「上官を呼べ」

紳士をふたり通すだけの数秒間、厩の門を開けるのは可能だと若い中尉を説得するにはさほど時間はかからなかった。また将校なら群集が押し寄せようと、門を破られずにいられるはずだということも。

数分のち、ドミニクとアレクサンドロフはカールトン・ハウスの敷地内を建物に向かっていた。ふたりが本館に着いたちょうどそのとき、摂政皇太子とブリュッヒャー元帥が私室から現れた。人々は大歓声をあげた。もちろん元帥に対してだ。しかし皇太子は劇的効果を忘れてはおらず、群集の前で元帥にひざまずくよう促し、その肩に大メダルをとめた。元帥は自分の受けた名誉に感激しているようで、立ちあがりつつ、皇太子の手にキスをした。

「ここで待っていてくれ」ドミニクはアレクサンドロフに言った。「摂政皇太子殿下の補佐官が皇帝陛下の計画変更のことを知っているかどうか確認してくる」

「しかし謝罪をしなければならないのなら――」

「そんなことはしなくていい。きみのために必要なことは全部話してくるよ」

「しかしそれでは――」

ドミニクはアレクサンドロフの言い分を最後まで聞く気はなかった。いまは自分の伝達事項を伝え、このいまいましいばか騒ぎから逃げだすことしか頭になかった。摂政皇太子はこの騒ぎに大喜びしているかもしれないが、しもじもの人間にとって、これから先の数週間は試練の連続となりそうだった。

4

ドミニクはアレクサンドロフを促し、ともに玄関の間へと入った。エイキンヘッド家の執事ウィザリングがお辞儀をしてふたりから帽子を受けとった。

「レオ卿《きょう》がたったいまお着きになったところです。書斎にいらっしゃるはずですよ」

「それはよかった。ありがとう、ウィザリング」ついでドミニクはフランス語に切り替えた。「わたしの弟を紹介しよう、アレクセイ・イヴァノヴィッチ。まさか弟が帰っているとは思わなかった」

「ロンドンじゅうがお祭り気分ですからね。それを見逃したくなかったのでは？」

「それはどうかな。自分の目で判断するといい。こちらだ。ウィザリング、最上のマデイラワインを少し持ってきてくれないかな」

「すでにお持ちしました。レオ卿が――」

ドミニクは笑い声をあげた。「それはそうだな。レオはここにいるときはいつも勝手に好きなワインを飲んでいるのだから」

ウィザリングが書斎のドアを開けると、レオが革張りの安楽椅子から立ちあがり、にこにこしながらこちらへやってきた。「ドミニク！　今夜会えるとはね。夜通し摂政皇太子殿下に駆けずりまわされているものと思っていたよ」

「つまりわたしのマデイラワインをまだ何時間かかけてしこたま飲めると思っていたわけだな」

「当然じゃないか」レオはよどみなく答え、ドミニクの連れにちらりと視線を投げた。

「無礼を許してもらいたい、アレクサンドロフ」ドミニクはすぐフランス語で言った。「わたしの弟、こレオ・エイキンヘッド卿を紹介させてもらえるかな。レオ、こちらはロシア皇帝づき補佐官のアレクセイ・イヴァノヴィッチ・アレクサンドロフ大尉だ」

レオとアレクサンドロフがお辞儀と挨拶《あいさつ》をかわした。

「こんなに早くひまになるとは驚きだな」レオが訛《なまり》のないフランス語で言った。「ひまになったんだろう？」

「そうだ。あすの朝まで。そうだね、アレクセイ・イヴァノヴィッチ？」

「今夜皇帝陛下からはおひまをいただいています。陛下は大公妃殿下と夕食をおとりですから。とはいえ、あす朝食前に乗馬をなさるとすると、そのときはお供をすることになります」

「では今夜はあまり飲めないね。なんと残念だ。ドミニクの極上ワインを紹介しようと思ったのに」

「わたしは――」

「弟の無礼を許してもらいたい」ドミニクはすばやく言った。「救いがたい悪癖でね。弟は飲んだくれのふうを装っているが、きみをだまそうとしているだけだ。それにわたしをも」

若いロシア人はふたりに笑いかけた。「軍隊仲間からはもっとひどい悪さをしかけられていますよ。ただし、わたしはめったに飲みません」

レオは目を丸くしたが、行儀よくなにも言わなかった。それに反してドミニクはまったく驚かなかった。ふたりが言わば対立する側同士であるのは実に残念なことだ。アレクサンドロフは喜んで自分の友人と呼びたい若くて優秀な軍人なのだから。まだ知りあって一日二日にしかならないが、彼が自分に合わないものに従おうとするようなたちではないとわかっている。そしてあなどってはならない男だということも。

アレックスは半分空になったグラスを置いた。どんなときもワインはグラス一杯しか飲まないことにしている。そして必ず食べ物をとりながら飲む。でも今夜、ドミニクのワインがあまりにおいしいので、アレックスはその鉄則を破りたい誘惑に駆られた。が、そうするわけにはいかない。コールダー公爵やその弟のように鋭敏な紳士と同席しているのだから。

公爵がまたもや言った。「ワインをもう少しいかがかな、アレクセイ・イヴァノヴィッチ?」

アレックスは首を振り、彼に微笑《ほほえ》みかけた。「いや、けっこうです。本当にすばらしいワインですが、グラス一杯以上は飲まないことにしているので」

「まだ一杯も飲んでいないじゃないか」レオ卿が口をはさんだ。「もしもわたしが賭博《とばく》好きなら、きみがワイン嫌いであるほうに賭《か》けたいところだな。ワインは嫌い?」

「わたしは――」

「答えることはないよ、アレクサンドロフ。弟には相手を挑発しようとする悪い癖があるんだ。たとえ相手が客であってもだ。昔からその癖を直してやろうとしているのに少しもうまくいかない」公爵が大げさにため息をついた。

「ちがうよ、ドミニク。わたしは自分の客は挑発しない。挑発するのは兄上の客だけだ」

アレックスは驚いてふたりを交互に見た。公爵は弟の応酬に笑いたいのをこらえようとしているが、うまくいっていない。レオ卿のほうはまるで天使のような表情ですましている。悪魔のにやにや笑いを浮かべた天使だ。本当に親密な兄弟というのはこういうものなのだろうか。姉妹はなく、兄弟も年の離れた母親ちがいの弟しかいないアレックスは、このような経験をしたことが一度もない。さらにはひとり娘だったので、自由時間はすべて家庭的な技能を身につけるために費やされた。継母の考える女の子の務めはまずよき娘であるために必要なこと、ついで親の選んだ相手のよき妻であるために必要なことを身につけるところにあった。務めがすべてであり、楽しみや笑いが入る余地はなにもない。

目を丸くしてエイキンヘッドの兄弟を見つめながら、アレックスは破壊的な思いにふととらわれた。スコットランド人である母がわたしをイギリスに連れて帰っていたら、わたしの人生はまったく異なったものになっていたのだろうか。わたしは女の子としての役目に喜んでおさまっていたのだろうか。アレックスのじっとしていられない性分は父ゆずりと言える。父はみずから軽騎隊に奉職しつつ、軍隊という環境のなかでアレックスを育てたのだから。アレックスは全身でその生活を吸収し、ついにはその生活にどっぷりと浸《つ》かるようになってしまった。軽騎隊員のように馬に乗り、軽騎隊員のように食事をとり、軽騎隊員のように考える。それがアレックスの愛する生活、求める生活になった。だから父が軍隊生活をやめて民間の職についたときは、まるで投獄されたような心地がしたものだった。父が未婚の娘は黙って縫い物をしていればいいという考えの口やかましい女性と再婚してからはなおさらだ。それまで愛情たっぷりに用いられていた〝アレックス〟というスコットランド式の呼び名も、堅苦しい〝アレクサンドラ〟に変わってしまった。

執事が皿を片づけに現れた。「ジャック卿がつい先ほどお着きになりました」

公爵が片方の眉を吊《つ》りあげた。「変だな。ワインがここにあるのに、ジャックはいない。亡霊を見たんじゃないのか、ウィザリング」

アレックスは笑いださないよう、うつむいて唇をかんだ。英語の会話が理解できることを公爵に悟られてはならない。

「ジャック卿には公爵さまが夕食に外国のお客さま

をお招きになっているとお知らせしました。それで書斎に向かわれたのです」

「わたしのマデイラワインのある書斎にね」公爵が笑い声をあげた。「すぐにわれわれも合流するとジャックに伝えてくれないか」

執事がお辞儀をして部屋を出ていった。

そのあと公爵は末の弟が現れたことをフランス語で教えてくれた。「あらかじめ言っておくが、ジャックはならず者でね。レオよりひどいくらいだ」

「それはどうも、ドミニク」レオ卿が落ち着き払って言った。

公爵の口元がぴくりと動いた。が、彼は弟がなにも言わなかったかのように先を続けた。「ジャックは隙《すき》を見つけてはきみを堕落させようとする。きみと同じくらいの年齢で、レオとわたしなど年を取って落ち着いてしまい、救いようがないと考えているから、賭事《かけごと》やらなにやらをやろうときみを誘うだろう」

アレックスは自分が真っ赤になっていませんようにと祈った。「ご忠告をどうも。でもわたしは賭事はしません」公爵とその弟が驚いたのは明らかだった。アレックスはそこでいつもの嘘《うそ》をつくことにした。「残念ながら、賭事をする余裕がないんです。貴族でなければロシア軍の将校にはなれませんから、たしかにわたしの家系は貴族ではあるけれど、だからといって裕福だというわけではありません。カード一枚を裏返すごとにつぎの食事代を賭けることはできもしないし、する気もないんです。がっかりさせたとすれば、お詫《わ》びします」

「詫びる必要はないよ」公爵が言った。「摂政皇太子殿下からも皇帝陛下の将校たちがロンドンで高額な賭をして困ったことにならないよう、とくに気を配るようにと言われている」

「気を配るといっても、どうやって？」レオ卿がなにくわぬ顔で言った。

「さあ」公爵がにやりとした。「摂政皇太子殿下はわたしが魔法の杖《つえ》でも持っているとお考えなのかな」

レオ卿がにやにや笑いながら頭を振った。

アレックスはややとまどった。こんなふうに摂政皇太子を批判してもかまわないのだろうか。ロシアの将校が皇帝についてこのようなことを口にすることは絶対にない。

「許してもらいたい、アレクサンドロフ。きみを困らせるつもりじゃなかったんだ。君主ならそうであるとおり、摂政皇太子殿下は命令を下すのをご自分の役目だと心得ている。命令を実行する方法を探すのはしもじもの者の役目で、わたしもそのうちのひとりというわけだ」

アレックスは目を見張った。公爵がしもじものもの者？


アレックスのうしろのドアが開いた。

「マデイラワインは空にしたよ」若い声が言った。「今度はブランディを飲ませてくれないかな」

ドミニクは弟たちがふたりとも到着して若いロシア人をもてなすのに協力をしてくれるのをうれしく思った。これならアレクサンドロフを観察し、その動機を探る機会がありそうだ。それにブローニュから悩まされているあの奇妙な空想を追い払う機会も。

アレクサンドロフの声はいまもまだ自分の奥深くに奇妙な感覚を巻き起こせるらしい。その感覚を取り除くのだ。なんとしても。アレクサンドロフは男なんだぞ！

ドミニクは自分の任務に意識を集中させようとした。アレクサンドロフを試す方法を見つけなければならない。たとえ彼が警戒しているにきまってはいても。彼は慎重に考えてからしゃべっている。その一方で、ときおり気持ちが顔に出ている。これはドミニクの母もよくやるしくじりだ。女性の場合は許されるが、軍人がこれではいけない。たとえば、アレクサンドロフはドミニクと弟たちがからかいあうのを聞いて、驚きをはっきり表情に出していた。きっと兄がいないにちがいない。

「ロンドンではなにを見た、大尉？」レオが尋ねた。

レオは人物を判断する能力については自分より兄のほうが優れているのを知っている。そこでドミニクが観察できるよう、アレクサンドロフの注意を自分のほうへ引きつけたのだ。

アレクサンドロフはやや緊張を解いたようすでレオに微笑みかけると、半分だけワインの残ったグラスを取り、ほっそりした手でそのグラスを何度もまわした。これは演技だなとドミニクは思った。過去に泥酔して恥をかいたことでもあるのだろうか。

「皇帝陛下はきょう到着されたばかりなのですよ。いままでにわたしはパルトニー・ホテルとコールダー公爵の馬車のなかを見ましたが、長い時間ではありません。馬車は足が一本しかないかたつむりのようにのろのろと進んで――」

「ロシアのかたつむりには足があるの？」ジャックが尋ねた。「するとイギリスまで来るうちに足がなくなったかな」

「わたしの……わたしの言いたいのは……」

かわいそうに、アレクサンドロフは真っ赤になっている。これくらいでまごつくようでは、アルコールを制限しているのも不思議はない。そこのところを確かめてみよう。

「これは家族内でよくかわす冗談なんです。フランス語ではうまく表せませんが。言いたかったのは馬車がなかなか進めなかったことで、それで公爵とわたしはカールトン・ハウスまで歩かざるをえませんでした。カールトン・ハウスのなかは豪華でした」

「ぎらぎらしすぎてわたしの趣味には合わないな」

ジャックがつぶやいた。

「弟が無礼なことを言って申し訳ない」ドミニクはあわてて言った。「ジャックの趣味は賭博場の内装といったところでね。上品な場所には同行しないことにしている。それどころか、われわれの実の弟ではない、赤ん坊のとき取り替えられたと言っているくらいなんだ」

ジャックがあきれ声をあげ、椅子から立ちあがりかけた。

「あいにく」ドミニクは平気で先を続けた。「ジャックとわたしはそっくりな顔をしているので、だれもその話を信じてくれない」

アレクサンドロフがうなずき、すまし顔で言った。

「もしかすると、ふたりとも取り替えられたのではありませんか？　本当の跡継ぎはおふたりのどちらにも似ていないレオ卿なのかも」

ジャックが噴きだした。

その隣でレオもにやにや笑っている。「われらがロシアの客人も負けていないぞ。わたしが兄上だったら、ことばに気をつけるな」

「それはもうはっきりしている。アレクサンドロフ大尉は仲間の将校からさんざんからかわれて鍛えられたと想像するよ。そうじゃないのかな？」

「おとなしくからかわれていてはだめなんですよ、公爵。ときおり反撃して、仲間に自分の役目は気晴らしをさせるだけじゃないと思い知らせてやるんです」

「たしかに。それで、きみの役目はなんなのかな」

「わたしは光栄にも皇帝陛下づき補佐官に任命された、マリウポリ軽騎隊に所属する大尉です。すでにご存じですよね？」

ドミニクはうなずき、グラスを取ってワインをたっぷりと口に含んだ。「ふと思ったんだが、皇帝陛下の従者には若い将校がすでにおおぜいいるようだね。そこへなぜきみを加えたんだろう」

「ああ、理由は簡単です。陛下とは」アレクサンドロフはよどみなく答え、やや顔を赤らめて胸の聖ジョージ十字勲章に触れた。「これを授かって以来何年かお目にかかっていなくて、慈悲深くも陛下はわたしがどうしているだろうかとお思いになったのです。そして宮廷長官のヴォルコンスキー公が今回のイギリス訪問のあいだわたしを随行員に加えてはどうかと提案してくださいました」

何度も練習したせりふだろうなとドミニクは思い、どこまでが本当のことだろうと考えた。おおぜいいる若い将校たちがどうしているか、いちいち気にかける君主がどこにいるだろう。何年も会わずにいればなおさらだ。

ドミニクは体を乗りだした。「いつきみは――」

またもやドアが開き、執事が現れた。ドミニクは顔をしかめた。こんなときにじゃまが入るとは。

「失礼します。ただいま伝令がまいりました。なにか緊急の用件があってのことと思いますが、お会いになりますか？」

ドミニクは立ちあがった。執事はどこからの伝令かを言っていない。つまり近衛《このえ》騎兵隊からかもしれない。あるいは外務大臣からか。

「ありがとう、ウィザリング。すぐに行くよ。摂政皇太子殿下がなにかでお悩みなのだろう。たぶん外《がい》套《とう》の色のことではないかな」

公爵が出ていったとたん、ジャック卿が故国のことや家族についてアレックスにあれこれ尋ねはじめた。アレックスは極力情報はもらさないよう気をつけつつ、できるかぎり質問に答えた。しかしそれでも、自分の育った家庭と両親についてはつい思った以上に話してしまった。

公爵が戻ってきたとき、公爵のふたりの弟はボクシングについて活発なやりとりをはじめたところだった。重々しい表情で入ってきた公爵は、弟たちを見て表情をやわらげた。「またけんかしているのか？　それも客人の前で。おまえはもう少し行儀がいいと思っていたのに、ジャック」

「それは、ドミニク――」

「申し訳ない、アレクサンドロフ大尉。ジャックは昔から始末に負えない悪がきで、おまけにレオはジャックをおとなしくさせるすべがまったく身についていないんだ。甘やかすばかりでね」

「自分の兄でなければ、決闘を挑むところだぞ、ドミニク！」ジャック卿がはじけるように立ちあがり、手をこぶしに握った。

「決闘を挑むなら、わたしのほうが先だ」レオ卿がうなった。

公爵がにやりと笑った。「おまえの挑戦は受けないよ、レオ。武器を持たせてもらったとしても、わたしが負けるにきまっているからな」公爵はワイングラスを取り、ひと口飲んだ。「さて、アレクサンドロフ、よければきみをホテルまで送っていこう」

「その必要はありません。ひとりで帰れます」

「サーベルを携え、ひと言も英語を話せないうえ、小柄なのに？　だめだ、だめだ。摂政皇太子殿下から皇帝陛下の随行員にはあらゆる手助けをするよう言いつかっている。人に踏みつぶされるようなことをきみにさせては、わたしの職務怠慢になる」

これ以上固辞しては失礼に当たる。それに公爵には伝令がもたらした緊急の用件があるはずだ。それについてできるだけ探らなければならない。そう思いなおし、アレックスは言った。「それはご親切に、公爵。では差し支えなければ、送っていただきましょう。近衛騎兵隊から招集がかかったのなら、わたしは貸し馬車でホテルに戻ります」

公爵の口元がぴくりと動いた。「それもいいが、ホテルには着けないのではないかな。通りはまだ人でいっぱいだ。では出発しようか、アレクセイ・イヴァノヴィッチ」

アレックスは突然頬が熱くなるのを覚えた。またもロシア式の名前で親しく呼ばれたからにちがいない。公爵自身のせいであるはずがない。

ところがそのとき、公爵は廊下へとアレックスを促しながら、兄弟のように肩に腕をかけた。アレックスは心臓が止まるような心地を覚え、突然、まるでワインを飲みすぎたように、頭がくらくらした。いったいわたしはどうなってしまったのだろう。

5

夜も遅かったが、通りはまだ人であふれていた。パルトニー・ホテルに向かいながら、ドミニクはアレクサンドロフが信じられないほど小柄で無防備に見えるのに気づいた。携えているサーベルが戦場で血の味を知っているのはまちがいなさそうだが、ロンドンではなんの役にも立たない。

「やい！　なんで押すんだ！」ドミニクの少しうしろでとてつもなく太い腕をした男がひどい形相でアレクサンドロフに言った。かなり酔い、大きなこぶしを振りあげてアレクサンドロフに殴りかかろうとした。

アレクサンドロフが柄《つか》に手をかけてサーベルを抜

きかけた。「抜くんじゃない」ドミニクはふたりのあいだに割って入った。この程度の相手なら殴り倒すこともできるが、そうしてはアレクサンドロフのサーベルに負けないほど危険な事態を招きかねない。殴り合いのけんかはたちまちおおぜいの人々を巻きこみ、暴動に発展しかねないのだ。

「こちらはロシア皇帝づきの将校だ」ドミニクはちゃんと聞こえるよう声を張りあげた。「われわれはロシア人を歓迎するためにここにいるんだろう?」

酔っ払いはまごつきはじめたようだった。まわりでは人々がなにか文句をつぶやき、そのうちのひとりふたりが彼を引っ張ろうとした。

「アレクサンドル皇帝に万歳三唱!」ドミニクは声を張りあげた。

ほっとしたことに、少なくとも十人くらいの声がそれに応《こた》えた。三度目の万歳では、五十人ほどに増えた。それに問題の酔っ払いも険悪な形相から笑顔に変わって万歳に加わっている。

ドミニクは安堵《あんど》のため息をつき、人をかき分けてもっと安全で静かな横道へと移動した。アレクサンドロフに注意しておかなければならない。「助言していいかな、アレクセイ・イヴァノヴィッチ、ロンドンの街をひとりで歩くのは賢明じゃない」

若いロシア人は見るからにむっとしたようすでなにか言いかけた。

「きみを侮辱しようとしているんじゃない」ドミニクは急いで言い、アレクサンドロフの肩を軽くつかんだ。「きみの勇敢さには疑う余地がない。わたしが言いたいのは、ロンドンの群集は簡単に煽《あお》られて暴動を起こすことがあるということなんだ」

アレクサンドロフはかなり顔を赤くしている。どうやらサーベルを抜くのが早いのと同様、怒りに駆られやすいようだ。

「きみが意図的にそうしたのでないのはわかってい

るが、もしもあのままサーベルを抜いていれば、あの場の空気が一瞬のうちに変わっていたかもしれない。一般の民衆は外国人が好きでたまらないというわけではないからな。たとえナポレオンを打ち負かすのに手を貸してくれた外国人でもだ」

「手を貸す？　それはまちがいです、公爵。ロシア軍とイギリス軍の死傷者数を比べれば――」

「きみやロシア軍を貶《おとし》めるつもりはさらさらない」ドミニクはなだめるつもりでロシア人の肩を軽く叩《たた》いた。それは役に立たず、アレクサンドロフはますます赤くなった。「わたしはきみの力になろうとしているだけだ。それはわかってくれるね？」

ドミニクが手をのけたとたん、アレクサンドロフの顔から赤みが引きはじめた。さらには微笑《ほほえ》もうとさえしている。助言を恩着せがましいと思ったのだろうか。だからむっとしたのだろうか。

ドミニクがさらに説得しようとしたところへ、あらたに万歳の声がわきあがった。パルトニー・ホテルのバルコニーに皇帝がもう一度姿を現したのが見える。群集は熱狂的な歓迎ぶりを示している。

「外国人が嫌いなようには見えませんよ、公爵」

「たしかに。しかし覚えておいたほうがいい。ロンドンの群集は気まぐれなんだ」

アレクサンドロフは前より慎重にドミニクのことばを受けとめているようだった。「ご忠告は理解できます。たしかに軽率でした。短気を起こしてしまい、申し訳ありません。不当な怒りでした」

「気にしなくていい。詫《わ》びることなどなにもないよ」ドミニクはほっとして微笑んだ。恐ろしく気の短いこの若いロシア人に対して自分はなぜかやさしくなってしまう。彼が感情を害するようなことはなんとしてもしたくない。「ほら、皇帝陛下がバルコニーから去っていかれる。かわいそうに、群集が騒ぐからバルコニーから落ち着いてくつろげないようだ。ロシアでもこんなふうに迎えられるのかな?」

「いや、必ずしも同じではありません。陛下は国民にとって〝小さな父〟なんです。関係がちがいます」

国民にとって父親? 摂政皇太子が父親だなどとうてい想像もできない。ドミニクは真顔でいるのに苦労した。アレクサンドロフはまたむっとしたようだ。最愛の皇帝が軽んじられることにひどく敏感らしい。「すまない。皇帝陛下と摂政皇太子殿下を心のなかで比べずにいられなかったんだ。殿下はいろいろなふうに呼ばれてきたが、〝国民の父〟というのはまったく似つかわしくない」

「敬う気持ちがあまりないんですね、公爵」アレクサンドロフは当惑した表情を見せた。

「それがイギリス人の流儀なんだ。君主や国への忠誠心はきわめて厚いが、その欠点に目をつぶることはしない。それにイギリスでは君主の力は絶対ではない。ゴシップ紙や風刺漫画では摂政皇太子をあざ笑っている。その愛人や浪費癖をね。それがわれわれの流儀なんだ」

アレクサンドロフは驚いたように頭を振った。彼がロシア人とはまったくちがうイギリス人の意識をとらえかねているのは明らかだった。しかし少なくとも彼は理解しようと努めている。

ドミニクは彼の背中を叩いた。「心配無用だ。皇帝陛下のイギリス滞在中にそのようなことは起きない。それにロンドンじゅうが祝賀気分でいる。若くて精力的なアレクサンドル皇帝陛下は絶好の名目なんだ」

アレクサンドロフはまた赤くなった。「われらが最愛の皇帝陛下は偉大な方です」

ふたりはパルトニー・ホテルの前まで来ていた。夜も更けたせいか、群集は少しずつ減りはじめているようだ。皇帝がもう一度姿を見せることはまずないだろう。ホテルの玄関ロビーを通りながら、ドミニクはアレクサンドロフにそう話し、さらに言い添えた。「しかしだからといって群集が期待するのをどうすることもできない。今夜きみの〝小さな父〟と随行団はあまり眠れないのではないかな。しかもそれは今夜だけにかぎらない」

「皇帝陛下はさほど睡眠を必要とされません。ここ数日のうちにその目でごらんになれますよ。陛下はたいへんな精力の持ち主なんです」

「きみがついていけるのなら、わたしにもできるだろう。まだそこまで年寄りではないからね」ドミニクは片方の眉を上げ、機知に富んだ応酬を期待した。

ところがアレクサンドロフは真っ赤になった。

「どういう意味ですか、公爵?」

ドミニクは頭を振り、にやにや笑った。この若者もまだまだ学ぶべきことがある。

アレクサンドロフがやや緊張を解いた。「補佐官はあらゆる場所へ陛下に随行するわけではないんです。それぞれの補佐官にはそれぞれの持ち場があって、たとえばわたしは乗馬の際に同行しますが、舞踏会そのほかの社交的な催しには行きません」

「それは幸運だな。舞踏会というのは実に退屈だ」

「わたしはそれほど舞踏会に出席したことがなくて。でも参加した舞踏会が退屈だったとは思いません」

「ほう? ではどんなだった?」

アレクサンドロフの表情から、ドミニクは〝恐ろしい〟が適切なことばだろうと考えた。舞踏会のような催しをアレクサンドロフが恐れるのはなぜだろう。若い男なら、若くてきれいなレディたちに会えると大喜びするはずだが。

「残念ながら、わたしはダンスができないんです。母なるロシアが生き残るために戦っているとき、兵士がそのように浮ついた技を身につけようとするのははずかしいことです。軍刀の使い方を学んだほうがずっとましです」

　ドミニクはこの話題はここで打ち切るべきだと判断した。「ザス少佐もきみといっしょに乗馬に参加するのかな」公園で乗馬を楽しむなら、少佐と形式ばらずに接触するいい機会になる。なにか有用な情報が得られるかもしれない。

「時間が取れれば参加するでしょう。皇帝陛下は全員が健康のために乗馬をすべきだとおっしゃっています。運動はとても重要だと」

「陛下のおっしゃっていることはもちろん正しい。教えてもらえないかな、アレクサンドロフ。陛下が朝乗馬をなさるかどうかは、どうすればわかる？前日の夜にお決めになるのだろうか？」

「いいえ、ちがいます」

「すると、陛下のご計画を知るには、毎朝使いの者をここに送らなければならなくなるな。使いの者にはきみに尋ねろと指示していいだろうか？」


　アレクサンドロフが微笑んだ。「もちろん。わたしは毎朝早く、日の出とともに馬に乗ります」

　ドミニクは芝居がかったうなり声をあげた。「午前四時までダンスをしていたら、無理だね」

「たぶん。でも皇帝陛下はよくそうなさいますよ」

「わたしはやはり年を取ったんだ。さて、これ以上きみの仕事のじゃまはしないよ。あすの朝使いの者を送る。六時でいいだろうか？」

「そうですね。陛下は七時前にお出かけになることがよくありますから、六時ならそちらの支度の時間も充分取れるでしょう」アレクサンドロフはドミニクのしみひとつない夜会服を眺めた。「ロンドンの紳士は着替えにたっぷり時間をかけると聞いています。幅広のネクタイ《クラバット》の結び方を工夫したり……」

　ドミニクは思わず口元をぴくりと動かした。「伊達男《だて》のボー・ブランメルならたしかにそうだろうが、わたしはちがうよ。六時半に使いの者が帰ってくれば、七時には公園で馬を駆っていられる」

アレクサンドロフがいたずらっぽい笑みを浮かべた。「朝の五時までダンスをしないのですか？　このあと舞踏会に行かれるのでは？」

「いや、行かない。これからいろいろな人に会わなければならないのでね。あすの朝、公園で会うのを楽しみにしている。ではそのときにまた」ドミニクはお辞儀をして玄関に向かった。

「コールダー」

ドミニクは振り返った。アレクサンドロフが微笑んでいた。広々とした玄関ロビーでその姿はとても小さく、まるで少年兵のようだ。

「今夜はおもてなしいただいて、ありがとうございました。それから酔っ払いの件で救っていただいたことも」彼は礼儀正しくお辞儀をした。

「どういたしまして。弟ふたりも楽しかったはずだ。ところで、弟たちの言ったことを鵜呑《うの》みにしないように。わたしはふたりが言うほどひどくはない」

アレクサンドロフはふたたびお辞儀をして階段に向かった。

ドミニクは笑みを浮かべてホテルをあとにすると、ピカデリーを歩いた。興味深い男だ、あのアレクサンドロフ大尉は。話し相手としておもしろいし、機知を抑えないときはとくにそうだ。ドミニクはそう思い、つきあいを深めるのが楽しみだな。ドミニクはそう思い、胸が温まるのを覚えた。そこへ任務のことが割りこみ、温かな気分のじゃまをした。アレクサンドロフはザス少佐をはじめ皇帝側近に接近する手立てとして利用すべき存在なのだ。そして報告を待ちわびているはずのカースルレー卿《きょう》に情報を伝えなければならない。あす公園でザス少佐と話をしたいものだ。それにアレクサンドロフがいかに巧みに馬を操るかも見てみなければ。

アレックスはなにくわぬ顔で階段を上り、最初の踊り場を曲がった。玄関ロビーから見えないところまで来ると、足を止めて手すりをつかんだ。もう片方の手が震えている。

上の踊り場から笑い声が聞こえてきて、アレックスはわれに返った。同僚たちは任務から解放された夜を楽しんでいるらしい。アレックスは無理やり背すじを伸ばし、いつものさっそうとした足取りで階段を上りはじめた。いつもとちがうアレクサンドロフ大尉をだれにも見られてはならない。

皇帝随行団のほぼ全員が二階の大広間にいた。皇帝からふるまわれたワインを浴びるほど飲み、ソファに横になっていびきをかいている者もいる。

「アレクセイ・イヴァノヴィッチ、どこに行ってたんだ？」同僚のひとりがやってきて、肩に手をかけようとした。

アレックスはわきへのいてそれをよけた。「ザス少佐は？　わたしの報告をお待ちのはずなんだが」

「どんな報告だ？」

うっかり口をすべらせたことばが相手の酔った頭にも引っかかったらしい。少佐から極秘で指示された任務なのに、うかつにももらしてしまった。

意識を集中するのよ、アレックス！　いったいどうしてしまったの？　ふだんのあなたはそこまで不注意じゃないわ。今回のような仕事はすでに何度もやっているじゃないの。

でもコールダー公爵のような人とは初めてだわ。心の片隅でつぶやく声がある。公爵はわたしの心の平静をすべて奪ってしまった。彼に触れられたとたん、わたしは――。

「アレクサンドロフ、ようやく現れたか」ザス少佐が控えの間から出てきた。彼はまだ素面《しらふ》で、アレックスを部屋へ促し、ドアを閉めた。「遅かったな。そのかいがあったのならいいんだが。さあ、どんなことがわかった？」

アレックスは少佐にできるだけいい報告をもたらすことに意識を集中し、カールトン・ハウスと公爵の自邸であったことを手短に話した。

「公爵自身についてわかったことは？　探る機会がいっぱいあったような印象だが」

「コールダー公爵は非常に注意深い人物です。彼の弟ふたりについては十分間で多くのことを知りましたが、公爵とはずっといっしょにいたのに、わかったことはほとんどありません」

少佐が眉をひそめた。

「しかしそのこと自体興味深く思えます。公爵はずばりと質問しても、返答を極力避けます。なにか隠している気が強くします」たしかにそうだ。こちらからきかれるのを避けていた。それに目が合うのも。夜、これからなにをするつもりかというごくありふれた質問すら。「これからカールトン・ハウスに戻って今後の予定の確認をするというそぶりを見せていましたが、本当はそうではないと思います」

「あとをつけたほうがよかったのではないかな」

それは考えもしなかった。彼から早く離れたい気持ちが強すぎたのだ。混乱した思いを静め、体が勝手に示す反応を隠したくて。アレックスは少佐の視線を避け、簡単に答えた。「軽騎隊の軍服姿ではあとをつけるのは無理です。軍帽の白い羽根飾りでどこにいてもわたしを見つけられると公爵自身が言っていますから。とはいえ――」

「たしかにそのとおりだ。公爵の思惑を探るには、ほかの方法を考えなければ。今後も当分は公爵のそばにいるようにしてくれ」

アレックスはどきりとせずにいられなかった。公爵のそばにいるのはとても厄介だ。ずっと自慢にしてきた冷静沈着さがどこかに行ってしまう。

「ではほかの仲間のもとへ戻るように。みんなきみはどこにいるんだろうと思っているにちがいない」

「わかりました。皇帝陛下はあすの朝乗馬をなさるかどうか、お決めになりましたか？」

「乗馬をなさると思う。きみも同行するかね？」

「もちろんです」

「よろしい。公爵もそのつもりならいいのだが」

一瞬アレックスは公爵が公園に現れないことを願った。ついさっき別れたばかりなのに、また明朝厄介なひとときはすごしたくない。しかし任務に対する義務感が頭をもたげた。自分の務めは公爵の意図や行動についてできるかぎり情報を探ることにある。

「ひと言だけ忠告しておこう、アレクセイ・イヴァノヴィッチ。コールダー公爵と親しくなりすぎないように。彼は強い影響力を持つ人物だが、きわめて非情でもある。なんとしても彼に近づかなければならないが、警戒は絶対に解いてはだめだ」

すばらしい助言だ。でももう遅い。

寝室のドアの鍵《かぎ》をかけ、これでだれにもじゃまされることはないとわかっていても、アレックスは気を抜けなかった。軍帽と手袋をたんすの上に置き、剣帯をはずす。いつものように細かく気を配りながら剣帯を置いて、ぴったりした軍服を脱ぎはじめた。

そのときになってようやくふつうに息ができるようになった。

なんという一日だっただろう。なんという夜！

それでも皇帝陛下のイギリス訪問はまだはじまったばかりだ。まだ滞在は何週間も続き、その間つねにコールダー公爵がそばにいる。まるで有害な影のように。いや、ちがう。そんなことを言っては不当だ。彼の意図に悪意はないだろう。少なくとも自分にとっては。彼は父親のようにやさしい。でも父親のようでなどあってもらいたくはない。彼は男性、わたしの体じゅうを熱くさせ、胸をどきどきさせる男性。

妙に幼く見える軽騎隊の軍服姿の自分ではなく、女性として見てほしい相手だった。アレックスは頭を振った。なぜこんな変なことを考えてしまうのだろう。自分は男女間の気持ちのことなどなにも知らないのに。これが情熱なのだろうか。同僚たちをしょっちゅう駆りたてているらしい欲望というものなのだろうか。

アレックスは大きなベッドに腰を下ろし、ほんのしばらく目を閉じた。彼はどうやってわたしの防御を破ったのだろう。外国人で、しかも地位もずっと上の人なのに。これまでアレックスは男性に引かれたことがない。どの男性も同僚や友だちとしてしか見たことがない。それなのに、コールダー公爵はそれ以上の存在になりそうな気がする。彼のどこがそう思わせるのだろう。

わからない。まだ二日しかいっしょにすごしていなくて、彼のことはほとんど知らないのだから。でもそれなのに、まるで彼が自分の一部であり、自分が彼の一部であるかのように、ずっと前から知っている気がする。

ばかばかしい！　そんなことはありえない。きっと欲望のせいだ。さもなければ、頭がおかしくなったにちがいない。彼はイギリスの公爵で、自分はロシアの下級貴族の娘にすぎない。しかも家出をして男性に扮《ふん》して軍人になった身の上では、ますます公爵にはふさわしくない。自分は気にしなくても、彼のほうは気にするにきまっている。

いや、彼は気にすることなどない。女であることを絶対に悟られずにいるから。彼にとって自分は見かけどおり軽騎隊の将校でありつづけるのだから。

アレックスは目を開け、考えを凝らそうとした。動いた拍子に拍車がベッドの上掛けに引っかかった。布の裂ける音にアレックスは現実に戻った。

「アレクセイ・イヴァノヴィッチ・アレクサンドロ

フ」声に出してアレックスは自分に言った。「おまえは折り紙つきの勇気ある騎兵だとしても、こと男性にかけてはどうしようもない愚か者だ。今回の相手は外国人で、それも危険な外国人でさえありうる。おまえは今後数週間彼とともにすごす。おまえに求められるのはそれだけのことだ。それがそこまで耐えがたいことなのか？　ほんの数週間秘密を明かさずにいられないのか？　これだけ長いあいだ秘密を守り、一瞬の警戒も怠らなかったおまえなのに。そのおまえが告白したいと願っている。彼に。なんということを！　それも彼が束《つか》の間微笑みかけてくれるかもしれないという期待のために。彼がそんなことをするはずがない。本当は女だとわかれば、彼は逃げていくにきまっている。そしておまえは軍服で男に変装したとんでもない女だと暴露され、完全に終わりだ。恥辱にまみれ、父の家に戻らなければならなくなる。そうなったらなにが待っているかを忘れるんじゃない」

激しく頭を振り、アレックスは裂けたベッドの上掛けから拍車をはずすと、立ちあがって鏡に映った自分を見つめた。そこにいるのは、ブーツに膝丈《ブリー》ズボン《チズ》とシャツという姿ではあっても、刈りあげた髪にひげのないあごをした若い騎兵だった。

おずおずとアレックスは胸に手をやり、小さな乳房を覆った。なぜか乳房はやわらかく感じられた。それにいつもより大きくも。

アレックスはもう一度鏡を眺めた。そしてうめき声をあげた。シャツに目が行く。ふいに大きくふくらんだ胸と突きだしたその頂に。

いま鏡に映っているのは男の姿ではない。どう見ても女。男の服装をしていても。

家に戻り、自分の書斎で静かにブランディを楽しむのはいいものだ。ドミニクは満足げに長いため息をもらし、暖炉の小さな火のほうへ足を伸ばした。

きょうは長くて疲れる一日だった。最後にカースルレー卿と会ったのはまったく無意味だった。どうやってたった二十四時間でロシア皇帝の思惑をすべて探りだせるというのだ？

「アレクサンドロフにはどこか奇妙なところがあると思わないか？」

いきなりジャックの声がしてドミニクはぎくりとわれに返った。

「奇妙？　奇妙ってどんな具合に？」レオが尋ねた。

「はっきりとはわからないんだが、そういう感じがする。どこか変だという気が」

「勲章を授かった軍人でひげがないのは奇異な感じがしてもしかたないな」レオは自分のグラスにワインをついだ。「それに彼はロシア人だ。われわれとはちがう。いくぶん奇妙に見えても不思議はない」

ジャックが体を起こし、レオとの議論に身構えた。

ドミニクはこのやりとりをこれで終わらせようと判断した。不快だからというだけではない。どこか立ち入りすぎている気がするのだ。「やめないか、ジャック。わたしはせめて二、三時間静かにすごしたくて帰ってきたんだ。おまえたちの口げんかを聞かされるのはごめんだぞ」

「しかし――」

「レオはおまえを侮辱しようとしたわけではない。おまえはすぐにかっとしすぎだ。レオの言うとおり、ロシア人はイギリス人とちがう。こと誇りにかけてあれほど敏感な将校たちはめったにいない。おそらくおまえと同じくらい簡単に決闘を申しこんでくるよ。ロシア人についてはまだまだ学ぶことが多い。われわれ全員がね」

ジャックが椅子に座りなおし、ブランディをたっぷり口に含んだ。「たぶんそれは正しいな。しかしそれでも、アレクサンドロフにはどこか――」

「だから、もうやめろよ」レオが本を一冊つかみ、それをジャックに投げた。

ジャックはひょいとそれをよけ、にやにや笑った。

「腕が落ちてきているぞ、レオ」

レオが大げさにうなった。「本気で投げたら、急所にめりこんだところだ。わざとはずしたのをありがたく思うんだな」

ジャックはなにも言わず、すました顔をしている。

ドミニクはほっとため息をつき、あごを撫《な》でた。ひげが伸びてきている。アレクサンドロフはなんと不精な男だと思ったにちがいない。いや、それはちがう。パルトニー・ホテルで別れる前、アレクサンドロフは朝の着替えにはたっぷり時間をかけるのだろうとこちらをからかっていた。あの男は機知に富むが、生意気でもある。

ドミニクはにやっとした。あすは思い知らせてやるぞ。

6

ドミニクは驚いて目を覚ますと体を起こした。

「六時二十五分です」側仕《そばづか》えのクーパーがいつものようにブラック・コーヒーをベッドのそばのテーブルに置いた。「皇帝陛下は七時に乗馬をなさいます」

ドミニクはうなり声をあげた。なぜ頭がこんなに重いのだ？　ゆうべはそれほど飲んでいないのに。

いまはそんなことを考えている場合ではない。二十分以内で着替えをすまさなければならない。

ハイド・パークの門を入ったころになって初めて、頭のなかにある光景がよみがえり、ドミニクは納得した。クーパーはあの奇妙な夢の最中にわたしを起こしたのだ。頭がぼうっとしたのも無理はない。夢のなかで自分はぐっすりと眠っていた。場所はわからない。テーブルに着いていて、向かい側には知らない人が座っていたような気がする。ぼんやりとした人影で、ワインの入ったグラスをもてあそんでいるほっそりした手しかよく見えなかった。そしてそこへ暗闇《くらやみ》から短剣を握ったもうひとつの手が現れた。その手の持ち主もやはり見えなかった。そして最も奇妙だったのは、短剣が振り下ろされてワイングラスを割り、グラスを持っていた手にワインを浴びせたことだ。

ドミニクは頭を振り、その不穏な光景を追い払おうとした。腕から切り離されて動く手の夢？　ばかばかしい！　最後に飲んだブランディのボトルになにか入っていたにちがいない。

馬に乗るのはいい気分だ。のびのびする。アレックスは露に濡《ぬ》れた芝生で馬を跳ねまわらせた。愛馬ペガサスに乗るのと勝手はややちがうものの、イギリス王室の厩《うまや》から借りたこの去勢馬はよく走る。

アレックスは広大なハイド・パーク内をぐるりと眺めた。ロシアの公園や野原と比べて文句のひとつもつけたいところだが、公平に考えてそれはできない。この公園は申し分なくすばらしい。

騎馬の小さな集団が美しい緑の芝生を早足で横切るなか、アレックスはもう一度あたりに目をやった。あすの朝は皇帝陛下の乗馬に同行するとコールダー公爵は言っていた。けさ六時十五分ごろに現れた使いの者に、アレックスは陛下は遅くとも七時には公園におられると伝えたのだ。いまは七時すぎだが、公爵の姿もほかのイギリス人の姿もない。アレックスは満足げな笑みをかすかに浮かべた。ベッドから鞍《くら》まで三十分もかからないと偉そうに宣言したのが、このありさまだとは！

公爵がいないと、自分はずっと平静でいられるという気がする。彼とはどんなわずかな肉体の接触も避けなければならない。彼にほんの少し触れられただけでも肌が熱くなり、鼓動が速くなってしまう。これがもっと頻繁に起きれば、抑えがますますきかなくなり、その反応を隠すのがいっそうむずかしくなってしまう。いずれ彼も気がつき、万事休すとなるだろう。彼は男が男にのぼせていると思うかもしれない。そうなったら、わたしを避けるにきまっている。そしてほかのみんなも変だと思いはじめ、あらぬうわさを立てられて責められるのを避けるために、わたしは自分が女であることを明らかにしなければならなくなる。

アレックスは頭をひと振りした。公爵への誤った思慕に負けてはならない。ふいに動いたせいで手綱が揺れ、馬がやや足取りを乱した。アレックスは上体を前に傾け、馬の首を撫《な》でながら英語でそっと話しかけた。皇帝随行団のなかでならこの程度の行為は問題ない。なにを言っているかは聞こえないだろうし、聞こえたとしても、わけのわからないことを言っていると片づけられるだろう。

「諸君」皇帝が鞭《むち》を掲げた。「ほかにはだれもいないし、ここ数日馬車と船に閉じこめられていたわれわれには運動が必要だ。そこで競走をしようではないか。あそこの木まで走るというのはどうだろう」

若い将校たちが歓声をあげた。アレックスもそのなかにいた。借りた馬の気性を試してみるいい機会になる。自分は同僚たちより体がずっと軽い。勝つ見込みは充分にあるし、勝つつもりだ。

七時になるころには、ドミニクは奇妙な夢についてあれこれ考えるのはきっぱりとやめ、きょうの任務に神経を集中していた。ロシア皇帝の一団はピカデリーに最も近い門から公園に入っただろうと彼は踏んでいたが、どこにも一団の姿はなかった。

彼は黒い種馬のシーザーを円形にゆっくりと歩かせ、どうすべきかを考えた。皇帝は予定が遅れたのかもしれない。さもなければ、まわり道をしてすでに公園に入ってしまっているのだろう。

ドミニクは鐙《あぶみ》に立ち、体を伸ばして公園内を見てみた。なにも見えない。彼は小さく悪態をついて鞍に座りなおした。主人の怒りを感じとったシーザーが耳をうしろへ向けた。ドミニクは馬の首を叩《たた》いた。「ここでもう少し待つか、それとも足を延ばすか。選択の余地なしだな。おまえは待つのに飽きてしまったようだから。それにわたしももやもやした頭をすっきりさせたいからな」ドミニクが踵《かかと》でわき腹に触れると、種馬はすぐさま駆けだした。

馬を走らせながら、ドミニクは摂政皇太子の一行はいないかとあたりを見まわした。妙なことに公園内にはだれもいないようだ。君主がふたり到着したことで、だれも彼もが習慣を変えてしまったのだろうか。夜会や夜遅くの舞踏会が多すぎるのかもしれない。

ああ、いた！　遠くに彩りあざやかな制服を着た小さな集団が見えた。集団の中心にいるやせ型で背の高い人物は皇帝で、大きな鹿毛《かげ》の馬に乗っている。青い制服に羽根飾りのついた軍帽をかぶったアレクサンドロフの姿も見える。それにザス少佐も。

突然その小集団が全速力で駆けだし、ドミニクは興味深くそれを観察した。蹄《ひづめ》の音をとどろかせながら芝生を駆けだしてまもなく、馬は一列にならびはじめた。明らかに競走していて、皇帝といえども容赦はしないらしい。皇帝は上位にいるが先頭ではなく、彼自身、将校たちが勝ちを譲ってくれるとは思っていないようだ。君主にしてはなんとめずらしいことだろう！

まもなく若いアレクサンドロフが仲間より十メートルほど先に出た。馬の首に覆いかぶさるように上体を低く倒している。馬がつまずきでもしないかぎり、彼が勝つだろう。ドミニクは息をひそめて競走を見守った。

アレクサンドロフが決勝点に達し、勝利の叫び声をあげてから馬に品よくピルエットをさせた。彼の喜びように、ドミニクも思わず頬をゆるめた。乗り慣れない馬でここまで走れるとはたいしたものだ。生まれつき乗馬の素質があるところへ、軍隊生活でさらにそれが鍛えられたのだろう。ドミニクはアレクサンドロフと距離を保とうとしたにもかかわらず、胸が温まるのを覚えた。いったいなぜ自分は急にこまで軟弱になったのだ？ 最近どうも妙なことばかり起こる。彼は頭を振った。アレクサンドロフが若くて、才能に優れていて、熱意と元気にあふれている点など、とてもジャックに似ているからにちがいない。茶目っ気たっぷりのところもだ。アレクサンドロフはほとんど酒を飲まず、賭事《かけごと》もしないが、とても高潔な男、誠実で信頼できる友となりうる男に思える。味方同士になりさえすれば。

ドミニクは芝生を横切る代わりに防風林の裏をまわっていくことにした。競走を見ていたことをアレクサンドロフに知られたくなかったのだ。なぜかは考えなかった。集団の行く手に突然現れて、アレクサンドロフに遅刻したことでからかわせてやろうと彼は自分に言い聞かせた。

五分後ロシア皇帝にお辞儀をした彼は、アレクサンドロフとザス少佐のあいだに割って入った。

「遅刻ですよ、コールダー！」アレクサンドロフが得意げに言った。

「たしかに。しかしすばらしい朝だ。ハイド・パークはいかがかな、少佐？」

少佐は形式どおりに褒めことばで答えた。アレクサンドロフが競走のあとの上気した頬のまま言った。

「すばらしい公園です。ただしロシアにはここに負けないような公園がいくつもありますよ」

ドミニクは眉を上げた。「そうだろうね。しかし貴国はイギリスより土地が少々多い」

少佐が高笑いをした。さらにアレクサンドロフも。

「やられた。今後はあなたをへこませようとするのはやめます」

「まったくだ」少佐がおかしそうに言った。「年上の人にはもっと注意して話したほうがいい。公爵相手ではなおさらだ」

「いや、いや」ドミニクはあわてて言った。「全員が紳士で平等だ。アレクサンドロフには好きなようにわたしをからかわせておいていただきたい。わたしが弟たちに紹介するという愚かなことをしたものだから、すでに彼は練習している。弟はふたりともいかに年上を侮辱するかに長《た》けていてね」

アレクサンドロフがドミニクに熱意のこもった表情をちらりと向け、そっと打ち明けるように言った。

「寛大なおことばをありがとうございます」

ドミニクは背すじがぞくぞくした。一瞬彼は燃えあがる厩に戻ったような気がした。これはどうしたことだろう。あの小柄な娘はまだわたしを悩ませているぞ。

アレクサンドロフがもっと大きな声で言った。

「ご家族に恵まれていますね、公爵。仲のいい兄弟がいるというのはいいことです」

「弟たちともっと親しくなれば、〝仲がいい〟とは言えなくなるよ、アレクセイ・イヴァノヴィッチ」

ドミニクはややうつろな笑い声をあげ、大げさに顔をしかめた。「ふたりとも癪《しゃく》の種でね。悪魔の落とし子だ」

みんなが笑い、緊張がほぐれた。

座がなごんだところで、彼らは十五分ばかり乗馬を楽しんだ。ドミニクはあの手この手を用い、求める情報を得るべく会話を誘導した。ザス少佐には口シア皇帝の好きなものと嫌いなものや今回の訪問の予定について尋ね、プロシア王との関係についてもそれとなく探りを入れた。しかし少佐はこれといって有用な情報はもらさず、結局ドミニクは関心が強すぎると思われないうちにあきらめるしかなかった。

そこで彼はアレクサンドロフに注意を戻した。「きみはその馬と実に気が合うようだね、アレクセイ・イヴァノヴィッチ。前にも乗ったことは？」

「ありません。イギリス王室からお借りした馬なんです」

「われわれが乗っている馬は全部そうですよ、公爵」少佐が口をはさみ、いきなり鞭で皇帝のほうを示した。皇帝は若い将校ふたりとともに集団から離れて馬を駆っており、門へと向かっている。「行こう、アレクサンドロフ。陛下がご出発だ。このあときみは休みだが、そうでない者もいる」少佐は馬に拍車を入れ、皇帝を追いかけて全速力で駆けだした。

別れのしぐさに片手を上げると、アレクサンドロフもそれにならい、肩越しに声を張りあげた。「では、公爵、楽しい乗馬を。次回はもっと早く使いの者をお返ししますよ。また遅刻しないように」

「生意気なやつだな！」大声で答えながらもドミニクは笑わずにいられなかった。アレクサンドロフは実に愛嬌《あいきょう》があって、気を許さずにいられない。さらに乗馬の腕前は抜群だし、話しぶりからは頭の鋭さがうかがえる。きょう一日、ドミニクはほがらかな気分ですごせそうだった。

日々の仕事に変化もなく数日がすぎた。ドミニクは朝皇帝が公園で乗馬を楽しんだり、妹君と散歩をしたりするときに同行した。アレクサンドロフは必ず随行者のなかにいて、ザス少佐はまれにしか現れなかった。これはアレクサンドロフをますます高く買いつつあったドミニクにとって好都合だった。ただし、任務の助けには少しもならなかった。

「ロシア皇帝はたしかに並々ならぬ活力の持ち主だ」何回目かの王室主催の夜会があったある夜遅く、ドミニクはレオに言った。「ロンドンの名所をひとつ残らず訪ねたいらしい。でもザス少佐はたいがい同行しないし、アレクサンドロフも同様だ。そこでわたしは考えた。プロシアとひそかになにか企《たくら》んでいるんじゃないか？」

「もしもそうなら、例の縁談が立ち消えになってしまうな。プロシアのいずれの王子かがシャーロット公女に求婚したかどうかは知らないか？　どの王子も若くてハンサムだ。危険はそこにあるね。シャーロット公女はオラニエ公がさほど好きじゃないから」

「なるほど。わたしもそう考えるべきだった」

「疲れているんだよ、ドミニク。なにからなにまで考えつくのは無理だ」

ドミニクは顔をしかめながらもうなずいた。その場の勢いで、彼は数日前から思案している考えについて弟の意見をきいてみることにした。「レオ、このところわたしはアレクサンドロフのことを考えているんだが、彼は実に優秀な若者だ。彼が一、二カ月イギリスでの滞在を延ばせるよう、ロシア皇帝の許可が得られないかと思ってね。ナポレオンがエルバにおさまり、ヨーロッパはようやく平和になった。アレクサンドロフがしばらく休暇をもらっても罰は当たらないんじゃないかな。長らく軍で仕えて手柄もあげているのに、何年も休暇は取っていなさそうだ。おまえはどう思う？」

「賛成にきまっているよ。彼がいればわれわれも楽しい。ジャックも喜ぶだろう。年齢が近いからね」

ドミニクはうなずいた。「もちろんだ。ジャックには行儀よくするよう言っておかなければ。アレクサンドロフを賭博《とばく》場に連れていかれては困るからね」

「それは大丈夫だよ。アレクサンドロフは賭事をしない。ジャックのことだから、それよりも娼館《しょうかん》に連れていくのではないかな」

「そんなことをしたら、ただではおかないぞ」

「そんなに悪いことかな。病気持ちの相手を選ばないかぎり」

ドミニクは首を横に振った。ジャックにアレクサンドロフを娼館に連れていかせるようなことは絶対にしたくない。ふたりとも若くて独身であることは問題ではない。ロンドンの街中でサーベルを抜こうとするくらいだから、アレクサンドロフはたしかに血気盛んなところがあるが、皇帝に対する真剣な物腰と絶対服従とも言える献身の裏にある種の無垢《むく》さがある。それが汚されてはならない。「いや、レオ、それはだめだ。ジャックにもそう言う。アレクサンドロフを娼館に連れていったら、ひどい目に遭わせてやる」

レオはびっくりしたようだ。「本気なのか？」ドミニクの表情を見て本気だとわかったらしく、レオはあわてて言い添えた。「なるほどそうか。ジャックは殴り合いでは兄上に負けると知っているから、言うことを聞くよ」彼はあくびをして立ちあがった。「そろそろ寝るとするか。兄上は？」

「ブランディを飲み終わったらすぐに。あすはいつもより早起きしなければならないんだ。オックスフォードへ一両日出かけるのでね。ロシア皇帝とプロシア王が名誉学位を授与されるんだ」

「へえ！　摂政皇太子殿下はまた着飾るのか」レオは首を振り、ドアに向かった。「おやすみ」

ドミニクは椅子に身を沈め、ブランディを飲みつつ考えこんだ。アレクサンドロフのどこがわたしをこれだけ引きつけるのだろう。誇りと勇気に満ちた戦場経験の豊富な騎兵でありながら、少女のようにひげのないあごをして華奢《きゃしゃ》な体格というのは、たしかに変わった組み合わせだが。それにほんのときおりではあるが、魅惑的な声を発する点も。

わたしが繰り返し落ち着きを奪われるのはそれが原因なのだろうか。あの声、そしてブローニュで自分は男を相手に空想をつむいでいると気づいたときのあの狼狽《ろうばい》のせいなのだろうか。わたしがばかばかしい誤りを犯したからといって、アレクサンドロフにはなんの罪もない。彼を責めるのはまちがっている。しかしどう努力しても、あの声を完全に頭から追いだすことはできずにいる。あの声はもちろん厩で見た娘のものだ。あの娘を忘れることはできない。おそらく女性と長く接していないせいで、頭が勝手に錯覚を起こしているのだろう。今回の任務が終わったら、これを治さなければ。そろそろ恋人を見つける時機なのかもしれない。

イギリスに残ってはどうかというこちらからの招待にアレクサンドロフが応じれば、彼ともっと親しくなれる。現在の任務がお互いになくなれば、本当の友人同士として会うことができる。それはお互いにとっていいことだ。アレクサンドロフに対するおかしな考えもまちがいなく消えるだろう。

ドミニクはブランディを飲み干し、デカンターに手を伸ばした。が、考えなおした。アレクサンドロフならこんなふうに何度もブランディのお代わりはしないぞ。彼はかなり厳格な倫理観の持ち主のようだ。酔うことはめったにないし、賭事はしない。パーティや舞踏会に出ないとすれば、おそらく女性ともあまり関係を持たないだろう。それはつまり下流の女性のほうが好みだということなのだろうか。いや、なぜかそうは思えない。ジャックがアレクサンドロフを娼館に連れていくという考え自体が不快だった。アレクサンドロフが応じるはずがないとわかっていたからだ。

これほど短いあいだに自分とアレクサンドロフがそこまでわかりあえる間柄になったのかと思うと、ドミニクは悩んだ。これは自分の意図したことではない。それなのに、そうなってしまったのだ。

「どうだね、アレクセイ・イヴァノヴィッチ、オックスフォードの感想は？」

アレックスは内心悪態をついた。一日じゅう公爵と顔を合わさずにいられて喜んでいたところなのだ。それがいまつかまってしまった。今度こそ落ち着いた事務的な態度をとろうとアレックスは心を決めた。

図書館のラドクリフ・カメラの回廊の下という眺めのいい場所から、アレックスはあたりを見渡した。晩餐会《ばんさん》の客が何百人もいて、全員がさまざまな色の参内服や軍服や学者も礼服で正装している。

「すばらしい光景ですね。それは認めます。ただしひどく暑くなりつつあります。それに一般の人々がみんな回廊に押し合いへし合いして……」アレックスは鼻にしわを寄せた。

公爵が笑い声をあげた。「それはじきに終わるよ。摂政皇太子殿下は照明を鑑賞しに外へ出られるおつもりだから」ちょうどそのとき、賓客たちが立ちあがり、玄関に向かいはじめた。ブリュッヒャー元帥は酔っ払って歩けそうにないくらいだったが、それでもふらつきながら大広間を出た。公爵が長いため息をついた。「晩餐会が終わったというのに、まだ仕事なのか、アレクセイ・イヴァノヴィッチ？」

アレックスは首を振った。

「では少し散歩をして、オックスフォードの夜の景色を楽しまないか？」

うなずく以外なにができるだろう。アレックスはサーベルを体にぴったりと押さえ、きびきびと外へ歩きだした。公爵があとからついてきた。外は人でこんでいなくて、ありがたかった。たとえ偶然にでも、大柄な公爵の体に押しつけられるようなことになるのはなんとしても避けたかった。

「さあ、歩こう」

公爵はアレックスが距離を取りたいと思っているのに気づいたかのように、二、三歩離れたところを歩きはじめた。アレックスはそれをうれしく思いながらも、うれしくない気持ちもあった。体がまだ彼に触れたがっているのだ。

「なにか特別に見たいものは、アレクサンドロフ?」

「いや、ありません。きょうはあまりに多くのカレッジや図書館や教会を見たので、どれがどれやらわからないくらいです」

公爵はうなずいただけで、柄が銀の黒檀《こくたん》のステッキを揺らしながら、気楽そうに歩いている。

アレックスは歩調を公爵に合わせた。こんなふうにことばもかわさず体も触れあわせずに、照明や景観の美しさを楽しむのはとても快い。建物の多くが淡い光を受けて金色に輝いている。きっといつまでもいい思い出になるにちがいない。

しばらくすると、アレックスは緊張がほぐれ、公爵に話しかけた。「オックスフォード大学を出たのですか?」

「そう。若者にとってはすばらしい生活だよ。もっともわたしの場合、残念ながらあまり勉学に励まなかったが」公爵は情けなさそうに微笑《ほほえ》んだ。

「退学させられたのですか?」

「いや、そこまでひどくはなかった。学位はちゃんと取ったよ、最後にはね。しかし在学中にあいにく父が亡くなってね。まだ二十一歳のときに、突然広大な地所を受けつぐことになったんだ。しかも公爵に。残念ながら、わたしはかなり荒れたよ」

アレックスは圧倒されるほどの同情を覚えた。そんなに若くして父親を亡くしたとは! アレックス自身は十九で家を出た。だからある意味ふたりの状況は似ている。でもアレックスの父は故郷にいまだ健在で、いろいろなことがあったにもかかわらず、娘を愛そうとしてくれるはずだ。公爵の喪失感はたいへんなものだったにちがいない。

「きみの沈黙は雄弁だ、アレクセイ・イヴァノヴィッチ。感心しないと思った？」

「いや、そんなことは……。荒れないほうが不思議でしょう。そのような場合は」説得力のない言い方になったのが自分でもわかった。

「でも少しは改めたんだよ。最後には」

彼の声にはおかしそうな響きがあった。公爵は自分を笑える人なのだ。それには自分を客観視する力がなければできない。これもまた公爵の優れた点なのだ。やはり彼を賞賛せずにいるのはむずかしい。それに彼を求めるのも。そうしてはいけないのに！

「きみも荒れた若者だった？」

「いや。荒れるひまなどありませんでした。十九歳で軍隊に入って、それからほぼずっと戦場に出ていましたから」

「それはすごいな。わたしの知っている将校たちは、実戦中以外、軍隊仲間というのは乱暴なふるまいばかりやっているとだれもが言う。ロシアの軍隊もイギリスと少しも変わらないのではないかな。なぜなら——」

突然すさまじい雷鳴が起きて公爵の声はかき消され、一瞬のちには雨が降りだした。

公爵は露骨に悪態をついた。「これではびしょ濡れになってしまう。雨宿りをしよう」

彼はアレックスの背中に腕をまわし、近くの建物へとアレックスを促した。アレックスは自分の決意に忠実に動き、彼の腕を振り払った。そのように無作法な行為を公爵がどう思うか、考える余裕もなかった。公爵がとたんに身を引くのをアレックスは感じた。まるで冷たい風がふたりのあいだに吹きはじめたようで、アレックスの胸は痛んだ。公爵の表情から気持ちを探ろうとしたが、雨が勢いを増し、彼の顔は見えなかった。

そのとき、最後の照明が雨で消えた。

アレックスは驚いた。これではなにも見えない。反射的に手を伸ばし、つかまるものを探した。手がぐっしょりと濡れた公爵のコートに触れた。一瞬、アレックスは彼の胸に両手を当てたまま、彼の活力が伝わってくるのを感じた。そのあと自分の愚かな行為に気づき、両手を離した。「失礼――」

「謝ることはない。ほんのしばらくすれば目が暗闇に慣れるだろうから。マートン・カレッジに戻ろう。予備の軍服をオックスフォードに持ってきていればいいのだが。ぴったりした軍服の襟が濡れて縮めば、窒息してしまうぞ」

ドミニクは馬車の窓の外を眺めた。降りしきる雨で星はおろか空すら見えない。この速度だとロンドンに着くには何時間もかかるだろう。できるものなら、宿で馬車を止めて使用人ともども避難したいところなのだが。御者は肌までびしょ濡れで、なかば凍えているにちがいない。それなのに馬車を止めるわけにいかない。ロシア皇帝が先に出発し、翌朝までにロンドンに着いているはずだからだ。したがってドミニクも今夜じゅうにロンドンに戻らなければならない。

アレクサンドロフもかわいそうに！　彼は馬に乗って皇帝の護衛を務めている。ロンドンに着くころには、ゆうべよりも濡れそぼっていることだろう。ふた晩続けて嵐《あらし》に襲われるとはめずらしいことだが、今夜の天候は予測がついていた。しかしゆうべの雷雨はまったく突然で、オックスフォードじゅうの照明がまるで蝋燭《ろうそく》を吹き消すように消えてしまった。祝典もそれで即座に終わりとなった。

　ドミニクはあごを撫でて考えこんだ。若いアレクサンドロフが手を伸ばしたのは、暗闇で自分がどこにいるかわからなくなったからにちがいない。驚いていたのはたしかだ。ドミニク自身そうだったのだから。それ以外にアレクサンドロフの行為は解釈のしようがない。なにしろ彼は何年も戦場ですごした騎兵なのだ。暗闇で動くことには慣れているはずだ。あれは一瞬うろたえたゆえの行為であり、本人にとってはひどくばつの悪いことだろう。

　話題に出しては思いやりに欠ける。

　ため息をひとつつくと、ドミニクは座席に身を沈め、目を閉じた。ここ数日睡眠不足が続いている。少し眠っておくことにしよう。ロシア皇帝がいまの調子で予定をこなすとすれば、今後も睡眠時間はあまり取れないはずだ。


　軍服が二着とも濡れてしまうとは！　アレックスは予備の軍服の上着を脱ぎ、状態を調べた。皇帝陛下はパルトニー・ホテルの部屋におさまり、レディ・ジャージーの催す大夜会に備えて着替えの最中だ。ほかの将校が随行してくれるのがありがたい。いまは午前三時間近で、アレックスは二十時間も職務についていた。これ以上仕事が続けば、立ったまま眠っていたにちがいない。

　アレックスは当番兵を呼び、二着の上着と軍帽を渡した。当番兵が下がると、アレックスはドアを閉めてあくびをした。眠らなければならない。あすは、いや、きょうもまた仕事が待っている。

　頭が枕《まくら》につくかつかないかのうちに、アレックスは眠りに落ちていた。ところが、体は疲れきっているのに、眠りは穏やかではなく、とっぴで不気味な夢をいっぱいみた。ひとつの夢では水中で毛織物のかたまりの下に沈められていた。水面に出よう、毛織物の重しを取ろうとするのだが、それはまるで生きもののようにアレックスのじゃまをする。悲鳴をあげて目を覚ますと、毛布やシーツが汗びっしょりになった体にからまっていた。その悪夢はあまりに生々しく、恐怖に満ちていた。

アレックスは闇のなかで横たわり、空を見つめた。溺《おぼ》れたときの感覚がいまもまだ残っている。恐怖心がまだ消えていない。軍隊に入ってから、血なまぐさい戦闘のあとですら悪夢は一度もみたことがないのに、なぜいま。

原因ははっきりしている。コールダー公爵、そして彼に対する気持ちのせいだ。彼とともにすごす日が多くなるにつれふくらんでいく気持ちのせいだ。彼のことを忘れようと懸命に努めているにもかかわらず。彼についてほとんどなにも知らないにもかかわらず。

いや、それはちがう。彼を知ることは時間の問題ではない。わたしは最初から彼を理解していた。いまではそうだとわかる。これはきっと欲望を超えたものにちがいない。

アレックスはオックスフォードでいきなり闇に包まれたとき、思わず彼に触れたことを思い返した。自分を守ってくれる存在として無意識に彼に手を伸ばした。なぜだろう。男性に扮《ふん》する生活をするようになってから、自分を守ってくれるものなど求めたことはないのに。それがなぜいま？　なぜ彼を？

アレックスは濡れたコートの感触を思いだした。その下の温かな彼の体の感触も。それが悪夢のなかで格闘した相手なのだ。抗《あらが》っていたのは自分を溺れさせようとする濡れた毛織物のかたまりではなく、それを着ている男性、眠っているときも起きているときも面影が頭のなかから離れない男性なのだ。

ロシア語で悪態をつくと、アレックスはベッドを飛びだし、暗がりのなかを行ったり来たりしはじめた。罵《ののし》りのことばは怒りや不満を追い払ってくれたが、それは束《つか》の間のことでしかなかった。そのあと彼の面影が脳裏に戻ってきて、これまで少しも彼の魅力に気づかなかった心にからみつく。

アレックスは眠るのをあきらめた。また悪夢をみるくらいなら、このまま起きていよう。そしてほかのことを考えよう。手探りでテーブルの火口箱を見つけ、アレックスは蝋燭をともした。それから蝋燭を手に鏡に映った自分の姿を見た。

青白い顔から憂いを秘めた大きな目がこちらを見つめている。それはもはや自信にあふれた若い軍人の顔ではない。自分自身の悲運を認めるしかなくなった女の顔だ。恋。かなえられるはずもない恋。別れはすぐにやってくる。そしてそのあとにはひとりぼっちの人生が続く。寒々とした絶望が。

7

「今夜は務めがあるのか?」ペトロフ大尉が尋ねた。

「あるよ。だが遅くにだ。陛下はカースルレー卿《きょう》との晩餐《ばんさん》にお出かけで、そのあとオペラを観《み》にいらっしゃる。そのとき随行することになっている」

「少なくともあすはくつろぐ時間が取れるな。わたしは仕事だが」

「それでも早起きするよ。ロンドンで乗馬を楽しもうと思ったら、上流階級の人々が現れる前でないと。ここの人々は運動にはまったく関心がなくて、着飾った自分を見せびらかすだけらしい」

「きみはそうじゃないのか?」ペトロフは金色のひもと聖ジョージ十字勲章で飾ったアレックスの青い

上着に目を走らせた。

「立派な制服を着たいなら、もっと華々しい連隊に入るべきだったな、ペトロフ。わたしのように！」

アレックスはにやりと笑ってみせた。

ペトロフも笑みを返した。皇帝随行団で最年少のふたりはこの種のやりとりをよくかわしあう。「仮面舞踏会には出席するのか、アレクセイ・イヴァノヴィッチ？」

アレックスは首を横に振った。「わたしがダンスをしないことは知っているだろう？」

「しかし陛下はわれわれ全員に出席を許可されたじゃないか。今回の訪問でよく仕えてくれている褒美だと」

アレックスはふたたび首を横に振った。舞踏会には女性たちがいる。社交界のレディたちほどまやかしを探しだすのに長《た》けた目を持つ者はいない。

「女性に扮装《ふんそう》してみてはどうだ、アレクセイ・イヴァノヴィッチ？　前にもやったことがあるじゃないか。きみがロシアの農婦の格好をしてフランス軍営に忍びこんだのはみんな知っている」

それは本当だが、当時のアレックスはいまより若くて無鉄砲だった。食料を売りながら野営地のなかを歩きまわり、兵士や将校の会話を聞きとって大量の情報を集めたのだ。しかし仮面舞踏会となると、それとはまったく話が異なる。

「アレクサンドロフがまた変装するのか？」ちょうど部屋に入ってきたべつの若い将校が言った。「そいつは傑作だ！　しかし仮面をつけていても、やり通せないだろうな。舞踏会が終わらないうちに見つかってしまうほうに百ルーブル賭《か》けるぞ！」

「じゃあ、見つからないほうに二百ルーブル！」ペトロフがすぐさま言った。「ほかに賭《かけ》ける者は？」

たちまち室内は賭《かけ》に応じる若い将校たちでいっぱいになったふうに思えた。

「わたしはやるとは言っていないぞ！」アレックスは声を張りあげた。「勝手に賭をやるとは――」

「潔くあきらめることだな、アレクセイ・イヴァノヴィッチ」うしろでザス少佐のまじめな声がした。

「それに役立つかもしれない」

「レディの衣装をどうやって手に入れられるというんです？　かつらもいるし、靴もいる。無理ですよ」

「それがまったく無理じゃないんだ」ペトロフが得意げに言った。「きみはなんの心配もせずにオペラに行けばいい。必要なものはすべてわれわれが調達してくるよ」

劇場がどれほど多くの観客でうずまっているか、ドミニクはわが目が信じられなかった。さらに劇場の外には幾千もの人々が押しかけ、なかに入ろうとしているようだ。彼は肩をすくめ、待ちつづけた。君主の一行が到着しないかぎり、オペラははじまらないだろう。

アレクサンドロフが出入り口に現れ、遅れたと思ったのか、不安げにあたりを見まわした。ドミニクは手を上げ、彼の名を呼んだ。

アレクサンドロフの顔を奇妙な表情がよぎった。うれしさと落胆、それに懸念が同時に表れたように見える。

「こんばんは、公爵。ここでお会いするとは。皇帝陛下と摂政皇太子殿下の晩餐会に出席されているものと思っていましたから」

ドミニクは首を振った。「わたしは連絡将校にすぎない。皇帝陛下の通り道の障害物を取り除いてドアを開けるのが役目だ。言わば……言わば貴族のドアストッパーだね」

アレクサンドロフはドミニクの顔をちらりと見たかと思うと笑いだした。「ドアストッパー！　覚えておきます」

外のがやがやいう声がひどくなり、ドミニクは声を張りあげた。「行こう、アレクサンドロフ」彼はロシア人の肩に手を置き、入り口へと促した。「君主のご一行がお着きになったにちがいない」

アレクサンドロフは赤くなり、ドミニクの手を払いのけようとした。相変わらず短気なやつだ。ドミニクはそう思った。激しい気性がそのまま出ている。

歓声をあげている外の人ごみがふたつに分かれ、一行を玄関のなかへと通した。摂政皇太子が先頭で、歓声はすべて自分に向けられているとでもいうように、両側に向かって微笑《ほほえ》みながらうなずいた。妹君を伴ったロシア皇帝とプロシア王がそのあとに続いた。ドミニクとアレクサンドロフはザス少佐のうしろの行列に加わり、王室用ボックス席に通じる階段を上った。

すぐに国歌が演奏され、おびただしい数の観客が斉唱した。ロシア皇帝もいっしょに歌っているのに気づき、ドミニクは驚いた。アレクサンドロフはもちろん歌っていない。皇帝とちがい、彼は英語を解さないのだ。

君主の一行が席に腰を下ろすと、ドミニクはやや緊張を解き、こっそりうしろの壁にもたれた。すでに真夜中近い。長い夜になりそうだ。彼はアレクサンドロフがまだ直立しているのを目の隅でとらえた。何時間も身じろぎひとつせず立っていられるのはまちがいない。ほかのことではなにをしだすかわからなくとも、任務に対しては驚くべき献身だ。

突然観客が立って手を叩《たた》いたり足を踏み鳴らしたり大声をあげたりしはじめ、王室用ボックス席に背を向けた。視線は反対側のボックス席に入ってきた人物に向けられている。そこには絹とダイヤモンドと黒いかつらで装った皇太子妃がいた。

ドミニクは体を起こし、内心悪態をついた。

アレクサンドロフが隣に来て尋ねた。「あれは?」

「皇太子妃殿下だ。厄介なことになるぞ」

カロライン妃はボックス席の正面に立ち、笑みを浮かべて観客を見まわすと、優美に手を振った。

摂政皇太子もその姿を見た。皇太子の首は真っ赤になっている。大嫌いな妻に人気をさらわれてかんかんに腹を立てているのはまちがいない。彼はまだ席から立ちあがってもいないのだ。

とはいえ、ロシア皇帝は皇太子妃だと知るとただちに立ちあがり、ボックス席のまさしく正面へと一歩踏みだして低くお辞儀をした。そのうしろでは、プロシア王もそれにならった。

摂政皇太子も立ちあがった。そうせざるをえなかった。ところが彼のお辞儀は観客に向けたものだった。まるでその忠誠心に応《こた》えているように。

反対側のボックス席で皇太子妃がうっすら笑みを浮かべ、優雅に身をかがめてお辞儀をした。

観客は大喜びだ。だれかが叫んだ。「傷つけられた女性に心から万歳三唱!」

皇太子妃の勝ちだった。

君主たちのあとから劇場を引きあげたとき、アレックスはパルトニー・ホテルに戻る馬車にコールダー公爵と自分しか乗っていないと知り、とてもとまどった。アレックスは体が触れあわないよう座席のできるだけ隅に座った。公爵は反対側の隅に腰を下ろし、どこか思案げだった。

「摂政皇太子殿下と妃殿下はずいぶん妙な挨拶《あいさつ》をかわされましたね。憎みあっているというのは本当ですか? 和解の見込みはまったくないのですか?」

「和解は不可能じゃないかな。顔を合わせればけんかだ。よく跡継ぎの王女ができたと思う」

「王女は結婚なさるのでしょう?」

「そう、いずれはね」

「ほう？　オラニエ公ともうすぐ結婚されるものと思っていました」アレックスはさりげない言い方になるよう心した。シャーロット公女とオラニエ公が結婚すれば、イギリスとオランダの関係は強固になり、これはロシアにとってまったく望ましくない。アレクサンドル皇帝の妹君はすでに数カ月ロンドンに滞在しており、その主な目的はシャーロット公女とオラニエ公の縁談をつぶすことにある。

公爵は自分にしか見えない遠くの景色を眺めてでもいるように、前方に目を向けたままだった。「シャーロット公女はもはや今回の縁談には乗り気じゃないようだ。アスコット競馬場でのできごと以来、オラニエ公に幻滅してしまったらしい」

「アスコット競馬場でなにがあったんです？」

「オラニエ公が泥酔して醜態をさらしたんだ。シャーロット公女はこんな相手と結婚するわけにはいかないと判断し、新郎の名前を線で消した婚礼の招待客の一覧表を父君に送り返した」

「それはそれは！　すると摂政皇太子殿下は姫君のためにあらたな相手を探さなければなりませんね」

「いや、まだ希望をつないでいるんだよ。シャーロット公女は王子と結婚しなければならない。見合い結婚であるからには、夫と妻が憎みあっている場合もある」公爵は悲しげに首を振った。

「見合い結婚には賛成でないんですか、公爵？」

「結婚は必要だと思うが、慎重にしないとね。女性のきれいな顔や即答の返ってくる才気に恋することはあっても、それで相手がどんな妻になるかはわかるだろうか？　殿下と妃殿下がどうなったかを見るといい。殿下は妃殿下の態度や癖が気に入らなかった。だが、気に入らないとわかったときは遅く、すでに結婚していた。これは異なった環境で育った女性をあわてて妻にすれば、だれにでも起こりかねないことだ。よく知らない女性を妻にすればね」

アレックスは体の奥が収縮し、顔が赤くなるのを覚えた。馬車のなかが薄暗いおかげで、公爵にそれがわかりませんようにと願った。「すると恋愛の力は信じていないのですか？」

公爵は笑った。「そうだろう。少なくともわたしは一度もいわゆるひと目ぼれというのは経験がない。そういうものが存在するとは思えないな」

アレックスは内心うめいた。ひと目ぼれは存在する。自分はそれを知っている。

「わたしの両親は長い年月をかけて愛を育《はぐく》んだのではないかな。たぶんそのほうがよさそうだ」

「つまりご両親は結婚したときお互いをよく知らなかったのですか？　でもさっき見合い結婚は避けるべきだとおっしゃいましたよね？」

「男は妻にしたい女性について慎重に調べるべきだと思う。いっしょに話をしたり、散歩をしたり、ダンスをしたり、食事をしたりするばかりでなく、ほかの人の意見も考慮すべきだ。たとえば、両親が健在なら、両親の、それから友人たちの意見をね」

「ずいぶん真剣でたいへんな事業のように思えますね。あなたがまだ独身だとしても、驚きませんよ」

「厳密に言うと、わたしは独身じゃないんだ」公爵は慎重に言った。「一度妻を亡くしている」

「……それはお気の毒に」

「ありがとう。しかしもう何年もたつのでね」

彼は言わば盾のむこうに身を隠したようだった。明らかに亡き妻について話す気はなさそうだ。とはいえアレックスは彼の結婚生活が摂政皇太子のそれと同じく悲惨なものであったのを感じた。いま彼が妻を選ぶことについては熟慮すべきだと冷ややかに話すのも無理はない。子供がないのであれば、彼は再婚しなければならないだろうが、前回よりも自分に合う相手を見つける心づもりでいるにちがいない。

彼の亡き妻はきっと美しくて洗練された女性だっ

たのだろう。しかも選《え》り抜きのレディだったはずだ。それでもなお、結婚生活はうまくいかなかった。アレックスは公爵の目にとうていかなうはずもない。美しくもなく、洗練されてもおらず、選り抜きどころかそもそもレディですらないのだから。

　外国育ちのとんでもない女など彼が妻に選ぶはずがない。どれほど深く彼を愛していても。

　アレクサンドロフは黙りこんでいる。ドミニクはほっとしていた。いったいなぜわたしはこんな不用意な話をしてしまったのだろう。アレクサンドロフの持つなにか、自然に通じあえる関係、それがわたしを必要以上にしゃべらせたのだ。亡き妻のことは決して人に話すまいと決めていたはずだった。

　それなのに摂政皇太子と皇太子妃を見たせいで数々のいやな思い出がよみがえってしまった。人は跡継ぎを産むために、そして人生の伴侶《はんりょ》を得るために、さらにはひょっとしたら愛のために結婚する。ところが多くの場合、それをなにひとつ得られない。自分の場合は跡継ぎも得られなかった。

　おかげでまた一からやりなおさなければならない。近いうちに。今回のロシア皇帝訪問が無事すんだら、つぎのコールダー公爵夫人候補を探しはじめなければ。自分の義務だ。回避することはできない。これまで心を引かれる女性にはひとりも出会わなかった。少なくとも同じ階級の女性には。燃える厩《うまや》で見たあの驚嘆すべき娘ならいる。

　しかしあの娘は平民だ。公爵夫人にはまるでふさわしくない。娘があっという間に姿を消した時点で、運は尽きたのだ。

　それでもなお、いまだに夢であの娘を見ることがある。夢のなかでは顔がはっきり見えるのに、目を覚ますとまた記憶がかすんでしまう。わたしにつきまとって悩ませたいのなら、実にへたなやり方だ。

たとえ隣に座っていたとしても、わたしにはあの娘だとわからないのだから。

ドミニクは炎と煙に包まれた魅惑的な亡霊が現れるのをなかば期待してアレクサンドロフのいる隅に目をやった。しかしそこには生身の男であるアレクサンドロフが遠くを見るまなざしを空に向けているばかりだった。

あの勇ましい娘に瞬時に心を引かれてしまったのは残念だ。あんなふうに引かれるのは自分の予定にない。今度は理性主導で相手を選ぶ。いっしょにいて気が楽な良識ある女性を見つけるのだ。

ただし、ロンドンの結婚市場で相手の女性に良識があるかどうかを見極めるのはまず無理だろう。それにいっしょにいて気が楽かどうかは……判断するのが不可能だ。

未来の妻について考えるのは、実にもどかしい。

ドミニクはいらいらしはじめ、自制心を失いつつあった。知らず知らず彼は言っていた。「アレクサンドロフ、このところ考えているんだが、今回の訪問が終わったあと一、二カ月イギリスに残ってみてはどうかな。喜んできみをわが家に迎えるよ。きみさえよければ、皇帝陛下に許可をいただけるよう頼んでみるが」

「わ、わたしは……」一度口をつぐんだあと、アレクサンドロフは緊張した声で言った。「身にあまる光栄です。ご配慮には心を動かされますが、残念ながら滞在を延ばすのは無理です。今回の訪問旅行のあとも、本国で任務がありますので。遊覧旅行でそれを怠けるわけにはいきません。しかしお誘いには感謝します。お受けできないのが本当に残念です」

苦しい言い訳に聞こえたが、さまざまな意味でドミニクはそれをありがたく思った。話を持ちかけるのは危険だとわかっていたのだ。直感では正しいことだという気がしても、常識的にはやめておいたほうがいいだろうと思っていた。結局はよく考えもせずに話を切りだしてしまったのだが。招待に応じられないと言われてよかったのかもしれない。ふたりは親しい友人同士になるべきでないのだ。

「あの変な騒ぎはいったいなんです?」アレクサンドロフが鋭く尋ね、ドミニクはわれに返った。

彼はガラス窓を下げて頭を外に出したあと、アレクサンドロフのほうを向いて言った。「窓を下げるともっとよく聞こえるよ。まちがった相手と結婚するのは愚かだという最新の証拠だ。ロンドンの住民がカロライン妃への愛情を示したくて、殿下をけなしている」

アレックスは寝室のドアに鍵《かぎ》をかけ、ベッドに広げられた恐怖の品々を見つめた。いまさら引き返すことはできない。

手近にあった上質の絹のストッキングを取ってみた。手が震える。思わず繊細な生地を撫《な》でてしまったが、手のひらにできたたこが引っかかった。アレックスは手のひらを見つめた。たこは何年もの激しい乗馬と戦闘の証《あかし》だ。レディの手は白くてやわらかい。自分の手はとうていレディの手とは呼べない。

アレックスはストッキングをベッドに戻した。これをはいて扮装しなければならないのだ。きっと見つかってしまう。コールダー公爵の目の前で恥をかいてしまう。女性の格好をした男性だと知られてしまうのだろうか。それとも男性の格好をした女性だと? いずれにせよ、自分は破滅してしまう。

アレックスはベッドに腰を下ろし、頭をかかえた。どうしてこんなことになったのだろう。家を出て軍に入隊以来、初めてアレックスは泣きたくなった。

そのとき、ためらいがちにノックする音が聞こえた。アレックスは立ちあがり、手の甲で目をぬぐうと、無意識に鏡を見た。まだ目は赤くなっていない。

アレックスは背すじを伸ばした。「どなたかな?」

「わたしです、大尉」当番兵だった。「ペトロフ大尉から必要なものがそろっているかどうかをきくように言われてきました。ペトロフ大尉は――」

「口が軽いぞ」アレックスは当番兵がよけいなことを言わないように、急いでドアの鍵を開けた。「なかへ。ペトロフ大尉からどんな指示を受けた?」

当番兵はアレックスよりやや背が高いが、怒りをあらわにされるとひるんだ。「ペトロフ大尉から言われたとおりにレディの衣装をすべてベッドにお置きしました。足りないものがあったら、知らせてほしいとのことです」

一兵士に怒りをぶつけてもしかたがない。今回のこの騒ぎで、責めるべきはペトロフなのだ。アレックスは悪態をのみこみ、衣装を点検した。ペトロフは賢明だ。刈りこんだ髪を隠すためにかつらをかぶらなければならないので、数十年前の仮面舞踏会用の衣装を調達してきている。灰色のかつらも含めて。淡い黄緑色の美しいドレスはポロネーズで、襟と袖《そで》に金色のレースがついている。母が同じようなドレスを持っていた。それに合わせた繻子《しゅす》の靴もあり、銀色のバックルがついて、踵《かかと》は高く、爪先がとがっている。サイズもだいたい合っているようだ。

アレックスはドレスを体に当て、細かく見てみた。胴着は体に合っているが、スカートは前部分を両わきで束ね、キルティングを施したアンダースカートがのぞいている。打ち合わせはすべて前にあった。

つぎにアレックスはコルセットを見てみた。これはうしろをひもで締める。つまり着替えのとき、だれかに手伝ってもらわなければならない。直接肌に着る上質の絹のシュミーズは、女性であることを隠すには役に立たない。アレックスはコルセットをつまみあげ、不愉快そうに言った。「こんなもの、着けないぞ。これでは息ができないじゃないか!」

「しかしレディはみんな着けています。コルセットを着けないで、どうやってドレスを着るんです？」

「それはペトロフ大尉が考えればいい。大尉にもっと楽なコルセットを調達せよと伝えてくれ。苦しくなったら自分でゆるめられるように、前で締めるやつだ。わたしが苦しさのあまり倒れでもしたら、ペトロフ大尉の二百ルーブルはパーになるんだからな」アレックスはコルセットを渡し、当番兵をドアのほうへ押しやった。

ドアにふたたび鍵をかけたあと、アレックスは衣装をもう一度眺めた。ふと思いたって、軍服を脱ぎ、シュミーズを着てみた。やわらかな絹地は恋人の愛《あい》撫《ぶ》のように肌をすべる。これほど繊細なものに触れたのはなんと久しぶりのことだろう。母の思い出がよみがえりそうになったが、アレックスはそれを抑えた。思い出にひたれば、悲しみもよみがえる。アレックスは灰色のかつらを取り、頭にかぶると長い巻き毛が肩にたれるように調え、鏡を見た。

こちらを見つめ返しているのは女性だった。長い髪はこれほどの差を生みだす。それにシュミーズの生地が薄く、女らしい体の輪郭が透けて見える。いまのような自分を見たら、公爵はどう思うだろう。外国の女であることを忘れるくらい魅力的だと思ってくれるだろうか。彼の腕にいだかれるのはどんな感じがするのだろう。公爵夫人となり、彼のベッドでやすむのは。そう思うと、アレックスは体の芯《しん》が熱くなるのを覚えた。彼を悩殺する微笑み方は？でもアレックスは鏡に向かってにっこりしてみた。彼は悩殺するのはむずかしい男性なのだ。アレックスのような女性にはとくに。いまのように半裸の姿を公爵が目にしたとしても。望みはない。

いずれにしても、こんなはずかしい格好を彼に見せるわけにはいかない。彼ばかりでなく、だれにも。

突然襲ってきた狼狽《ろうばい》をアレックスはこらえた。アレクサンドロフは孤独癖の強い男として知られている。変装は自分でやると言い張ったところで、意外には思われないだろう。とはいえ大事なのは、その変装を人前で押し通せるかどうかだ。アレックスは鏡のなかの自分をつぶさに眺めた。ばれそうな点はいくつもある。たとえば顔は日焼けしすぎている。でもこれは隠せるだろう。この衣装の時代の女性はドーランを塗り、髪にも髪粉を振っていたから。

　手はどうしようか。日に焼け、たこのある手は。それも解決策はある。手袋をはめればいい。ペトロフは手袋を調達し忘れたが、これは簡単に手に入るだろう。いたずら心を起こしてアレックスは考えた。肘まで長さがある、ドレスに合った淡い黄緑色の手袋を頼むことにしよう。ペトロフは何時間もかけてロンドンじゅうを探しまわればいい！

　アレックスはにっこり笑った。これでいつもの自分に戻った。同じ変装をしなければならないのなら、うんと楽しむことにしよう。アレックスはペティコートを身につけ、ウエストのひもを結んだ。それから緑色のアンダースカートとオーバードレスをはき、アンダースカートの刺繍《ししゅう》とキルティングが見えるようにオーバードレスのひもを引いてきれいなひだをつくった。胴着は着けるのがむずかしく、二度失敗したあと、どうにかひもを締めた。とても美しくて女らしいドレスだが、コルセットなしではすっきりとしない。胴着は平たいつくりで、レースで縁取った低い襟ぐりへと胸を押しあげている。

　でもわたしは男ということになっているのだ。胸は平たいはずなのに！　アレックスは鏡に映った自分をもう一度眺めた。女に扮した男に見えるだろうか。それとも女そのものに見えるだろうか。随行団の仲間には女に扮した男に見え、仮面舞踏会に出席した社交界のレディたちには女に見えるようにしなければ。すべてはコルセットにかかっている。胸の小さな娘に見えるよう、コルセットがなければならない。

運がよければ、うまくいくだろう。みんなの目を欺くのは楽しい挑戦になるかもしれない。コールダー公爵の目すらごまかせるかも。頭の隅でささやく声がする。アレックスはその声を無視し、緑の繻子の靴にそっと足を差し入れた。まずまず合っている。数歩足を運んでみて、アレックスはうめいた。これをはいてひと晩じゅうすごすのは拷問だ。歩くには小さすぎる。ダンスならなおさらだ。ペトロフにもっと大きな靴を探してもらわなければ。

アレックスはくすりと笑った。わたしはペトロフにつらく当たりすぎた。彼は二百ルーブルしか賭けていないのに。

8

「子山羊《こやぎ》革で淡い緑色の手袋。それ以外はだめだ」

アレックスはおもしろがっていた。並んで馬を駆りながら、ペトロフはますます困り顔になっている。

「それから白塗りをするドーラン。レディというものはたとえ仮面をつけていても、茶色に日焼けしていてはだめだからね。それに粉おしろい、頬紅、髪粉。そうだ、ドレスに合った扇も。新しい靴は見つかったかな、ペトロフ？」

ペトロフは首を横に振った。ついさっきまでは前にひものついたコルセットだけ調達すればよかったのに。

「これだけそろえなければ、男だと見破られずに仮面舞踏会を切り抜けるのは不可能だ」

ペトロフがむっつりした顔でうなずいた。

「正体がばれれば、残念ながらきみは二百ルーブルを失う。きみが相談もなく賭《かけ》をはじめたのだから、わたしに責任はない。そうだろう?」

大きな祝砲がとどろき、ペトロフの返事はかき消された。王室と国賓の一行が閲兵を行うハイド・パークの門に着いたのだ。アレックスはその場にいることを誇らしく思い、顔を輝かせた。これぞ自分の場所、これぞ騎兵なのだ。

一行がハイド・パークの門に戻りつつあるとき、コールダー公爵がお気に入りの黒馬に乗って隣にやってきた。癪《しやく》に障ることに、アレックスは彼が近づいてくるのを見て顔が赤らむのを感じ、内心悪態をついた。これまでは彼に触れられたときにしか赤くなることはなかったのに、きょうは彼がいるとわかっただけでそうなってしまう。顔が赤らむばかりでなく、体の奥がざわめく。これは彼を恐れているということなのだろうか。いや、それはありえない。彼が高潔な人であるのを自分は知っている。彼は親切に接してくれている。友人と言っていいくらいに。彼を恐れるいわれはなにもない。

一昨日《おととい》の夜のようなわたしを見られないかぎり。絹のシュミーズしか着ていない、男ではない自分の姿を見られないかぎり。

「やあ、アレクセイ・イヴァノヴィッチ、閲兵式はどうだった?」

「壮観でした、公爵。みごとに統制が取れています」

公爵がうなずいた。「きみたちコサック騎兵は強面《こわおもて》が多い。長い口ひげやあごひげがこのあとで流行するんじゃないかな。レディたちはコサック騎兵の制服を流行に取り入れたんだ。紳士もそうしてどこが悪い?」

アレックスは微笑《ほほえ》んだ。「それはわたしの答えることではありません。イギリス人がコサック騎兵とイギリス陸軍のどちらの外見を好むかによりますからね。アレクサンドル皇帝陛下には口ひげもあごひげもありませんよ」

「たしかに。陛下はブリュッヒャー元帥を負かさなければならないし、現に人気では勝っているが」

「ええ。陛下はイギリス人に絶大な人気があります」この軽口の叩《たた》き合いこそ必要なものだった。アレックスはそれを機にロシア軽騎隊将校に戻り、公爵の呼び覚ます奇妙な女らしい思いを抑えた。「あの万歳の声を聞けばわかりますよ！」

しばらく黙って歩いたあと、公爵が尋ねた。「今夜、きみは任務があるのか、アレクサンドロフ？」

「いや、休みです」しまった！　嘘《うそ》をつけばよかった。公爵とは距離を置くべきなのだ。

「母がロンドンに来ていてね。今夜母のために小さな晩餐《ばんさん》会を催すつもりでいる。それで、きみも来てはどうかなと思ってね。わたしの弟たちもいるし、きみが会ったことのある人も何人か来るはずだ」

アレックスはなんと答えていいかわからなかった。先約があることにしようか。でもあすは皇帝陛下のロンドン滞在最後の日で、あすの夜は仮面舞踏会がある。公爵とすごせるのはあと三十六時間しかない。公爵が仮面舞踏会に出席しなければ、時間はもっと少なくなる。

揺れ動く思いが理性に勝った。「ありがとうございます。喜んで出席させていただきます」

ふいに公爵がにやりとした。「言っておくが、ハリエットおばさん、ミス・ハリエット・ペンワーシーも出席する。母の私的な話し相手《コンパニオン》のような人でね。辛辣《しんらつ》なものいいで有名なんだ。ジャックなど小さなころからびくびくしている」

「それはおもしろそうですね」

「ハリエットおばさんの見かけにだまされないように。年寄りで髪は白いし、いまの流行は下品だといって何十年も前に流行したドレスを着ている。わたしの祖父のいとこかなにかに当たるんだが、それ以上は探りたくない。たとえハリエットおばさんから弟たちより敬意を払われているとしてもだ。公爵を人前でたしなめるわけにはいかないからね」

「えっ？　王室のドアストッパーの公爵でも？」

公爵が噴きだした。「あれは言ってすぐに失言だと気づいたんだ。頼むからミス・ペンワーシーの前でその話は出さないでくれ。あっという間にロンドンじゅうのうわさになってしまう」

アレックスは同情と羨望《せんぼう》を同時に覚えた。ミス・ペンワーシーはちょっぴり厄介な人であっても、彼を取り巻く愛情ある家族のひとりなのだ。「ドアストッパーの話はしないと約束します」

「それはありがたい」

「ただしそのレディの前でわたしをからかってはだめですよ」

「このわたしが？」公爵はあきれた顔をしようとしたが、結局は笑い声をあげた。

その笑い声の温かさはアレックスに正しい選択をしたと納得させてくれた。どれほどつらくとも、彼とすごすことしか自分にはできないのだ。またひとりに戻ったとき、彼とすごしたひとときはいつまでも大切な思い出となるにちがいない。

彼とともに笑いながら、アレックスは空に向かって彼への愛を叫びたい思いでいっぱいだった。

鏡の前でアレックスは長い時間を費やし、着ている礼服がどこもすべてきちんとしているかどうかを点検した。コールダー公爵の母である未亡人のためにそうするのだと自分に言い聞かせたが、本当はそうではない。公爵本人にいい印象をあたえたいからなのだ。たとえ彼から若い男、一時的な友人としてしか見られていなくとも。

イギリスで一、二カ月間すごしてはどうかという彼の招待に応じることさえできたら。でも公爵の家族や使用人に囲まれてすごせば、自分の秘密が暴露される可能性が高くなる。

いや、きっと見つかってしまう。ジャック卿《きょう》はジャクソンのボクシング場かもっとひどいところへ自分を連れていくと言い張るにちがいない。やはり断ってよかったのだ。

それでもなお、男の格好をしたままであっても、公爵と散歩し、語りあって、ともにすごすという考えにはとても心を引かれる。彼のそばにいられると思うだけで鼓動が速くなり、肌が熱くなってくる。ひとりでいるいまですら。

「母上、ご紹介してよろしいですか？　こちらはロシア陸軍マリウポリ軽騎隊のアレクセイ・イヴァノヴィッチ・アレクサンドロフ大尉です」

先代公爵の未亡人が微笑み、手袋をはめた小さな手を差しだした。ドミニクは一瞬息をのんだ。母の手はほっそりとして小さく、夢のなかに出てきた手に似ている。するとあれは、突然短剣を振り下ろす荒々しさを見せるとはいえ、女性の手だったのだろうか。いったいなにを意味するのだろう。

彼はどんな手だったかをくわしく思いだそうとしたが、それは無理だった。何日も前に一度見たきりの夢のなかの光景なのだ。

アレクサンドロフが未亡人の手を取り、やさしくキスをした。女性を怖がる若者にしてはきわめてうまくやっている。そう認めざるをえない。

アレクサンドロフが母の手を放したときになって、ドミニクは手袋をはめた彼の手も小さくてほっそりしているのに気づいた。ほっそりしているとはいっても、槍《やり》やサーベルを使い、軍馬を操って命がけで戦うだけのたくましさがある。ぼんやりとした記憶では、夢のなかのワイングラスを握っていた手はとても優美で、そのような血なまぐさい行為にはとうていそぐわない。断じて軍人の手ではない。

「ようやくお会いできてうれしいわ、アレクセイ・イヴァノヴィッチ」未亡人はフランス語で言った。

ドミニクははっとわれに返った。母はとても目ざとい。ふだんの抑制がきいた自分とどこかちがうなどと悟られてはまずい。あの奇妙な夢や亡霊のような娘のことは自分だけの秘密だ。

しかし母はロシア人の客に関心のすべてを向けていた。「わたしにとっては家族同然のミス・ハリエット・ペンワーシーをご紹介するわ。ほかのお客さまはドミニクにまかせておくことにしましょう」母はそう言って優美な手をひと振りした。

ドミニクは横を向き、笑みを隠した。母は短剣を振り下ろす以上のことができるレディにちがいない。

アレックスは先代公爵の未亡人に会ったとたん好感をいだいた。エイキンヘッド家の人々は本当に心が広く、温かい。家族のひとりひとりに会うごとにこの一家をうらやましく思わずにいられなかった。

未亡人はアレックスを大きな暖炉のそばへ連れていった。そこでは年配のレディがジャック卿とことばをかわしていた。

いや、ことばをかわすというよりジャック卿がお説教をされているらしい。ジャック卿は不満そうな表情を浮かべ、ひと言も差しはさめないでいる。

「軽率よ、ジャック。前々から身を慎みなさいと言っているのに」ミス・ペンワーシーはあきれたように首を振り、息も継がずに言った。「そんなに低級な店にいるところを見られるなんて、思慮が足りないわ。昔の紳士はもっと気をつけて娼館《しょうかん》を選んだものよ。代わりに愛人をつくったらどうなの？　きっとドミニクが費用の面倒をみてくれて――」

公爵の母が咳払《せきばら》いをしたが、その目は躍っている。アレックスは頬の内側をかんで笑いをこらえた。なにしろ英語は少しもわからないことになっている。

「ハリエット、ロシアの軽騎隊のアレクサンドロフ大尉を紹介してかまわないかしら」先代公爵の未亡人はすてきな訛《なまり》のある英語で言った。

ミス・ペンワーシーが柄つき眼鏡を立て、アレックスを見つめた。まず顔を。そしてぴかぴかのブーツの先まであますところなく全身を。その間未亡人とジャック卿は黙ってじっとそばに立っていた。ようやくミス・ペンワーシーが頭を上げ、指を二本差しだして英語で言った。「はじめまして」

アレックスは目をぱちくりさせたあと、その二本の指の上に身をかがめた。「はじめまして《アンシャンテ》、マダム」

未亡人が笑みを浮かべ、英語で口早に言った。

「残念ながら、アレクサンドロフ大尉は英語を話さないのよ、ハリエット。だから今夜はフランス語で話していただけないかしら。なかなか通じないときはわたしか息子たちが喜んで通訳をするわ」

ジャック卿は笑いたいのを懸命にこらえているらしい。

「その必要はないわ、アマリー」ミス・ペンワーシーが答えた。「必要だとしても、ジャックには頼めないわね。わたしの言ったことに汚らしい悪態をいっぱいくっつけて通訳するでしょうから。それもわたしはジャックの娼館の選び方がなっていないとたしなめただけなのに。それに――」

「ハリエット！　お客さまにとても失礼よ。フランス語でお願い」

ジャック卿はこれ以上我慢できなくなったらしい。失礼と言い残すと、部屋を飛びだしていった。いまごろは腹をかかえて笑っているにちがいない。

ミス・ペンワーシーが鋭い目で未亡人を見たものの、未亡人はそ知らぬ顔でいる。ふたりのレディがやりあうのを見て、アレックスは胸を撫《な》で下ろした。どちらかがアレックスを見れば、英語を理解するのがその場でわかってしまったにちがいない。

ミス・ペンワーシーがふんと鼻を鳴らし、ややためらいがちながらも正確なフランス語で言った。「何度も言うように、フランス語は敵国のことばだけれど、ほかに方法がない場合はしかたがないわ」それからアレックスのほうを向いた。「英語を学ばずにロンドンにいらっしゃるとはどういうわけなのかしら。かなりひどい手落ちじゃありません?」

これはまたあからさまな言い方だ。「それは……その……残念ながら、わたしはつい最近、皇帝陛下づきの任務についたばかりで、英語を学ぶ時間がなく――」

「あら、もちろんあったはずよ。あなたのように若い軍人には自分を磨く時間がいっぱいあるはずですからね。もっともジャックみたいに賭事に財産をつぎこんでいたら、それは無理だけれど」

アレックスはひるみながらも、ほぼ即座に答えた。「いいえ、わたしは賭博場《とばく》には行っていません。たまたまナポレオン軍と戦っていましたから」

その返事に公爵の母がうなずいた。

ミス・ペンワーシーは前より大きくふんと鼻を鳴らし、アレックスの上着についている聖ジョージ十字勲章を柄つき眼鏡でしげしげと眺めた。「その飾りはフランス軍騎兵隊をひとりでやっつけたからもらったの?」

「そんな立派な行為ではありません。負傷した将校に自分の馬を貸しただけのことです。当時わたしは一兵卒にすぎませんでした」

「あら、そんなに簡単なことなのかしら。一兵卒ですって? これはおもしろい。一介の兵士がどうして将校に任官されたのかしらね？　あなたは並みの人間ではないようだわ」ミス・ペンワーシーはもう一度アレックスの全身をじろじろ眺めてうなずいた。

「ありがとうございます」

「さあ」ミス・ペンワーシーは柄つき眼鏡でアレックスの胸を二度叩いた。「説明していただけない？　くわしく話さないで信用しろと言っても無理よ」

公爵の母はこれで限界と思ったらしい。ジャック卿同様、アレックスを尋問者の手にまかせたまま、逃げだしてしまった。

小柄なミス・ペンワーシーの目には愉快そうな光が浮かんでいる。この舌戦を楽しんでいるのだ。アレックスも熱が入り、楽しむことにした。「わたしが手柄を自慢するとお思いにはならないでしょうね？　先ほどジャック卿をしつけようとなさったのと同じで、わたしも両親からしつけられました。いかにありふれた状況であっても、聖ジョージ十字勲章は将校の命を救った一兵卒には通常の褒美だと言えば充分でしょう」

「それでは任官の説明にはならないわ」

「アレクサンドル皇帝陛下みずからがわたしを任命されたのです」

「信じられないわね。任命されてもおかしくない程度の紳士だったなら、なぜ一兵卒にすぎなかったの？」

アレックスは何度も繰り返してきた話をここでも披露することにした。「鋭いご指摘ですね」

ミス・ペンワーシーはもういいわというように柄つき眼鏡をひと振りした。が、アレックスにはその目が愉快そうに輝いているように思えた。こちらを試しているのだ。それなら合格してみせよう。「実を言うと、父はわたしの入隊には反対だったんです。それでわたしは家出をして、一介の騎兵として騎兵隊に入りました」

「偽名を使って、でしょう？　昔はみんなそうだったわ」ミス・ペンワーシーは急に口調がやさしくなり、目にはだれかほかの人のことを考えているような光が浮かんだ。

　アレックスは微笑んだ。「ええ、ボリソフという名で」

「でもあなたは紳士よ。一騎兵としての生活にどうやって折り合いをつけたの？」

「楽しんだのですよ。仲間がとても助けてくれましたし。それに皇帝陛下と国のために戦っていたんです。少々の苦労などなんでしょう」

「あっぱれね。それでもやはり任命の説明にはならないわ」

「貴族であることを証明できる者にしか任命は下されないんです。わたしには証明できる書類がなく、将校になれるとは思いませんでした」

　ミス・ペンワーシーが柄つき眼鏡を立てた。

「皇帝陛下がわたしの素性を……わたしの家族からお知りになり、大尉に任官してくださったのです」

「するとご両親はすっかりあなたのことをあきらめたわけではなかったのね？」

「ええ。家出をしたときに父をどれだけ悲しませたかについては、申し訳なく思っています。でも父は軽騎隊に入りたいというわたしの願いを理解しようとはしませんでした。わたしには選択の余地がなかったのです」

「まったく、若者というのはね！　で、あなたのお母さまは？　お母さまの悲しみは？　ジャックがそのようなことをしたら、アマリーなら――」

「母はわたしが幼いころに亡くなりました」

　ミス・ペンワーシーはことばにつまった。しかし、それは一瞬にすぎなかった。「お母さまのことを話して」ミス・ペンワーシーは笑みを浮かべた。思いやりに満ちた笑みだった。アレックスに母の笑顔を思いださせた。

　もう久しく母について語ったことはない。いま話しても罰は当たらないだろう。「アン……アンナという名でした。もっとよく覚えていればいいのですが、きれぎれの記憶しかなくて」

「どんなお母さまだったの？」

「とてもきれいだったのを覚えています。濃い赤の髪に青い目をして。わたしの目よりずっと濃い青です。それに母の香水のにおいを覚えています。これまでかいだことのない香りなのに、とらえどころがなくて、説明のしようがないんです。それから母の動きには軽やかで優美な独特の癖がありました。バレリーナのように優美にリールを踊ったんですよ。わたしにはどうしても母のようには踊れません。母が亡くなってからはだれも教えてくれる人がいなくて、ダンスはあきらめました」

「しかしダンスはできるんだろう、アレクセイ・イヴァノヴィッチ？」

　すぐうしろから公爵の声が聞こえて、アレックスはびっくりした。母のことを思いだすのに心を奪われ、彼がやってきたのに気づかなかったのだ。それでもいまは肌がぞくぞくし、鼓動が速くなっている。抵抗しなければ。わたしは騎兵なのだから！

「わたしのダンスは面汚しです、公爵」アレックスは勢いよく言った。「ごらんになったら、大笑いされること請け合いですよ」

「するとあすの仮面舞踏会には出席しないのか？」

　アレックスはうなずいた。嘘をついたことになるが、小さな嘘にすぎない。それに出席するのはアレクサンドロフ大尉ではなく、淡い黄緑色のドレスをまとったスコットランド人レディのミス・アレクサンドラ・マクレガーなのだ。

「残念だな。とても愉快なパーティになりそうなのに。きみが踊るのを見られなくともね」公爵はにやりと笑った。

「この坊やをいじめてはだめよ」ミス・ペンワーシーが言った。

　そのとき執事が戸口に現れて宣言した。「お食事のご用意ができました！」

　先代公爵の未亡人が急いでみんなのところへやってきた。「ミス・ペンワーシーをお連れしていただけない、アレクサンドロフ大尉？　あなたのもうひとりのお隣はレディ・マルコムよ。フランス語がすばらしくおじょうずなの」

「心配いりませんよ、母上」公爵がにこにこ笑いながら言った。「驚かれるかもしれませんが、アレクサンドロフは獅子《しし》の巣穴に入っていくわけじゃありませんからね。ハリエットおばさんは彼を庇護《ひご》することになさったんです」

9

　仮面舞踏会の朝、アレックスは目覚めたとき頭が痛かった。なぜなのかはわからない。二日酔いになるほど飲むことはしないし、ゆうべもその例外ではない。今夜の試練が気にかかるせいだろうか。

　いつものように早朝の乗馬が頭のもやもやを追い払ってくれた。きょう男装で人前に出るのはこの乗馬が最後になる。化粧をして日焼けした肌を隠す前にも、しなければならないことがいろいろある。朝食後、アレックスは同僚たちに部屋を訪ねてこないよう言っておいた。きみたちをがっかりさせないためには、ひとりで準備をしなければならないからと。

　まずペティコートと新しい靴をはいて寝室のなか

を数時間歩いてすごした。レディらしく歩いたり、立ったり、お辞儀をしたりするやり方は、最初は母に、のちにはメグに教えこまれたので知っている。でも練習が足りない。農婦の変装をした日は例外として、もう何年もスカートをはいたことがないのだ。脚のまわりに何メートルもの生地をゆらゆらさせているのはとても変な感じがする。

なによりも違和感があるのは、絹のストッキングの上からウエストまでがはだかである点だ。いまのレディたちは多くがドロワーズをはくが、ペトロフに調達を頼むのを忘れてしまった。もういまでは遅い。それに頼めば、ペトロフは大笑いし、乗馬用の膝丈ズボン《ブリーチズ》かなにかで代用しろと言うにちがいない。しかしペティコートが翻ってミス・アレクサンドラ・マクレガーが男物のブリーチズをはいているとわかってしまっては大いにまずい。

コールダー公爵も出席するのだ。ゆうべ公爵がそう言っていた。そこでアレックスは同僚たちを喜ばせるためではなく、公爵にできるだけいい印象をあたえるために変装することにした。ひどく危険な道を選んだことになるが、数時間後にはロンドンを去るのだし、せめて一度だけ女性として彼とすごしたい。彼が話しかけてくれたら、さらにはいっしょにダンスを踊ってくれたら、男の格好をしているときとはちがい、抵抗なしに彼に触れることができる。彼と戯れあうこともできるかもしれない。ロシアの若いレディたちがパーティで紳士と戯れているのを見た経験は何度もある。

アレックスはこれで変装が仕上がったと考えた。ああ、そうだ、扇を持たなければ。ベッドの上に積みあげた化粧品や衣服のなかから扇を取りだすと、アレックスはそれを広げ、鏡の前に立ってみた。目だけのぞくように顔を隠した扇をそっと前後に揺らしてみる。これはとても男性の気をそそるかもしれない。きらきらと輝く大きな目に愛をこめて相手を見つめれば、なおさら。

彼にこちらの気持ちがわかってしまうだろうか。

そう思うと、アレックスは胸がどきりとした。公爵と会ったとしても平然としているつもりでいたが、もしもそれができなければ？　隠しておきたい気持ちが彼にわかってしまったら？　公爵は洞察力のとても鋭い人なのだ。

アレックスは鏡のなかの自分をしばらく見つめてからうなずき、爪先立ちになってその場をくるりとまわった。この動きでようやくレディになったような気がした。

「なんだか物騒に見えるよ」ジャックが言った。

「わたしがか？」ドミニクは自分の格好を見下ろした。この衣装は着るのが楽だからという理由で選んだのだ。服を何枚も重ね着したり、ドーランを塗ったりするつもりはない。いくつものランプをともし、何千人もの人々が集う舞踏の間は地獄のように暑いにちがいない。

「たぶんその凝った飾り帯と短剣とサーベルのせいだよ」レオが言った。「それにその白いシャツもだ。レディたちがあの海賊に扮《ふん》しているのはだれかしらと興味津々になるのはまちがいないね」

ドミニクは三角帽を脱ぎ、手をひと振りして大げさなお辞儀をした。「それはありがとうございます。少なくともわたしはおまえのように鼻の先からドーランがぽたぽた落ちることはないぞ、ジャック」

「それは言いすぎだよ！　人形芝居のパンチに扮すれば喜ばれるだろうと思ったんだ」

「ラネラ・ガーデンズのような野外で催される仮面舞踏会ならね。屋内では、それだけドーランを塗っていると、いやになるほど暑いだろうと思うよ」

「女性にもてないのはべつとして」レオが言った。

「そんな大きな鼻ではキスは奪えないな」

ジャックがすぐに言い返した。「フォルスタッフに扮していても同じじゃないか。そんなに大きなおなかをしていては、だれのそばにも寄れないぞ！」

三人はそろって笑いだした。レオのまがいのおなかがあんまり揺れたので、ジャックは腹をかかえて笑ったあげく息をあえがせた。

やがてレオが言った。「今夜はアレクサンドロフも来るのかな。どんな扮装をするんだろう」

ドミニクは首を振った。「アレクサンドロフは来ない」

「なぜ？　ロシア皇帝の行くところはどこへでも随行するんじゃないのか？」

「アレクサンドロフは今夜務めがあるんだ。それに舞踏会には行かないことにしているらしい。ダンスはしないというのがその言い訳だ」

「女性が怖いからというほうが当たっているように思えるな」ジャックが言った。「彼にはどこか無垢《むく》なところがあるような気がしてならない。まるで――」

「そこまでだ、ジャック」思わずドミニクは鋭く言った。アレクサンドロフを侮辱するような言動は許せない。たとえ冗談であってもだ。「アレクサンドロフがわれわれの客人であることを忘れないように」

そのときドアが開いたままの書斎の入り口にウィザリングが現れた。「馬車のご用意ができました」

「ありがとう、ウィザリング。道のこみ具合はどうだ？」

「通りはどこもこんでいます。ピカデリーまで二、三時間かかるだろうとのことです」

「それなら、歩いていってはどうかな」ジャックが言った。「エイキンヘッドの兄弟が浮かれるとどんな格好をするかをロンドンの住民に見せてやろう」

ドミニクはレオと目を見かわした。「歩けますかな、ジョン卿《きょう》？　担いかごがいりますか？」

それに対してレオはダンスの足運びを軽やかにしてみせた。「おなかの詰め物は軽いんだ。ジャックの言うとおりだよ。馬車に何時間もじっと座っているのはまっぴらだ。歩こう」

「よろしい。ウィザリング、馬車を厩《うまや》に戻してくれ。それからこの衣装を隠せるよう、黒のマントを持ってきてもらえるかな」ドミニクは顔をしかめた。「歩くのは大歓迎なんだが、できの悪い恋愛劇の役者みたいに見えるのはごめんだ」

あらたに到着したおおぜいの客とともに、アレックスは広々とした会場内をゆっくりと歩いていった。これほどおおぜいの人々が参加するとは、夢にも思っていなかった。何千人も集まっているにちがいない。男性のなかには衣装というより制服姿の客もいるが、だれもが仮面をつけている。コールダー公爵ならすぐにわかるだろうと考えていた自分が浅はかだった。彼はどんな扮装をしているのだろう。それにこちらと同じく仮面をつけているとすれば、彼に近づくことはおろか、見つけることすらむずかしい。

前方にトルコ風の衣装をまとった長身の男性がいた。もちろん公爵はここでも目立つことだろう。たいがいの男性よりずっと背が高いのだから。あのトルコ兵は公爵なのだろうか。アレックスはもっとよく見えるよう足を進めた。

「おい、アレクサンドロフ」だれかが耳元でささやいた。ロシア語だ。「みごとな変装だな。衣装を調達したのが自分でなければ、本当に女だと思ったよ」

アレックスが振り向くと、そこにはペトロフがあとふたりの若い将校とともにいた。三人とも仮面をつけていても、軍服姿なので容易にだれだかわかる。

三人ともにやにや笑っていた。

これは最初の試験だ。アレックスは三人に微笑《ほほえ》みかけ、身をかがめて優美なお辞儀をするとフランス語で言った。「お会いできてうれしいわ。おもしろい制服をお召しなのね。手に入れるのにとても苦労なさったのではないかしら」

「きみの衣装に金をつぎこんだから」ペトロフが相変わらずロシア語で言った。「われわれの分はなにも調達できなかったんだよ。しかし投資しただけのことはあったな。だれにもばれないよ」

「そう願いたいわ」

「万一失敗しそうになったら、われわれが助けるよ。食事の時間までカードルームにいる」

「どなたも勝てますように。ではあなた方といるところを見られないように、これで失礼」片手を振ると、アレックスは三人から急いで離れた。

トルコ風の衣装を着た男性は乳母に扮した小柄なレディと話をしていた。どうして彼を公爵だと思ったのだろう。仮面をつけていても、その顔だちはお粗末だとわかる。それに肩も全然たくましくない。

よく目立つ淡い青のマントをまとった給仕のひとりが、さほど遠くないところで静かにあたりのようすを眺めていた。アレックスは自分の英語力を試してみることにした。「こんばんは」扇を揺らしながら、アレックスはその給仕に話しかけた。「あまりに広いお宅で迷ってしまったの。ダンスが行われる場所はどこか、教えていただけないかしら」

給仕は微笑み、場所の方角を教えてくれた。「外のほうがよろしければ、庭でも音楽が演奏されますよ。星空の下で騎士とダンスを踊るのはきっと楽しいでしょう。ふたりきりになれる片隅を見つければ、なおさらです」

アレックスはドーランを塗った頬を染めた。コールダー公爵とぜひともそうしてみたい。スカートをうしろへ払い、アレックスは深く身を沈めてお辞儀をした。「ご親切にありがとう。おっしゃったことを考えてみるわ」

「どういたしまして。はるばるスコットランドからこの催しに来てくださるとは、うれしいかぎりです。いつか仮面なしでお会いしたいものですね」

まあ！　わたしを相手に戯れているわ。本物の美女を相手にしたみたいに。アレックスは信じられない思いで、扇で口元を隠しつつくすくす笑った。

「それには仮面なしでもわたしだとわからなければね。そう簡単に仮面をはずすつもりはないのよ」アレックスは扇をぱちんと閉じ、その場を足早に去った。女性だと思われたことにとてもほっとしたが、それよりもうれしかったのは給仕が外国人とは思わず、スコットランド訛《なまり》に気づいてくれたことだ。練習不足でも、スコットランド人として通用するらしい。

舞踏の間はまさしく広大だった。何百組もの男女が踊っているように見える。その上、いま演奏されているのはすばらしいワルツだった。皇帝自身も踊っている。軍服姿なのでまちがいない。ダンスの相手はどうやらレディ・ジャージーらしい。陛下はレディ・ジャージーにぞっこんだといううわさなので、これは驚くに当たらない。

アレックスはダンスが苦手で、男性として踊る場合はとくにそうだが、でもワルツの踊り方は知っている。女性として。継母の考えで、宮廷で流行しているダンスはすべて習わされたのだ。アレクサンドル皇帝はダンスが大好きなことで知られている。いまも見ていると、相手の扱い方がとても巧みで、動きも美しい。あんなふうに抱かれて踊るのはすばらしい気分だろう。

愛する男性に抱かれて踊るのは。

でも公爵はこの場にいるのだろうか。アレックスは舞踏の間をくまなく探しはじめた。公爵のように背の高い人影はひとりも見あたらない。もしかしたら、出席するのをやめたのかも。ザス少佐の望むとおり、舞踏会が終わるまで立ち聞きをしてすごすべきなのかも。できれば、そんなことはしたくない。

アレックスは回廊をゆっくり進み、さまざまな広間をのぞいてみた。大半がおしゃべりをしている客でいっぱいだった。小さめの部屋ではドアの陰でキスをかわしている男女にでくわした。アレックスはあわててそこを離れたが、急に体が熱くなった。

つぎの部屋は意外なことにだれもいなかった。異国風な花々にあふれ、背と肘掛けのない長椅子が随所に置いてあって、淡い緑や銀色の布で飾ってある。天井から吊《つる》したすりガラスの大きな球に明かりがともっており、魔法のような効果を全体にあたえている。ここはほかの部屋よりも涼しく、アレックスはこの部屋のほっとする雰囲気をしばらく楽しむことにした。

部屋の奥まで進むと、アレックスは長椅子に座り、ドレスのひだを整えた。ため息をひとつついて仮面をはずすと膝の上に置き、目を閉じてゆっくり扇を揺らした。甘美な香りが漂ってくる。

「ああ、ここがいいや」戸口から声が聞こえた。

「そんな詰め物をしたおまえが悪いんだ、レオ」もうひとりの声も。「暑くなると言ったじゃないか」

まちがえようのない声。コールダー公爵だ。どこで聞いても彼だとわかる。そして公爵は弟のレオ卿といる。どうしよう。彼と話をしたくてたまらないものの、エイキンヘッド家の人々ふたりと同時に顔を合わせるのは避けたい。それでは危険すぎる。

どうすべきかわからず迷っているあいだに、逃げだす機会も失ってしまった。そこでアレックスは目を閉じたままそこに座っていた。ふたりが部屋に入ってきたとしても、レディがひとりで座っているのを見れば、礼儀作法上出ていってくれるのではないだろうか。でもそうなっても困る！　アレックスは自分がなにを望んでいるのか、すっかりわからなくなっていた。

「座るといい、レオ。わたしが——。おっと、失礼。だれもいないと思っていました。出ていきますから、そのままもの思いをお続けください」

そのときアレックスは仮面をはずしているのを思いだした。混乱しているのを隠そうと目を閉じたまま、手探りで仮面を見つけると、できるだけすばやくそれをつけた。公爵がすぐ前に立っているのを感じたが、目を開ければ真っ赤になるとわかっている。彼の姿が見えないうちのほうが楽に話せるだろう。

「遠慮なさらないで」顔の下部分を扇で隠してアレックスは言った。「わたしも暑くなってここで休むことにしたんですの。すてきな場所ですわね？」

「スコットランドの方ですね？」レオ卿が言った。

アレックスは目を開けた。詰め物をしてビロードの上着《ダブレット》を着たレオ卿は、身長と同じくらい横幅があるように見え、ひだ襟がかなりきつそうだった。黒い仮面が鼻と口とあごを隠し、手には金色の羽根のついたつばの広い帽子を持っている。

「サー・ジョン・フォルスタッフね？」

レオ卿が片足を引いてお辞儀をした。あいにくおなかの詰め物がじゃまをして、よろけそうになった。

「そのとおり」公爵が言った。「ところが、肥満のせいで少々問題ありなんだ」

アレックスはふたたび扇で口元を隠した。レディは人前で笑い声をたてたり、口を開けて笑ったりするものではないと継母から叩《たた》きこまれている。代わりにくすりとだけ笑い、そのときになって初めて公爵を見た。

彼がどれだけ堂々として見えるかに気づき、アレックスは息をのんだ。彼はゆったりした白いシャツ、幅広の黒いブリーチズ、膝まである黒いブーツという衣装で海賊に扮している。肩から腰にかけて真っ赤な飾り帯をかけ、左わきには金色の柄《つか》のサーベルを、右わきには同様の短剣を携えている。頭には黒い巻き毛のかつらをつけて三角帽をかぶり、顔は半分以上仮面で隠れているが、もちろんアレックスには容易に彼だとわかる。こんな海賊なら、ぜひさらわれてみたい。

公爵が長椅子を指さし、優美にお辞儀をした。

「かまいませんか?」

アレックスは話すこともできず、ただうなずくと、かすかに震える手で座るようしぐさで示した。

「レオ、ひどく暑そうだな。詰め物をはずせないなら、冷たい飲み物を取ってきてはどうだ?」

「うん、そうだな、そうしよう。兄上はいらない?」

「いらないよ、レオ!」

「わかった」レオ卿は今度は首だけでお辞儀をすると、さっと部屋を出ていった。

アレックスはたまらずに笑い声をあげ、公爵の腕を扇で軽く叩いた。「いまのはありませんよ。かわいそうに、あなたのお連れはここで少し涼むつもりだったのに、あなたのおかげでまた暑いところへ追いやられてしまったわ。あんなに重ね着していたら、気絶なさるのではないかしら」

「あのかわいそうなやつはわたしの弟でね。忠告したのに聞かなかったのだから、自業自得だ。それに飲み物を取ったほうがいい。わたしは飲み物を取りにやらせただけですよ」

アレックスは片方の眉を吊《つ》りあげ、ゆっくり二度まばたきした。それからほんの少し頭を振った。

「あんな答え方をしなければ、弟さんはあなたの分の飲み物も持ってきたでしょうに」

「弟が運んでくるような飲み物はいりませんよ。あなたのそのみごとな目の美しさを味わっていたほうがずっといい」

こんなこと、ありえないわ！　公爵が出会ったばかりのレディにこんなお世辞を言うなんて！　彼がシャンペンを飲みすぎたか、わたしが夢をみているか、どちらかだわ。

いま彼はアレックスに笑いかけていた。濃い茶色のその目に温かな賞賛の気持ちをあふれんばかりにこめて。これまでアレックスをこんなふうに見つめてくれた男性はひとりもいない。それなのに、まなざしの意味がそのままわかる。まるで生まれながらにして知っていたように。

そのレディが目に入ったとたん、ドミニクは胸にどきんと衝撃を覚えた。あの厩で見た娘だ。ついに見つけたぞ。渦を巻く灰色の煙に取り囲まれたあの小さな顔を見まちがえるはずがない。あの娘がわたしを待っていてくれた。

ついでレディが英語で話しかけ、ドミニクはまたもや自分の頭が錯覚を起こしたのに気づいた。灰色のかつらと白い化粧に想像力が欺かれ、幻想を見てしまったのだ。現実の女性ではないものを。

しかし仮面をはずし、外界から逃れるように目を閉じて座っていたこの現実の女性は実に魅惑的だった。そのくせとても純真で、とても傷つきやすそうだ。ドミニクは身内の奥からそう悟り、このレディを抱きあげてさらっていきたい衝動に駆られた。彼女を守るために。なぜだろう。この女性は守られることを求めてもいないのに。彼女はか弱くなどない。自分にはそれが本能的にわかっている。この女性は芯《しん》が鋼鉄のように強い。

仮面をつけずにいてくれさえしたら。仮面は目元しか隠していないが、その目をちゃんと見たくてたまらない。この女性は男が溺《おぼ》れそうな目をしている。

そして美しい。一瞬ドミニクはなぜ自分がそれを知っているのだろうと内心頭をかしげた。顔には厚くドーランを塗り、かつらをつけて古い衣装をまとっているのだ。どんな女性でもありうるのに。

いや、そんなことはない。化粧と衣装に身を隠していても、彼女は美しい。化粧と衣装がなければ、もっと美しいだろう。スコットランド訛のある低くて快いその声は彼女の魅力をさらに高めている。自分を悩ませてきたあの声と同質のものだ。しかし今回はそれに反応するようなばかなまねはしないぞ。

さっき話しかけたときは、思わず女性のみごとな目について大げさに賞賛してしまった。いったい自分はどうしたのだろう。こんなことはこれまで一度もない。しかしそれでも、なぜか正しいことを言ったとわかっている。

彼は女性のきらきらとした大きな目をのぞきこもうと身を乗りだした。あの仮面にはいらいらする。あれをもぎとり、彼女を抱きしめたい。本音を言えば、ドレスもはぎとってしまいたい。ドミニクは突然駆られた衝動が理解できなかった。カースルレー卿は冷静沈着さにかけては右に出る者がいないからとわたしを雇ったのに。いまのわたしのどこが冷静沈着だ。

「なにかしら」レディの声は相変わらず低くて歌うようだったが、やや震えがあった。怖がらせてしまったのだ。

ドミニクは体を引いた。おびえさせてしまえば、相手は逃げだし、だれであるかを知る機会を失ってしまうかもしれない。しかしこちらの我慢がいつまで続くか。ほんの一分ほどたったころ、ドミニクはそっとレディの手を取り、自分の手に包みこんだ。このレディは優美な手をしている。しかし力強い手でもある。あの夢に出てきた手、脳裏から光景を消せない手のように。もしかしたら、この出会いには意志の力が働いているのだろうか。このレディはわたしの願望をいくつもかなえてくれそうに思える。

なにか言わなければ。感情が顔に出てしまわないうちに。「あなたは本当にスコットランド人なのですか？　仮面舞踏会に出るためにだけ旅するにはとても遠いようだが」

「それはご自分で判断なさって。でも興味を感じてくださってうれしいわ。かなり遠いところから来ているの」

スコットランド訛であるのはたしかだ。ふたりはしばらく黙って座っていた。レディは手を引っこめようとはしなかった。触れあっていることに満足しているようだが、なにを考えているのか、さっぱりわからない。むこうも同じように即座に引かれあうものを感じているのだろうか。

うぬぼれるんじゃない、コールダー。ドミニクは自分を叱咤《しった》した。小柄で繊細なレディがおまえのような図体《ずうたい》をした男に引かれるはずがないじゃないか。

それでもなお、彼女は手を引いてはいない。それに励まされ、ドミニクは相手を見つめたまま、手袋をはめたその手を自分の口元に持っていき、そっと唇を押しあてた。「あなたには妙に心を動かされる。わたしは……」そこまで言ってドミニクはことばにつまった。よりによってこのコールダーが途方に暮れるとは！

レディが目を伏せた。濃い色の長いまつげが小さな黒い槍《やり》のように白い肌に映える。

「仮面をつけているのはわずらわしいでしょう。はずしてはいかがかな」

レディは驚いて彼を見た。と思うと、その目にいたずらっぽい光が浮かんだ。「レディに仮面をはずさせようとするには最良の口実ですことね。でも残念ながら、その誘いには乗らないわ。仮面がわずらわしいだなんて！」

レディは衣装に合ったことば遣いをしている。ドミニクは微笑みかけたが、相手にその笑みは見えなかった。彼も仮面で口元を隠しているからだ。「疑われているとは実に心が痛む。わたしはあなたのことしか考えてはいないのに」

レディは口をわずかに開け、軽く頭を振った。おそらく微笑まないようにしているのだろう。「わたしのことを考えてくださっているのは疑っていないわ。でもわたしがわずらわしく思っているかどうかについてはいかがかしら」

もちろんそのとおりだ。ドミニクはふたたびレディの手を唇に持っていき、それで時間を稼ぎながら、つぎはどうすべきかを考えた。まるで足運びのよくわからない複雑なダンスを踊っているようなものだ。まちがった足を踏みだせば、相手はお辞儀をして去っていき、自分はひとり取り残される。女性経験の豊富な男のくせに、このレディに対してはキスひとつ奪うのにさえ四苦八苦している。

「厚かましいとお思いでしょうが、仮面を取ってかまいませんか?」ドミニクはついに言った。このダンスがどう展開するかは相手に決めてもらえばいい。

レディがゆっくり笑みを浮かべた。その肩が少し緊張を解いたようだ。まるで彼がつぎの動きを決めるのを待っていたかのように。「ご自分の仮面もわずらわしいにちがいないわ。あなたが居心地よくいられるよう、その理由だけで仮面をはずしてかまわないとお答えするわ」

レディはドミニクを立ちなおらせてくれたのだ。きわめて才気のきいたやり方で。なんと心を奪う女性だろう。

ドミニクは小さな手を持ち主の膝に戻し、自分の仮面のひもをほどくと、仮面を床に落とした。うぬぼれの強くない彼はこのレディに自分の容貌《ようぼう》を認めてほしいとまでは思わなかったが、早くレディの手に仮面で覆われていない唇を押しあてたくてたまらなかった。「仮面をはずしていただけないなら、せめて手袋をはずしていただけませんか」

レディは即座に首を横に振った。彼は信じられない思いだった。手を握らせ、手袋の上からキスされることは許しても、手袋をはずすのはだめだという。いったいなぜ？

そのとき、レディが手を持ちあげ、とても慎重に仮面をはずしはじめた。その間もまばたきひとつせずに彼の視線を受けとめている。彼の前ではだかになるように、そのしぐさは官能的だった。見つめているうちに、この驚くべき女性に対して感じていた強い魅力は容赦なく高まり、彼は息すらできなかった。

そして仮面がはずされ、完璧《かんぺき》な卵形の顔があらわになると、コールダー公爵は激しく脈打つ渇望のとりこになっていた。

10

ドミニクの体はいますぐこのレディを抱き寄せ、愛をかわすことを求めていた。彼はなんとかそれをこらえた。わたしは野蛮人ではない。紳士だ。しかもいまいっしょにいる相手はレディなのだ。

そのレディは動かず、仮面を膝に置いた手に持ったまま、彼を見つめていた。仮面をはずした顔を見て、どれだけ彼が渇望に襲われているかを察したのだろうか。

ちょうどそのとき、ドミニクは急に笑いたい衝動に駆られた。べつに誘惑を頭に置いて海賊の衣装を選んだわけではないが、ゆったりした膝丈ズボン《ブリーチズ》にはそれなりの利点があるものだ。

レディは彼の顔になにかを見たらしい。「これでお望みをかなえたわ。結果がお気に召さなくて残念だわ」レディは仮面をつけなおそうとした。

「そのままで！」ドミニクは急いでレディの手に自分の手を重ね、心のなかで自分に悪態をついた。彼女はわたしの目が笑ったのを見て、自分が笑われていると思ったのだ。わたしは自分を笑ったのに。

「どうか仮面をつけないで。仮面をはずすことで、あなたはこの部屋に日差しをもたらしたのだから。花々がひとつ残らずあなたのほうを向いているではありませんか。あなたのもたらした光と温《ぬく》もりを求めて」彼は部屋にあふれている花々や葉を示した。「花は陽光がなければ死んでしまう。わたしには花の美しさはないが、それでもあなたが顔を隠してしまえば悲しくなる。どうかそうしないでほしい」彼はレディの手を握った。そしてレディが拒むようすを見せないので、相手の手から仮面を取ると、自分のシャツの内側にしまった。「ありがとう」

レディのまなざしは彼の両手の動きを追った。白い化粧に覆われたその顔は少し赤らんでいるように思える。「過分なおことばだわ」レディは彼と目を合わせようとしなかった。

「女性にお世辞を振りまく習慣はわたしにはない。しかしあなたには深く考えもせずにことばが出てきてしまう。本当にそうだと信じていることしか言っていないから」

今度はレディが顔を上げた。びっくりしたのか、目を見張っている。こちらの言ったことを信じてくれたのかどうかはわからない。と思ったところへ、ついに表情がやわらいだ。

レディがなにかを話そうとするように、口をやや開いて身を乗りだした。ところが小さくうなずいてそれをやめ、話す代わりににっこりと微笑《ほほえ》んだ。目が輝き、顔いっぱいに温かさが満ちている。

ドミニクは全身が熱くなるのを覚えた。早く彼女にキスしなければ、体じゅうが燃えあがってしまう。野蛮な衝動を抑えるために、彼はレディの手を唇まで持ちあげ、情熱をこめてキスした。これでは足りない。いまいましい手袋め！　許しを得ずに手袋を脱がせることはできないし、許しが得られないのは直感でわかっている。しかし方法はほかにもある。

レディの手に唇を押しあてたまま、彼はレディの目を見つめた。相手は怖がってはいない。彼はゆっくり手を表に返し、むこうへ曲げた。上質の革がレディの手首のところでぴんと伸びている。

彼はレディの肘の内側に唇を触れあわせ、手首までをゆっくりと唇でたどった。しなやかな革は彼の鼻に押され、動きのひとつひとつを許すように、手首に向かってひだをたたんでいく。ついに唇が手首に達すると、激しい震えが彼の体を走った。そして彼はそれに応《こた》えてレディが身を震わせるのを感じた。

「あなたのとりこになってしまった」彼はやわらかな肌に唇を寄せたまま言い、あらわになった手首をキスで覆った。それは最高に甘美な拷問だった。触れるたびにそれ以上がほしくなる。彼は舌先で触れたい衝動をこらえきれなかった。

レディがはっと息をのみ、手を引っこめようとした。

彼はそうさせまいとした。が、それは一瞬のことで、彼は握った力をゆるめ、手首へのキスを続けた。

「大胆不敵な人ね」その声にはまだ小さな震えがある。この魔法のような出会いに、むこうも興奮しているのだ。

彼はもう一度舌先で肌に触れた。今度はレディがため息をついた。切望のため息のようだった。「ああ、あなたの肌に触れると、最も豊かな王になったような気がする。まだ得られないものがどれだけあるかを思うと、最も貧しい物乞《ものご》いになったような気がする。その白い頬、きらきらと輝く瞳、さくらんぼうのような唇、繊細なのど。そのすべてにキスしたい」

「あなたは――」ことばが途切れ、レディは空いたほうの手で彼の頬に触れた。それから小さなうめき声をあげ、頬から手を離して膝に置いた。「こんなこと、ありえないわ」その声は苦悩そのものだった。そのあとレディは立ちあがろうとした。去っていくつもりだ。

「だめだ！」抑制をすべて忘れ、ドミニクはレディをかきいだくと激しくキスをした。レディは抗《あらが》おうとしたものの、一瞬のちには彼に体をあずけ、やさしく彼のキスに応えた。最初は片方の腕を、ついで両腕を彼の首にからめ、手袋をはめた手でかつらの下からのぞいている彼の髪と頭をそっと撫《な》でた。閉じた唇に彼が舌先で触れると、レディはふたたび長いため息とともに唇を開いた。その唇は想像どおり神話に出てくる神々の食べ物を思わせる味がする。彼は思わずうめき、キスを深めた。

アレックスは彼に身をあずけ、彼のたくましさに包まれた。自分がとても華奢《きやしや》で守られているという気がした。強く、激しく求められているという気がする。魔法のようなひととき。まるで夢のなかにいるような。いつまでもこうしているわけにはいかないとはわかってはいても、この感覚は終わらせたくない。まだもうしばらくは。体じゅうが熱くほてり、充足を、彼とひとつになることを求めている。それがうれしくてたまらない。

でもそれはいけないわ。

理性が抗うのを無視し、アレックスは彼のキスに身をゆだねた。彼の手が片方はアレックスの背中に押しあてられ、もう片方はとてもやさしく、ごく軽く、アレックスの頬を撫でている。キスはさらに続き、いっそう深まり、アレックスの体は渇望に熱く燃え、頭はくらくらした。

彼がついに唇を離した。アレックスは自分が不満の声をあげるのを聞いた。彼の手は飽くことを知らないように、いまも頬を愛撫《あいぶ》している。彼の目は欲望に色の濃さを増し、彼の唇はすぐそこにある。彼はわたしがさらに求めるのを待っている。彼をさらに求めていると示すのを。

でもこれ以上はいけないわ。

彼はアレックスが心を決めた瞬間を察したにちがいない。ほんの少し体を引き、黙ってアレックスを見つめた。唇が乾いたのか、彼がゆっくりと唇をなめた。無意識のうちにアレックスも同じしぐさをした。そして彼の顔に表れた反応を見て、自分の行為に気づいた。彼はきっともう一度キスをする。そうすれば、自分はわれを忘れてしまう。ここでやめなければ。そうしてはいけないことなのだから。

アレックスは片手を立てた。彼がキスをした手ではなかった。そちらの手は手首の内側がいまも彼の唇が触れているかのようにぞくぞくしている。そう思うと、アレックスは彼と目が合わせられなかったが、どうにかまずまず落ち着いた声で話すことはできた。「もうやめていただきたいの。知らない者同士でこんなことをするのは……はしたないわ。そうお思いにならない?」

首を振った彼の顔には苦痛があった。「いや、思わない。このような情熱の行き交うことはめったにあるものではない。これはあなたとわたしのそれぞれにとって天の恵みなんだ。しかしあなたがばつの悪い思いをしているのはわかる。だからあなたの言うとおりにしよう」

「ではわたしは失礼するわ」アレックスは立ちあがりかけた。

彼が手をつかんだ。「いや、だめだ。わたしは情けなく…

熱を抑えるとは言ったが、きみの美しさからわたしの哀れな目を離すとは言っていない。もうしばらくそばにいてもらえないだろうか。きみの同意がなければ、なにもしないと約束する。どうか行かないでほしい」

彼の声にはアレックスの心を引き裂くものがあった。ついさっきまでアレックスは切望に熱く燃えていたが、いまは心が泣いていた。ふたりで分かちあうことのできない情熱のために。「あなたのことばを信じるわ。わたしの同意がなければ、なにもしないのね」

彼の口元に苦笑が浮かんだ。「わたしの頭がおかしくなったとしても、それはきみの望んだことだ」

なにもかも文句のつけようがないというように、社交界の客間で会っているように、アレックスは無理やり彼に笑顔で応えた。その気分を受けとめたらしく、彼の苦笑がふつうの笑みに変わった。アレックスは手袋のしわを伸ばし、もとの位置に戻した。「ほかのお客さまと合流したほうがいいのではないかしら」

彼が立ちあがり、片手を差しだした。アレックスは一瞬その手を見つめ、ついで彼の顔を見あげた。彼の渇望の炎はいまは静まっているが、消えたわけではない。アレックスは残念そうに首を振った。「わたしは一度あなたに手を取ることを許したわ。でもそのあとどうなったかは、おわかりでしょう?」アレックスはひとりで立ちあがった。「いまは手を……」

「触れあわせる楽しみはなしにしておこう」彼は正真正銘の笑みを浮かべ、目には愉快そうな光をたたえている。

アレックスは彼とのことばの応酬が体を触れあわせるのに負けないほど官能的であるのに気づいた。でもそれを避けるつもりはない。すでに充分な犠牲を払っているのだから。

「ふたりきりでなければ、危険は少なくなる。そうだね？」

アレックスはうなずいた。

「むこうの舞踏の間では何百組もの男女がダンスを踊っている。わたしと踊っていただけるかな？」

「ダンスはしないわ」

彼は淡い緑色の靴をはいたアレックスの足に目をやった。「ダンス靴をはいているのに？　その靴にそのドレスは舞踏の間で見せるためのものだ」彼は腕を差しだした。「どうかな？」

アレックスは身を沈めてお辞儀をした。「ええ、いいわ」それから閉じた扇で彼の腕を二度叩《たた》いた。「ふたりきりでなくなったら、腕を取ってもいいわ」

「そこまできみが勇気に欠けるとは思わなかったな」

「そこまであなたが作意に欠けるとは思わなかったわ」

彼が笑い声をあげ、アレックスは胸が温まるのを覚えた。

ドアから一、二歩足を運んだところで、アレックスは思いだした。「わたしの仮面はまだあなたが持っているし、あなたは仮面をつけていないわ」

「気づかれてしまったか。残念としか言いようがない」彼はシャツの内側から仮面を取りだした。「とても美しいレディとキスをかわした思い出に取っておこうと思っていたんだ。でも返してと言われれば……」

アレックスはうなずいた。

「わたしにつけさせてもらえないだろうか」

アレックスはふたたびうなずいた。どうして断れるだろう。彼はアレックスのうしろに立ち、仮面を目の位置にそっと当てると、ひもを結んだ。アレックスはそのしぐさでなぜか自分が彼のものだと宣言されているような気がした。わたしは身も心もすでに彼のものなのに。でもそれを彼に悟られてはいけなかった。

その苦悩が顔に表れたとしても、彼には見えないはずだった。彼は長椅子まで戻り、自分の仮面を取りあげると、アレックスを見て片方の眉を吊《つ》りあげた。アレックスは首を振った。彼は仮面をつけてほしいと頼んでいるが、アレックスにはできない。そこまで親密なことは。

「また勇気に欠けるようだね」

それは当たっている。「ずっと昔、母から慎重は美徳だと教わったわ。今夜は母の賢明な教えを守るべきだと思うの」

「やられた」苦笑を浮かべながら、彼は自分で仮面のひもを結んだ。それからアレックスの隣に戻り、廊下へと足を踏みだしながら腕を差しだした。「よろしいかな?」

舞踏の間に着いたころにはアレックスは気絶しそうになっていた。今度は彼に触れているせいではない。仮面から彼の温かなにおいが漂ってくるからだ。まるで彼のはだかの胸に頬を寄せているような気がする。男らしいにおいが連想させる光景はあまりに強烈で、あらゆる感覚が大混乱に陥り、彼が話しかけてきたとき、アレックスは彼のことばを理解することも答えることもできずにいた。

「大丈夫?」彼は心配そうに尋ね、あずけているアレックスの手に自分の手を重ねた。

アレックスは彼のにおいをできるかぎりかがないよう、浅く息をした。「少し……少し暑いだけよ」

「よかったら、舞踏の間に入る前に冷たい飲み物を取ってこよう。シャンペンは?」

「いいえ!」シャンペンを飲んでさらに自制がむずかしくなることを考えると、アレックスはたちまち現実に戻った。「いいえ、けっこうよ。シャンペンよりレモネードをいただくわ」

「わかった」

舞踏の間の横手に自分を置いたまま飲み物を取りに行くものと思ったのに、彼はそうしなかった。

横手のドアのほうへ彼は頭を傾けた。「飲み物はあちらの部屋にあるはずだから、いっしょに行ってはどうだろう。きみをひとりここに残していきたくはない。一曲ダンスを踊るまでは、きみから離れないつもりだ。ワルツは踊れるね？」

もちろんワルツは踊れる。でもこれだけ感覚を混乱させる男性と踊った経験は一度もない。「わたし……」

「よかった。新しい流行が北部まで届いているかどうかわからなかったんだ。スコットランドでは何度も舞踏会に出席している？」彼はアレックスを飲み物のある部屋へ連れていった。

アレックスは彼と触れあっていることや彼のにおいを無視し、彼のことばに意識を集中しようとした。彼もついさっきまでは渇望にとらわれていたのだ。その彼がいま舞踏会に出席した紳士らしくふるまえるなら、自分にもできないはずはない。「スコットランドから来たと言った覚えはないわ。わたしがそう簡単に自分の秘密をもらすとはお思いにならないことね」

「知りたいことを聞きだすにはもっと作意を用いなければならないようだな。さっききみの言ったとおりだ」

「たんに尋ねることは考えにないのかしら」

彼は突然足を止め、くすりと笑った。「そうだ、考えなかった。しかし言われてみれば……。名前を教えていただけないだろうか？　わたしは自分なら答えないことはきかない。わたしの名前はドミニクだ」

「ドミニク」アレックスが彼の名を声に出して言ったのはこれが初めてだった。

彼が片方の眉を上げて返事を待っている。

答えないわけにはいかない。答えてなんの害があるだろう。名前にすぎないのだ。一瞬アレックスは偽名で答えようかと考えたが、それはやめた。彼が自分の名を発するところを聞きたい。「わたしの名はアレクサンドラよ。でも――」アレックスは舌をかんだ。家族からアレックスと呼ばれていることは言ってはいけない。アレクセイに近すぎるから。

「さえない名前ね」

「いや、すてきな名前だ。でもめずらしいね。お母上にちなんで名づけられた?」

「いいえ。母はアン・カトリオナというの。それからきかれないうちに答えておくけれど、父もアレグザンダーではないわ。母がギリシア語を学んでいたの」

彼が眉を吊りあげた。ギリシア語を学ぶ女性がいるということに驚いたのだ。アレックスは男の傲慢《ごうまん》さをしぼませることにした。

「母は学者で、結婚するまで外交官だった父親とともにずいぶん旅行をしたわ。そして息子にはアレグザンダーと名づけるつもりだったの。あいにく生まれたのは娘だったけれど」

「美しい名前だ。その名で呼んでかまわないだろうか」

アレックスはうなずいた。「今夜の仮面舞踏会はどこか社交の世界からはずれていて、規則は当てはまらないようだもの」アレックスは舞踏の間でワルツを踊っている男女を振り返った。なかにはぴったりとくっついて踊っている者もいる。相手の女性の耳元でなにかささやいたり、うなじに唇を寄せたりしている男性もいる。仮面をつけていなければ、衝撃的な光景にちがいない。

「そしてわたしをドミニクと呼んでもらえるだろうか」

アレックスは彼の目を見あげた。「ええ、いいわ、ドミニク」

いまやアレクサンドラはワルツをすばらしく巧みに踊っている。最初はステップを思いだしてでもいるように、ややためらいがちだったが、すぐに緊張を解いてダンスに入りこみ、まるでふたりで何度も練習してきたように息の合った動きを見せはじめた。身長にかなり差があるにもかかわらず、アレクサンドラはみごとにドミニクの腕のなかにおさまっている。厩《うまや》で見かけたあの娘を彷彿《ほうふつ》とさせながらも、あの娘以上だ。なぜならアレクサンドラは機知に富み、落ち着きと存在感のあるレディなのだから。

アレクサンドラ。めずらしい名前だ。しかしこのレディにはぴったり合う。

踊りながらふたりはフロアの真ん中でほとんど動かない男女のそばを通りすぎた。男性が女性のこめかみにキスをしている。ドミニクもそうしたくてたまらないが、ここではだめだ。こんな公衆の面前では。アレクサンドラはレディなのだ。どこにでもいる女性とはちがう。とはいえ舞踏の間から離れたところなら……。

急に彼はだれにも見えない場所を探したくなった。これほど広大な建物ならひとつくらいそんな場所があるはずだ。

彼は曲が終わるまで待った。「少し暑そうだね、アレクサンドラ」彼は背中に腕を当て、アレクサンドラをドアへと促した。「庭に飲み物がある。それに照明も。ここよりずっと涼しいはずだ。庭に出て軍楽隊の評価について意見をかわすのはどうかな」

アレクサンドラは懸命に扇で自分をあおいでいる。それにワルツで体を動かした結果と浮きたった気分

のせいで上気し、輝いている。ダンスを踊っている
あいだ、ドミニクはアレクサンドラをほかの男性と
踊らせようとはしなかった。仮面をつけた近衛《このえ》将校
がドミニクを押しのけようとしたが、将校は礼儀を
学びなおせと簡潔にやりこめられて退散していった。
アレクサンドラは驚くよりもドミニクの辛辣《しんらつ》なやり
こめ方に笑い声をあげ、不満を言うこともなくワル
ツのリズムと彼の腕のなかへ戻っていった。フロア
で踊っているのは自分たちだけのような気分だった。
少なくともドミニクはそうだったが、アレクサンド
ラも同じように感じただろうか。

アレクサンドラはやや不安そうに庭のほうをちら
りと見た。そして照明や人の多さに安心したらしい。
うなずいて彼と並び、庭に向かって歩きはじめた。
軍楽隊のひとつが建物のすぐそばで演奏している。
軍楽隊は遠くのほうにももう一団いて、そちらは庭
じゅうに届く音で曲を奏でている。

「どちらも同じ曲を演奏しているのが残念だわ」ア
レクサンドラがちょっぴり顔をしかめた。「とても
耳障りな反響音を起こすのではないかしら」

「音楽が好きなんだね？」

「ええ。でも楽器はひとつも弾けないし、歌えば鼻
風邪をひいた鵲《かささぎ》のような声しか出ないの」

「なんと……めずらしい。ぜひとも確かめてみたい
ものだが、今夜この庭に鵲はいないんじゃないかな。
それにすでに軍楽隊ふたつのせいで不協和音がいっ
ぱいだ。楽団の音がひとつしか聞こえない場所を探
したほうがいいかな。これだけ広い庭なら、耳を守
れる場所がひとつくらいあるはずだ」

驚いたことに、そしてうれしいことに、アレクサ
ンドラは即座にうなずき、彼の腕に手をあずけると、
彼に微笑みかけた。「どちらの方角に行けばいいか
しら、ドミニク」

彼とともに人込みから離れていくのは危険だとアレックスにはわかっていたが、そうしたい衝動はあまりに強かった。ドミニクに今夜初めて会ったのなら、これほど彼を信頼しようとはしなかっただろう。でもコールダー公爵ならよく知っている。彼は高潔な人なのだ。こちらをレディとして扱ってくれるのはまちがいない。でも彼が情熱に駆られた場合は？

ふたりは広大な庭の奥を当てもなく歩いていた。このあたりの小道は建物付近より明かりが少なく、茂った木が月明かりを遮っている。ここまで来ている客は少ない。

ドミニクに促されて角を曲がると、そこにはさらに細くて暗い小道が続いていた。はっと息をのむ音とそれに続き男女の低い笑い声が聞こえた。このような舞踏会ではそういうことがあるとアレックスにもわかっていた。仮面をつけているせいで、ふだんなら考えられない大胆なこともできるというわけだ。

女性の笑い声にアレックスは自分のふるまいがどう見られるかに思いいたった。世間から。そしてドミニクから。アレックスは彼を知っているが、彼のほうはアレックスとは今夜出会ったばかりだと思いこんでいる。彼から見ればアレックスはまったく知らない男性とワルツを何曲も踊り、ふたりきりで庭を散歩する仮面をつけたレディなのだ。しかも彼のキスに情熱をこめて応えたレディ！

アレックスの心は沈んだ。将校仲間はこの舞踏会にはロンドンでも最高級の娼婦《しょうふ》が出席して、ふだん娼婦を卑しんで避けているレディたちと交じりあうと皮肉っていた。ドミニクのキスにどう応えたかを考えると、彼に高級娼婦だと思われてしまったかもしれない。

アレックスは身を震わせた。

「アレクサンドラ」彼の声は気遣いに満ちていた。「どうかした？」

頭が混乱し、この場を逃げだしたい一心でアレックスは思ったことをそのまま言った。「あそこにいるカップルはとてもはしたないことをしているわ。ここへあなたとふたりきりで来てしまったわたしもはしたないわ」

「屋内に戻りたい?」彼の声には緊張があった。

アレックスはうなずいた。

「では戻ろう」彼はもっと広い道へとアレックスを促した。「ただしその前に、わたしは庭に出てからなにひとつはしたないことはしていないと言わせてもらえないかな」

アレックスは自分の顔から血の気が引くのを覚えた。わたしは彼の誇りを傷つけてしまった。なんのいわれもないのに。

11

アレクサンドラの顔に浮かんだ恐怖の表情はドミニクを激怒させた。自分に対して。

わたしはアレクサンドラを侮辱してしまったのだ。彼女がわたしの自尊心を攻撃したのはまちがいない。だが、それは悪意があってしたことではない。アレクサンドラはレディであり、庭を散歩しようという誘いにはまったく純真に応じたのだ。それがいま、ほかの男女が愛撫《あいぶ》しあう物音を聞き、自分がどれだけ危険なことをしているかに気づいてしまった。なんといってもこちらが何者かをまったく知らず、信頼できる相手かどうかもわからないでいるのだ。ひょっとしたら彼はロンドン一の放蕩《ほうとう》者かもしれない。

アレクサンドラが怖がるのも無理はない。

ドミニクはほんのしばらくアレクサンドラの顔を見つめたまま身じろぎひとつせずにたたずんでいた。どうすればこの状況を好転できるか、どうすれば自分があたえてしまった痛みを癒《いや》せるか、なにも考えが浮かばなかった。

「ごめんなさい」やがてアレクサンドラが目を伏せて小声で言い、沈黙を破った。「いまのようなことは言うべきではなかったわ。本気で言ったのではないの。どうか許して」

侮辱したのはこちらなのに、アレクサンドラのほうが謝っている！　ドミニクはアレクサンドラを抱きしめ、その顔から愁いをぬぐい去りたい衝動に駆られた。恐怖を引き起こす卑劣な男のいる外界からアレクサンドラを守りたくてたまらない。とはいえ、そうしてはならないと気づくだけの理性はあった。

彼は左手で剣の柄《つか》を握り、右手で短剣をつかんだ。彼女に触れてはいけないのだ。

張りつめた沈黙が続いた。アレクサンドラはこちらがなにか言うのを待っている。

「アレクサンドラ、わたしに謝る必要はなにもない」ドミニクは口早に言った。「きみは出会ったばかりの男性とふたりきりでいるのは不安だと、まったく当然のことを言ったんだ。それなのにわたしはきわめて尊大な返事をしてしまった。謝らなければならないのはわたしのほうだ。許してもらえるだろうか」

ようやくアレクサンドラが顔を上げた。薄暗くてよくわからないが、目が濡《ぬ》れているように思える。ああ、なんということをしてしまったのだろう！

「お互いに許しあうことにしましょう。どちらもそのつもりでないのに相手を傷つけてしまったわ。すべてを忘れることにしてはいかがかしら」

ドミニクは長い吐息をついた。「寛大なことばをありがとう」彼は短剣を前以上に固く握りしめた。アレクサンドラに触れたくてたまらなかった。

「これで話は決まったわ。さあ、ドミニク」アレクサンドラは彼の肘をそっと引っ張り、腕を彼の腕にからませた。「この小道の奥になにがあるか見てみましょう」物音をたてている恋人たちのいる小道と直角に走る道をアレクサンドラは指さした。「むこうに光のようなものが見えるわ。それに最初の軍楽隊の音楽も終わりかけているし」

まるで手袋をはめたアレクサンドラの手がドミニクに魔法をかけたかのようだった。手が腕に触れたとたん、渇望がよみがえり、彼の全身はアレクサンドラを求めて燃えあがった。

彼は光の方向へとアレクサンドラを促し、ほかに人がいることを願った。これ以上ふたりきりでいれば、自分の行動に責任が持てそうになかった。

アレックスは公爵のシャツのローン地を通して彼の腕が緊張しているのを感じとった。彼の温《ぬく》もりも伝わってくる。手袋をはめていても、指先がうずうずする。手でじかに彼の肌を撫《な》でたくてたまらない。ここなら薄暗くて手袋を脱いでもかまわない。ほんのしばらくだけなら。

もう間に合わなかった。ふたりは小道を抜け、香りのいい薔薇《ばら》に囲まれた小さな円形のベンチのある場所に出てしまった。木々と木製のアーチから球形の明かりが吊《つ》り下がっている。驚いたことに、このすてきな休憩所にはだれもいなかった。みんなどこへ行ってしまったのだろう。でもかまわない。もう少女のような不安にはとらわれないと心を決めたのだから。いまいっしょにいるのは愛するドミニクなのだ。そして彼とすごせる夜は今夜しかない。一瞬一瞬を味わいつくさなければ。

ここでは音楽がとてもはっきり聞こえた。姿は見えないが、軍楽隊がかなり近くにいるにちがいない。

軍楽隊がワルツを奏ではじめた。

ドミニクが小さくうなり声をあげた。

彼は欲望を抑えようとしている。紳士らしくふるまおうとしている。

アレックスは浮かんでくる笑みを見られないよう、彼に背を向けて頭上の木の枝を見つめた。「あの明かりはどうやってあんな高いところに取りつけたのかしら」

「よく働く使用人がはしごを使ったんじゃないかな」

アレックスはかなり愉快に思い、彼に向きなおった。彼もおもしろがっているのが仮面をつけていてもわかる。「ここはほかに人がいないから、仮面をつける必要がないわね」アレックスはわざと苛立《いらだ》たしそうに言い、ひもをほどいて仮面をはずした。

「仮面がこんなにわずらわしいものだとは思ってもみなかったわ」

アレックスは期待をこめて待った。

彼がため息をつき、仮面をはずした。「こんなことをしてはいけない、アレクサンドラ。もしもだれかに見られて、どこのだれかがわかってしまったら、きみの評判が――」

「わたしはロンドンでは知られていないわ。かつらとお化粧でわたしだとわからないはずよ」これは嘘《うそ》だ。ロシア人にはアレックスだとわかるし、ドミニクといっしょにいるところを見つかれば、たいへんなことになる。アレックスは同僚たちがカードルームと食堂から出ないことを祈った。そして見つかることは考えないよう心を決めた。今夜しかないのだ。

アレックスはドミニクを値踏みするように眺めた。

「危険なのはあなたのほうだわ。このあたりではよく知られているのでしょう?」

「ロンドンには一年のうち何カ月か住んでいる。だから仮面をつけていなければ、わかってしまうかもしれないね。でも男にとってはべつに危険でもなんでもない。せいぜいドミニクは弟のまねをしたと言われるくらいだ」

「サー・ジョン・フォルスタッフのまねということになるのかしら」

「いや、べつの弟だ。残念ながら、放蕩者という評判でね。賭事《かけごと》ばかりやっている。それに、その、色っぽいうわさも多い」

「あなたはそうではないの？」

「ああ、わたしは……。答えれば、さらに墓穴を掘ることになる」

彼はいまにも顔を赤らめそうだった。彼をこんなふうにできたとは甘い勝利感を覚えた。アレックスは彼の右肩に左の手を置いた。「ドミニク、ワルツがまだ流れているわ」

それで充分だった。彼がアレックスを抱き寄せ、ふたりはベンチのあいだや優美な薔薇のアーチの下を踊りながらめぐりはじめた。あたりには薔薇の芳香が立ちこめているが、アレックスがかぎたいのはドミニクの清潔な男らしいにおいしかなかった。いつまでも記憶にとどめるために。

「きみは本当にダンスがうまいね、アレクサンドラ。まるであざみの冠毛のように軽くて、しっかり腕のなかにつかまえていないと、ふわふわとどこかへ漂っていってしまいそうだ」

彼の腕のなかは安全な気がした。守られているようだった。そして求められているという気が。でもそれを口にすることはできない。意志をすぐ裏切るアレックスの体はまたも勝手に反応しはじめ、芯《しん》が熱く燃えている。そしてその熱さは肌全体に伝わっている。彼にもそれがわかってしまうだろうか。

曲が終わった。「まるで妖精《ようせい》と踊っているようだ、アレクサンドラ。きみが本当にわたしといっしょにいるのか、それすらわからない。きみはわたしを悩ませるために送りこまれた美しい幻にすぎないのだろうか」

アレックスは彼の頬を両手でそっとはさみ、彼の唇を自分の唇に近づけた。そして最初はおずおずと、やがてもっと大胆に唇同士を触れあわせた。

ふたりのあいだで炎が燃えあがった。ドミニクがアレックスを抱きしめ、性急に唇を求めると、アレックスは彼の首に両腕をからませた。でもそれでは足りない。彼にもっと触れたい。今度こそ、そうしなければならない。

アレックスは彼のシャツの襟を押し広げ、手を彼のはだかの胸に当てた。これでもまだ足りない！

アレックスは唇を離し、彼の不満の声を無視した。それから指一本を彼の唇に押しあて、顔を彼のシャツの胸元にもぐらせた。アレックスが彼の胸にキスをしはじめると、彼は全身を硬直させた。息をすることも忘れているようだ。

アレックスは彼の味を満喫した。力強くて清潔で、白檀《びゃくだん》としょっぱい味がかすかにする。アレックスは彼の鎖骨のくぼみに舌先を差し入れた。彼が胸の奥から喜びの声をあげた。アレックスは舌先でゆっくりと鎖骨をなぞり、彼の肩から首の中心へとたどった。「どうしようかしら。そうだ、これがいいわ」そうささやくと、首の根元のくぼみに情熱をこめてキスを刻んだ。

彼がアレックスの名を呼んだ。「わたしの美しい魔女。これではまるで拷問だ」彼はアレックスを抱きあげ、木製のベンチへと運んだ。そしてアレックスを自分の膝に座らせると、仕返しをはじめた。それはまさに拷問だった。

彼はアレックスのこめかみと目にキスをした。あごにも。そのあと耳たぶから鎖骨にかけて羽根のように軽いキスでたどりはじめた。

さらに彼の唇はドレスの低い襟元からのぞいている胸のふくらみに触れた。片手が絹地の上から胸を包みこもうとしている。彼に触れてもらいたくてたまらない。体じゅうが、彼の愛撫を求めている。

アレックスはあえぎ声をあげた。

そのとたん、彼が動きを止めた。「やめてほしい?」

「いいえ」いまはことばなどいらない。アレックスは彼のうなじに手を添え、彼の唇を自分の胸に押しつけた。そしてふたたびあえぎ声をあげた。

これでもまだ足りない。彼が長い指をアレックスの肌とシュミーズのあいだに忍びこませ、胸の頂を硬くなるまで撫でた。そしてようやく口に戻り、唇と舌でキスと愛撫を繰り返した。彼のキスに刺激され、アレックスもさらに情熱をこめて応《こた》えはじめ、舌先で彼の唇の内側をからかうように撫でた。なんとすばらしい拷問なの。アレックスはこのひとときの歓喜とドミニクへの愛にあふれていた。

「ああ、アレクサンドラ。だめだ。ここでは」

ドミニクが唇を離した。一瞬アレックスは自分がどこにいるかを思いだせなかった。目はほとんど焦点が合わず、頭はくらくらする。

彼がアレックスを抱いたまま体を起こし、アレックスを地面に立たせた。そして片手を差しだした。

なんのためらいもなく、アレックスは彼に自分の手をあずけると、彼とともに明かりから遠ざかっていった。

こうするのはまちがいだとドミニクにはわかっていた。アレクサンドラを屋内か、せめて庭の人込みのなかに連れて戻るべきだ。しかしアレクサンドラを求める渇望はあまりに大きく、彼はそれに抗《あらが》えなかった。アレクサンドラ自身の情熱もわたしに負けないくらい強いからこうするのだと彼は自分に言い聞かせた。アレクサンドラの熱い愛撫に、彼の体はまるで思春期の少年のような反応を示している。この女性とすごせるのは今夜だけかもしれないと思うと、性急さはますます強くなる。いまこの瞬間にも姿を消してしまうかもしれないと思うと、切迫した渇望に圧倒されて、彼はぶつぶつと異議を唱えている良心の声を心の奥に閉じこめた。そして完全にふたりきりになれる場所へとアレクサンドラを連れていった。

アレクサンドラは彼がなにをしようとしているかを充分に心得ているようだった。「どこへ行こうとしているの、ドミニク?」

「きみの行きたくないところへは行かないよ、アレクサンドラ」情熱に駆られてはいても、彼はアレクサンドラが同意しないことをするつもりはなかった。

細い小道の奥まで来ると、あたりは暗かった。月は雲に隠れ、星明かりだけでは道もほとんどわからない。ドミニクは暗さがアレクサンドラに抑制を忘れさせてくれるよう願った。それほどアレクサンドラの美しい体に触れ、唇から体の芯までをキスでたどりたくてたまらない。

小道の曲がり角を少し入ったところに灌木《かんぼく》の茂みでなかば隠れた石のベンチがあった。月が一瞬雲間から顔をのぞかせ、銀色の月光が石の角に当たったおかげでドミニクはベンチに気づいた。彼はアレクサンドラの手を引き、茂みをかき分けていった。ベンチはちょうどふたり座れるくらいの大きさだ。

さっと差した月光がまた消えた。ふたりは闇《やみ》のなかにいる。

ドミニクはベンチに腰を下ろし、剣をわきへ押しやった。彼はアレクサンドラを隣に座らせた。膝に座らせる前に、その気があるかどうかを確認しなければならない。「わたしの美しいアレクサンドラ、もう一度キスさせてもらえるだろうか」

返事は即座にあった。アレクサンドラは彼の首に両腕をからませ、唇を重ねてきたのだ。小道をたどるあいだにそれぞれの渇望はさらに強く募っていた。ふたりは熱く長いキスをかわし、ドミニクは時間の感覚もここがどこなのかも忘れた。いま自分の腕のなかにいる美しい女性のことしか頭になかった。彼はアレクサンドラの髪に指をもぐらせたくてたまらなかったが、かろうじてその衝動をこらえた。アレクサンドラはかつらをつけている。髪はおそらくかつらの下にぴったりとまとめてあるだろう。そのような状態の髪をあらわにされて喜ぶ女性はいない。ひどくうろたえ、逃げだしてしまうかもしれない。

代わりに彼はアレクサンドラの美しい体をふたたび探求しはじめた。古い時代の衣装をつけたアレクサンドラは驚くばかりに魅惑的だ。固く締めた胴着はほっそりとしたウエストを強調し、大きく広がったスカートは歩いたり踊ったりすると美しく揺れて、女らしい優美さを際立たせる。

ところがいまドミニクはこの衣装を呪《のろ》いたい気持ちだった。胴着はぴったりしすぎて、思う存分胸にキスすることができない。襟元からのぞいているふくらみにキスするだけでは、彼の不満は募るばかりだった。

彼は胴着の打ち合わせに手を走らせ、ひもの端を探した。それは複雑な結び方でかたまりにまとめられ、胴着の下にたくしこんであった。彼はほとんどなにも見ないまま、両手を使ってそれをほどこうとした。しばらく試してみてほどけないとわかると、彼の不満は爆発寸前にまでふくらんだ。

もっと簡単な解決方法がある。彼は短剣を抜いた。

「だめよ！」アレクサンドラが彼の手首をつかんだ。「だめよ、ドミニク。それはやめて。わたしに恥をかかせたいの？」

たしかにそうだ。ひもを切れば、体に触れることはできるが、そのあとアレクサンドラが人前に出られる姿に戻れなくなる。

彼はしぶしぶ短剣を鞘《さや》に戻した。

「待って」アレクサンドラが子山羊《こやぎ》革の手袋を脱ぎ、胴着に手をやった。またたく間に結び目がほどけた。

「アレクサンドラ」彼は動くこともできずにささやいた。

アレクサンドラはなにも言わず、手袋をはめなおすと、顔を彼のほうへ上げ、深く息を吸った。深呼吸で胸がふくれたせいかひもがゆるみ、胴着がかすかに分かれた。アレクサンドラは自分の身を彼に差しだし、彼の出方を待っている。

ドミニクはドレスをはぎとり、アレクサンドラの温もりにこの身をうずめたかったが、そんな乱暴なことはできない。このような贈り物はゆっくりと味わうものだろう。彼は頭を下げ、現れた胸のはざまに羽根のようなキスをした。アレクサンドラが身を震わせた。アレクサンドラの肌はあまりに繊細で、男っぽいやり方ではあざをつくってしまいそうだ。華奢《きゃしゃ》な工芸品を扱うように気をつけなければならない。

アレクサンドラが彼の名をささやいた。

ふといたずらっぽい気分にとらわれ、ドミニクは再度短剣を抜いた。アレクサンドラがはっと息をのむ気配がしたが、ほかにはなにもせず、まだ待っている。彼は短剣の先をいちばん下のひもの交差部分に差しこみ、笑みを浮かべながら、それを引き下げた。ひもがひも穴をすべる音が静けさのなかで聞こえた。「もっと?」彼の問いに答え、アレクサンドラがふたたび息をのんだ。彼はつぎの交差部分に剣先を当て、同じように引き下げた。そしてまたひとつ。さらにまたひとつ。胴着がすっかりゆるめられたころには、アレクサンドラの息遣いはとても浅くなっていた。

そして彼の自制も限界に達しようとしていた。まだコルセットというじゃまものがある。今度こそ彼は短剣でひもを切ってしまおうかと思った。もうこれ以上待てそうにない。

ところがその必要はなかった。手で探ると、コルセットはすでにゆるんでいた。アレクサンドラがさっき胴着のひもをほどいたとき、コルセットのひもの結び目も解いたにちがいない。

彼女は本当にわたしを求めている！

先を急ぐあまり、彼はひもを完全にゆるめるのはやめ、コルセットをできるだけ開くと、アレクサンドラの胸を手で包みこみ、その肌に唇を押しあてた。なんとすばらしい感触だろう。彼は舌先で胸の頂を中心に円を描いた。まるで芳《かぐわ》しいワインのような味がする。彼は喜びの声をあげた。アレクサンドラが彼のうなじに手を当て、さらなる愛撫を促した。彼は胸の頂を口に含み、強く吸った。頂が硬さを増すと、今度はそれを指先にはさんで愛撫し、もう片方の頂を口に含んだ。

「キスして、ドミニク。お願い」アレクサンドラの声は切迫している。

ドミニクは胴着を合わせ、顔を上げた。アレクサンドラの唇はかすかに開き、キスのせいでまだ腫《は》れている。彼女の願いには抗えない。彼は唇を重ねた。するとふたりの情熱は高まり、さらに燃えあがった。

彼はアレクサンドラを膝に座らせた。これでほぼ充分に体を触れあわせていると言える。まだ着たままでいるアレクサンドラの衣装さえなければ。

抱きあげて膝に座らせたせいで、アレクサンドラのオーバースカートはうしろにたれ、アンダースカートは裾《すそ》が膝まで上がっていた。絹のストッキングをはいたふくらはぎに触れてみたい気持ちは捨てがたい。彼はアレクサンドラのくるぶしに触れた。絹地がすべすべとして心地いい。その下の肌もきっと同じにちがいない。

彼は待った。激しいキスを続け、大胆な愛撫をアレクサンドラが拒むかどうか、反応を待った。

拒絶はなかった。アレクサンドラは小さく声をもらし、彼を自分のほうへ引き寄せて、彼のうなじを撫ではじめた。ドミニクはアレクサンドラの脚をゆっくりと撫でていき、膝の少し上でガーターにぶつかった。上質の絹のストッキングを吊るものとはいえ、レースを使ったとても華奢なものだ。手が腿の内側に達すると、彼は小指だけを上にさまよわせ、肌に直接触れた。やわらかくて繊細な肌はストッキングの絹地すら粗く思わせる。アレクサンドラが少し身をよじらせた。彼がもっと楽に触れられるようにしようとしている。アレクサンドラが動けば動くほど、ドミニクの渇望は切迫した。彼がいまどんな状態にあるか、幾重ものペティコートを通してもアレクサンドラにはわかっているはずだ。

アレクサンドラが彼の名を呼んだ。彼が動きを止めると、アレクサンドラは腰を浮かせて彼を促した。

「わたしに触れて、ドミニク。お願い」アレクサンドラの声はさっきよりも切実さをずっと増している。

彼は請われたとおりのことを行った。ただし、慎重にゆっくりと。そっとアレクサンドラの芯に向かって撫でながら進み、つぎに退いた。一度、二度、三度。アレクサンドラが彼の腕のなかで身をよじらせる。ついに彼はアレクサンドラの芯に触れた。アレクサンドラの全身が硬直し、彼の指が愛撫を繰り返すと、体のこわばりはさらに増した。芯は熱く、ドミニクを迎える用意が整っていた。

しかし体を重ねることはできない。

アレクサンドラは正真正銘のレディであり、娼《しょう》婦《ふ》ではないのだ。それに彼を信頼している。

彼はアレクサンドラをぴったりと抱き寄せた。指が少し動くごとにアレクサンドラの緊張が高まるのをが感じられた。自分の渇望を満たすのはやめ、アレクサンドラを満足させようと彼は心を決めた。

アレクサンドラの息遣いがますます速くなり、全身が激しくこわばったかと思うと、あえぎ声とともに今度はぐったりと体をあずけてきた。彼はアレクサンドラが極みに達したことに満足を覚えた。この女性に対しては、自分自身の快楽は二の次だった。

かぎりないやさしさをこめて、彼はアレクサンドラの脚を撫でながら下り、スカートを直した。それから胴着のひもを締めた。月がもう一度顔を出し、彼の行為を褒めるように銀色の光を浴びせた。アレクサンドラはまだぐったりと彼にもたれたままで、どこかを漂ってでもいるような表情を浮かべていた。目は大きく見開き、色が濃さを増している。顔は白塗りをしているにもかかわらず輝いている。ドミニクは話すこともできず、アレクサンドラをただ見つめるだけだった。

最初アレクサンドラはなにも言わず、ただ手袋をはめた手を彼の頬に当てた。胸元の繊細な肌がほんのりピンク色を帯びている。それからアレクサンドラは彼のシャツに顔をうずめた。

ドミニクはアレクサンドラを守るように抱き寄せた。いまアレクサンドラがどんな気持ちでいるかははっきりとはわからないが、自分の気持ちははっきりしている。自分が感じているのは誇りだ。アレクサンドラの純潔を損ねることなく彼女を満足させたのだ。アレクサンドラはこのような喜びをこれまで経験したことがなかったのかもしれない。いや、まったくの無垢《むく》かもしれない。そんなことは可能だろうか。

答えはわからない。そして尋ねることもできない。

12

たとえ一瞬でも彼女から目を離すとは、なんと愚かなことをしてしまったのだろう。そんなことをしてはいけないとわかっていたはずなのに。そして彼女はもういない。アレクサンドラは消えてしまった。

ドミニクは思いきり自分を罵《ののし》った。それでも気は晴れなかった。

彼は仮面をむしりとり、ブランディをなみなみとついだグラスをひと飲みで空にした。それでも気は晴れなかった。

「悲しみに暮れているのか？」

ドミニクは顔をしかめた。レオとことばをかわす気分ではない。

「捨てられてしまったんだろう？　あのレディは——」

ドミニクはレオの飾り襟をつかむと、顔が紫色になりかかるまで締めあげた。「彼女のことを口にするんじゃない。命が惜しいなら、あのレディについてなにも言わないことだな」

レオは両手でドミニクの手をゆるめようとし、のどのつまった声をあげた。「頼むよ、ドミニク」

ドミニクは猫がくわえた鼠《ねずみ》を落とすようにレオを放した。「いま言ったことは本気だ。肝に銘じろ」

レオはまだ赤い顔をしたまま飾り襟を引っ張り、首を振りながら一、二歩うしろへ下がった。「兄上が女性のことでそんな態度をとるのは初めて見たな。自分の奥方が相手でもなかったことだ」

ドミニクはくるりと弟に背を向けて歩きはじめた。口を開けばうかつなことを言ってしまいそうだ。レオとけんかはしたくない。

彼はもう一度すべての広間をめぐったあと庭に出た。アレクサンドラはどこにもいなかった。レディたちの控え室に隠れているのでないかぎり、会場を去ってしまったのだ。彼の顔を情熱的なキスで覆い、彼に触れられるのを歓迎し、歓喜の極みに達し、そして逃げ去ってしまった。

彼は必死の思いで玄関の間に行き、使用人に尋ねた。アレクサンドラが本当に去ってしまったのかどうかを確認せずには気がすまなかった。

去ったのは本当のようだった。召使いのひとりがアレクサンドラと同じ衣装をまとい緑の靴をはいたレディを覚えていたのだ。去って一時間にはならないらしい。ドミニクはブーツに鉛をつめられたような気分になりその場を動けなかった。完璧《かんぺき》な女性を見つけたのに、今度こそ現実のその女性を見つけたのに、また消えてしまった。きっと自分は呪《のろ》われている。

だれかが彼の肩に手をかけた。「どうした？　たったひとりで」

ドミニクは振り向いた。ミスター・パンチに扮《ふん》したジャックがそこにいた。

「兄上がとてもすてきなレディを見つけたとレオから聞いたのに。仮面舞踏会で楽しむには絶好の相手だって。兄上がへまをしたのか、それとも相手がもっといいのを見つけたのかな」

ドミニクは険悪な表情を浮かべた。「去ってしまったんだ」

「逃げだしたということ？　これはこれは。コールダー公爵から？　いや、むこうは兄上が何者かを知らなかったのかな」

「その話はやめてもらえるとありがたいんだが、ジャック」

「ああ、いいよ。ただふと思ったんだが、ひょっとして彼女は去っていくときに階段に靴を忘れていかなかった？」

「なんだって?」

「ああ、ドミニク、それでも教育を受けているのか? シンデレラだよ」

「どこかほかへ行ってわめいていろ、ジャック」

　ミスター・パンチに扮した姿では表情がわからなかったが、ジャックは大げさな足取りで食堂に向かっていった。ドミニクは使用人しかいない玄関の間にひとり残った。サーベルを抜いて手近な物を切り刻みたい心境だった。


　とうとう無事に戻れた。

　アレックスは鍵《かぎ》をかけた自分の部屋のドアにもたれ、激しく乱れた息が静まるのを待った。客のだれにも見られずに舞踏会を抜けだしてきた。ドミニクにはどこを捜せばいいのかまったくわからないはずだ。別れも告げずに彼のもとを去ってきたが、ほかにどうできただろう。アレクサンドロフに戻るためには、愛する彼のもとを去らなければならなかった。

　アレックスは扇を床に落とした。かつらがそれに続いた。そのとたん、頭がむずがゆくなった。アレックスは手袋を脱ぐと、頭をもんだ。

　その姿が鏡に映っているのを見て、笑いださずにいられなかった。長い髪のかつらのないその姿はまさしくいまの自分を表している。旧式の女性の衣装に身を包み、顔を白く塗ったにせの男性。アレックスはドレスのひもをはずそうとしたが、手がうまく動いてはくれなかった。ほとんど泣きそうになりながら短剣を取りだすと、アレックスは胴着のひもを上から下まで切った。

　彼はこうしたかったのよ。でもあなたの評判を心配して、手でほどこうとしたわ。

　アレックスは悪態をつき、オーバードレスを力まかせに脱いだ。その拍子に袖《そで》が一本ちぎれた。キルティングを施した繻子《しゅす》のアンダースカートのひもをほどくと、スカートは床に落ちた。ペティコートがそれに続き、ついにアレックスはシュミーズとコルセット姿で鏡の前に立った。

短剣に手を伸ばしたが、鏡に映った姿のなにかがアレックスをためらわせた。一夜だけわたしは女になり、愛するドミニクとすごしたわ。それが終わってこんなにもつらい気持ちになるとは夢にも思わなかった。アレックスはかつらを拾い、頭につけると、彼が初めて見たときのように長い巻き毛を肩にたらした。それから短剣を取り、彼がそうしたように剣先をひもの交差部分に当て、ひとつひとつはずしていった。やがてコルセットがゆるみ、体からぶらさがった。彼がしたときはこんなではなかったわ。苛《いら》立《だ》ちながら、アレックスはコルセットを床に落とし、シュミーズを脱いだ。

鏡のなかの絹のストッキングと緑色の靴、灰色のかつらしか身につけていない自分の姿をアレックスは見つめた。

その姿は前と同じではなかった。胸はこれまで押さえる必要などなかったのに、いまはふだんの倍もふくらんでいるように思える。その頂は誇らしげにつんと立ち、ふくらみには赤く小さな彼の愛撫《あいぶ》の跡もある。せめてこの跡がふたりの情熱の証《あかし》としていつまでも残ってさえくれたら。愛撫の跡はやがて消え、彼との一夜の記憶も色あせていくだろう。でもアレックスが彼の思い出を忘れることはない。心のなかを満たすまで大切に育《はぐく》み、いつまでも慈しんでいくのだ。

たったひとつの思い出なのだから。

「おはようございます、公爵」ザス少佐はうろたえているらしい。国家元首の家政を仕切る緊張感で神経が疲れているにちがいない。

「おはようございます、少佐」ドミニクは実際の心境より平静に聞こえるように言った。ゆうべは二時間足らずしか寝ておらず、そのあいだも仮面舞踏会でのことや、アレクサンドラを見失うという失態を犯さなければどうなっていたかを夢にみて、悶々《もんもん》とすごしたからだ。「皇帝陛下はまだお休みかな?」

アレクサンドル皇帝は午前五時にはまだダンスに興じていた。ダンスの相手はほとんどがレディ・ジャージーで、ドミニクは真夜中をとっくにすぎたころに暗がりで仲むつまじく小声で話しあっているふたりの姿を見ている。別れ際に皇帝はレディ・ジャージーの肘の上に情熱的なキスをしていた。これも外務大臣に報告しておかなければならない。

「陛下は着替えのために部屋にお引き取りになっただけで、現在乗馬をお楽しみです。そのあとはできるだけ早くクーム・ウッドのリヴァプール伯爵邸に向かうことになっています。ロシアの貴族が数人陛下にお別れを申しあげたいということで。同行しますか、公爵?」

「もちろんだ。皇帝陛下がイギリスを出発されるまで、わたしの連絡将校としての役割は続くからね」

「ごもっとも。今回のご訪問はきわめて円滑に進みましたが、あなたのご協力によるところが大きいです。陛下からじきじきに感謝のことばがあるでしょうが、わたしからもお礼を申しあげます」

ドミニクはお辞儀を返した。

「ゆうべの仮面舞踏会は楽しまれましたか?」少佐は軽い口調に変えて尋ねた。

「実に楽しかった」ドミニクは嘘《うそ》をついた。が、これはまったくの嘘でもない。アレクサンドラを見失うまでは大いに楽しんでいた。

「ロシアの若い将校はほとんどがけさは頭痛に悩まされています。もっとも睡眠不足が原因ではないようだが」ザスはサイドボードのデカンターにちらりと目をやった。「アレクサンドロフは例外で、陛下とともに乗馬に行きました。もう帰ってくるころです。飲み物はいかがです？」

ドミニクは首を振った。「いや、けっこう」慰めにブランディを飲みすぎたせいで頭がまだ痛い。

少佐が失礼と言い残して部屋を出ていった。広間にひとり残ったドミニクは漆塗りのテーブルから新聞を取りあげ、座って読みはじめた。が、読むのに集中できない。それに摂政皇太子とその豪華な客人たちのふるまいについての扇情的な記事など読む気にもなれない。なにしろこの目で見ているのだから。

彼の心はまたもやゆうべのできごとを最初から思い返しはじめた。アレクサンドラの肌の感触、その味……。アレクサンドラのことを考えただけで、体がうずきはじめる。これでは――。

ドアが開いた。ロシア皇帝がアレクサンドロフとほか二名の若い将校を従えて入ってきた。ドミニクははじけるように立ちあがってお辞儀をした。皇帝は彼に英語で二言三言声をかけてから、フランス語に切り替えた。まったく眠っていないにしてはとても元気だ。とはいえ将校たちはくたびれたようすで、驚いたことにアレクサンドロフすらまったく安眠できなかったのかと思われるほど疲れた顔をしている。

皇帝が部屋を出ていくと、アレクサンドロフは片隅の椅子に静かに腰を下ろした。ほかのふたりの将校はゆうべの仮面舞踏会のことや賭《かけ》のことで話をはじめた。ドミニクはアレクサンドロフとならんで座った。「ふたりの話だと、ゆうべの催しはすばらしかったようだね、アレクセイ・イヴァノヴィッチ」

「ええ。朝からその話ばかりです」アレクサンドロフはドミニクに負けず劣らず機嫌が悪そうだ。そう思うと、なぜかドミニクは自分の機嫌がほんの少しだけよくなったような気がした。アレクサンドロフとの同調的な関係はまだ残っているようだ。

「わたしは仮面舞踏会がどうだったかとか、ダンスの相手がどうだったかという話をする気はないよ。わたしなら安全だ」ドミニクは微笑《ほほえ》んだ。

アレクサンドロフは答えない。これは意外で、ドミニクは思わずアレクサンドロフを見た。どうやらびっくりしているらしいが、なぜだろう。

「きのうきみはどうやってすごしたのか話してくれないかな。たっぷりと睡眠がとれたのでは？」

「え……ええ。でもきょうの出発の手配を確認する仕事があったんです。きょうは同行されますか？」

「するよ。首相に招かれている」

「するといっしょに馬に乗れるかもしれませんね」

ドミニクはうなずいた。ふだんの彼なら、これほど気が滅入《めい》っているときはだれともいっしょに行動する気にはなれないが、アレクサンドロフもくだらないおしゃべりをしたくない気分らしい。ふたりで静かに馬を進めれば、それも楽しいかもしれない。忌まわしい記憶から気をそらしてくれる相手が必要なのだから。

するとドミニクとはロンドンでお別れというわけではなく、あと五日間いっしょにすごせるのだ。

アレックスはぴったりとした青い上着の金具を締め、毛皮の縁のついた外套《がいとう》を左肩にかけた。そして鏡に映った自分を見つめてから、サーベルを装着した。わたしは軽騎隊将校。鏡のなかの自分もそう見える。女にはとても見えない。まして公爵と愛撫をかわした女には。

ゆうべ彼はわたしを美しいと言ってくれた。

アレックスは恋人の目で鏡のなかの自分を見てみようとした。胸が小さくて軍服のジャケットに完全に隠れてはいるものの、まずまずいい体つきをしている。ブーツで隠れていないときのくるぶしも形がいい。でも顔は美しくない。平凡な顔だちで、目がとても大きい。それで全部だ。彼が美しいと言ってくれたのは、きっとこちらを求めていたからにちがいない。ふたりきりになれる木陰へと彼についていく無思慮な女性には、だれにでも美しいと言うのかもしれない。

アレックスは赤みがかった茶色の髪に手を走らせた。ロシアを出発する前に散髪をしたのに、軽騎隊将校としてもまだ短すぎるように思える。あのときかつらを脱いだら、ドミニクはどれほどショックを受けただろう！　かつらがなければ、わたしだとわかっただろうか。おそらく。あの魔法にかかっていたあいだ、わたしは正体を見破られてしまうすれすれのところにいた。でも後悔は少しもしていない。

アレックスは最後にもう一度室内を見まわし、軍帽を右わきにはさむと部屋を出た。そして階段を下り、皇帝随行団に加わった。ドミニクも、いや、コールダーも同行することは極力考えまいとした。彼の声を聞けば、彼に触れられれば、ゆうべの記憶がよみがえり、自制するのがひどくむずかしくなる。彼のことを姓でなく名前で考えるのもやめなくては。ゆうべは彼をドミニクと呼んだが、もうあの親密さに戻ることはないのだから。うっかりドミニクと呼べば、彼はけげんに思うにちがいない。けさ広間ではうっかりそう呼びそうになり、一切彼の名を呼ばないことにしたが、無礼だと思われただろうか。

ゆうべ戯れあった女性ではないかと疑われるくらいなら、礼儀に欠けると思われたほうがまだいい。

ザス少佐が廊下にいた。「遅いぞ、アレクサンドロフ」

アレックスははっとしたものの、なにも言わなかった。少佐はゆうべの仮面舞踏会でなんの情報の収穫もなかったと知り、とても機嫌が悪いのだ。

「きみと公爵は皇帝陛下の馬車のあとを行く。公爵はすでに待っているから、急いでくれ。陛下がいつお見えになってもおかしくない」

アレックスは軍帽をかぶり、さっと敬礼をすると外へ急いだ。ドミニクはすでに黒馬にまたがっていた。アレックスは何度か乗ったことのある馬が自分に充てられたと知り、ほっとした。そして馬に英語で話しかける癖がついてしまったのを思いだし、少し身震いした。きょうはこの馬に少なくとも英語では無口な騎手だと心得てもらわなければならない。アレックスは英語を話さないことを自分に言い聞かせた。旅のあいだ会話に気をつけるのは最も重要なことなのだ。うっかり以前のようにドミニクと気軽なおしゃべりをすれば、身の破滅につながりかねない。たとえ無礼に思われようと、無言でいるほうがいい。なぜ黙っているときかれたら、ゆうべ不摂生をした報いを受けていると答えよう。

それは本当のことなのだから!

13

アレックスはポーツマス海軍工廠《こうしょう》にあるグレイ監督官邸で窓から外を見つめていた。どうすればドミニクを避けていられるだろう。ここまでの三日間はうまくやってきた。リヴァプール卿《きょう》邸でさえ。というのもドミニクが人を寄せつけなかったからだ。彼は思い悩んでいるように見えるときすらあった。

彼はアレクサンドラのことを考えているのでは？頭のなかでそうささやく声がある。彼はスコットランドのレディがいなくなったことを嘆いているのだろうか。そう思うと、アレックス自身の喪失感にはささやかな慰めとなった。とはいえ、それでドミニクに会おうという気にはならなかった。会うのは危険すぎる。だが、それでも、彼が自分のことを考えてくれているのかどうか、知りたくてたまらない。

ほかの将校たちの何人かはドミニクが憂鬱《ゆううつ》そうにしているのをさかなにして笑っていた。アレックスはなにげなくそれを耳にしたのだが、ドミニクはブランディを飲みすぎたせいだとか睡眠不足が続いているせいだとか答えて笑い飛ばしていた。たぶんそれは本当のことなのだろう。

「きみにおめでとうを言わなければ、アレクサンドロフ」

アレックスはぎくりとした。またもや、彼が近づいてきているのに気づかなかった。震える手を体にぴたりと押しつけ、アレックスは彼のほうを向いた。

「わたしに?」

「ザス少佐から、きみがきのう一日をインプレグナブル号ですごしながら、少しも船酔いしなかったと聞いたんだ」

アレックスは顔をしかめた。「きのう海はまったく穏やかでしたからね。それにインプレグナブル号は錨《いかり》を下ろしたままだったんです」

ドミニクが歯をのぞかせて笑った。ついに機嫌のよさが戻ったらしい。アレックスと話していて。

「すまない。こんな微妙な問題できみをからかうべきじゃなかった」

「まったくです」アレックスはできるかぎり彼を機嫌のいいままでいさせようと、明るく答えた。慈しむべき思い出がまたひとつ増えるのだ。「われわれはまた一日あの船ですごすんですよ。しかもきょうは錨を下ろさずに」

「ラム酒を試してみてはどうかな。どんな薬より効くと水兵たちのお墨付きだ。わたしの煎《せん》じ茶より」

アレックスは眉をひそめて彼を見た。目の輝きから、彼がまたもからかっているのがわかった。以前の彼に戻ったようだ。彼から友人とみなされているのを知り、アレックスは胸が温まるのを覚えたが、同時に友人以上の存在として見てはもらえないと思うと心は痛んだ。

「とはいえ、ラム酒が口に合わない場合を考えて、ウッド艦長に煎じ茶も用意してもらってある」彼はポケットから懐中時計を取りだし、時刻を見た。

「そろそろ出発したほうがいいね。皇帝陛下が造船所見学からもうすぐお戻りだ」

ふたりは知りあってすぐの日々のように気楽に雑談をかわしながら栈橋に向かい、司令官艇に乗りこんだ。強風が吹いており、海は穏やかでなどなかったが、アレックスはどうにか恥をかかずに乗船した。甲板からはワイト島を背景に艦隊が何キロにも連なっているのが見える。ロシア皇帝が乗船するとすぐに祝砲が海上にとどろいた。それから摂政皇太子の所有の快走船ロイヤル・ソヴリン号を先頭に艦隊は外海をめざした。

皇帝はまもなく甲板の下に姿を消し、きのうから続けている艦内の見学をはじめた。軍備に関する彼の好奇心は飽くことを知らないようだ。

「甲板にいたほうがいい、アレクセイ・イヴァノヴィッチ」ザス少佐が皇帝のあとに従いながら言った。「しばらくはほかの者がきみの代わりを務める」

「ありがとうございます」

「同行願えますか、公爵？」少佐が続けた。「陛下には通訳が必要かもしれない。水兵の訛《なまり》を理解するのがむずかしいときもありますからね」

アレックスはほっとしつつ、ふたりがむこうへ行くのを見送った。ここまではまずまずうまくいっている。アレックスはすべすべした木製の手すりにもたれ、波のうねりより遠くの船を見つめつつ、自分の奇妙な窮地について考えた。ドミニクはアレクサンドロフ大尉と相変わらず友好的でいるつもりらしい。彼とともにすごす日があと二日足らずしかないのでは、友好的関係をくずすようなことはなにもできない。せいぜい彼を避けるくらいのことしか。彼には別れたあともアレクサンドロフ大尉についていて好印象をいだいたままでいてほしかった。

　いまアレックスは彼のことを思っていたかった。あと三十分ほど、話しかけてくる者はだれもいないだろう。ほんのしばらくだけ思い出にひたることにしよう。アレックスは目を閉じた。そして仮面舞踏会のあった夜の庭の闇《やみ》にふたたび包まれた。燃えているオイルランプのにおいとさわやかな土の香りがする。アレックスは彼の膝の上に抱かれ、胸に彼の熱く激しい愛撫《あいぶ》を受けている。

　あの奇妙な体の芯《しん》のうずきがイギリスの軍艦の甲板にいてもはじまり、アレックスの脚は震えはじめた。こんな夢想にふけっていてはいけない。だれかに見られたら！

　アレックスはあわてて目を開けた。海のうねりが目に入り、頭がぐるぐるしはじめた。アレックスは必死で手すりにつかまり、どうか船酔いを起こしませんようにと祈った。

「気分が悪いのかね、大尉？」ウッド艦長の声がした。

　胃が気持ち悪くて話せない。アレックスは口を固くつぐみ、小さくうなずいた。

「なにか持ってこさせよう」艦長は海軍少尉候補生を呼び、〝コールダー公爵の特製煎じ茶〟を持ってくるよう命じた。「わたしといっしょに歩くといい、アレクサンドロフ。できるだけ水平線を見つめて。海は見ないように」

　アレックスは艦長とならび、彼と歩調を合わせて足を運びながら遠くの水平線を懸命に見つめた。

　驚いたことに、これはよく効いた。しばらくすると、この艦船を褒めたたえることばを言うことすらできた。ウッド艦長はそれに気をよくしたらしく、インプレグナブル号の長所についてくわしく話しはじめた。アレックスは話の合間にうなずきつつ、艦長とともに歩きつづけた。

「ああ、煎じ茶が来たよ、アレクサンドロフ」艦長が言った。甲板昇降口から水兵が現れ、アレックスに錫《すず》製のマグを渡した。

水兵のうしろにはコールダー公爵も！

アレックスは横を向き、マグを両手で持つと、湯気が顔に当たる感覚と生姜《しょうが》の香りを歓迎した。

「いまの気分はどう、アレクサンドロフ？」耳元でドミニクの声がした。彼はアレックスのすぐうしろに立っていた。

アレックスは熱い煎じ茶を飲むのに意識を集中した。「どんどんよくなっているような気がします。ご心配をかけてすみません。通訳はしなくていいのですか？　皇帝陛下はどうなさっていますか？」

「砲列甲板を見学中だ。インプレグナブル号の大砲の打ち方を実演するからかなり騒々しくなるよ。通訳は必要ない。声が聞こえないからね」

アレックスは彼にむこうへ行ってほしいと思いながらもどうにか微笑《ほほえ》んだ。なにか言いたくともその機会はなく、大砲の音がすぐにとどろいた。まるで戦場にいるようだが、足元が地面でない点がちがう。舷側《げんそく》から射撃されると、その反動で艦全体が揺れるように思える。

「たいしたものだな」号砲の合間にドミニクが言った。声に誇りが感じられる。

アレックスはほぼいつもの気分に戻っていた。煎じ茶と甲板を歩いた効果は驚異的だった。アレックスはうなずき、また甲板上を歩きはじめた。射撃がふたたびはじまり、会話ができないのがありがたかった。このあいだに頭に浮かんだ案について考えてみたかった。故国から遠く離れた地で巨大な戦艦に乗っていることにはなにか意味がある。イギリス海軍がなぜ海の支配者であるかがいままで以上によく理解できる。皇帝が摂政皇太子の姫君とオラニエ公の縁組を阻止しようとするのも無理はない。オランダの艦隊を加えなくとも、イギリスはすでに強力な海軍を持っているのだ。ロシア帝国のためにも縁組は阻まなければならない。だが――。

でも自分の半分はこの強大な小国にゆかりがある。母なるロシアばかりでなくこの国を愛してはいけないのだろうか。これまでアレックスはそのような考えをいだいたことはなかった。皇帝とロシアに全生活を捧《ささ》げ、命をも投げだす覚悟である。しかしイギリスを訪れたいま、イギリス人公爵を愛してしまったいま、なにもかもがもっとこみ入ってしまったように思える。自分にはロシア皇帝と同じように摂政皇太子が愛せるだろうか。それは不可能だ。摂政皇太子には愛よりもおかしさを感じる。ドミニクのような人々は皇太子の欠点をよく知っていて、その浪費癖を冗談にしてさえいる。とはいえロシアでは皇帝を冗談の種にする者はだれひとりいないだろう。

〝当たり前ですよ。皇帝を冗談の種にすれば、投獄されるんですからね。縛り首ですよ〟乳母のメグの声が聞こえそうな気がする。メグの見解では、自分たちの支配者を笑える力がイギリスを敵国より強くしたというのだ。これまでアレックスはそれは嘘《うそ》だと思っていたが、いまは本当かもしれないと思いはじめていた。

「臣民は摂政皇太子が嫌いなのかな」アレックスは自分が口に出していたのに気づいた。「あ、申し訳ありません。いまのは――」

ドミニクは謝らなくていいというように手をひと振りした。「みんな国王と王妃が大好きだよ。しかし摂政皇太子殿下の行為のなかには臣民から嫌われているものもある。妃殿下の扱い方はとくにそうだ」彼は足を止め、アレックスを見た。「なぜ尋ねたのか、教えてもらえるかな」

「さ、さあ……。イギリス海軍の力と版画販売店で見た風刺画との差異について考えていたからではないかと思います。それに摂政皇太子殿下が群集にやじられたことも。おおかたの国々ではそのようなふるまいは許されません」

「それは激しく沸騰する大釜《おおがま》をどうこうしようとするようなものだね。ふたを少しずらせば、湯気はなんの危険もなく抜け、釜のなかの蒸気をすべて抑えようともない。逆に、釜のなかの蒸気をすべて抑えようとすれば、ふたをぴったり閉めなければならない。それはうまくいっても、一時的なものだ。最後にふたは吹き飛び、中身は噴きこぼれてそこらじゅうに飛び散る。フランスがそれで、結局どうなったかはわかるね？　われわれイギリス人はすべてが吹き飛ぶ革命より湯気を少々逃がすほうを好むんだ」

フランスについては彼の言うとおりだ。イギリスに関しても、彼の見解は正しいのかもしれない。しかしロシアはちがう。ロシアに爆発はない。

「なにも言わないんだね、賛成じゃない？」

「外国人であるわたしが意見を述べるような問題ではありませんね。ただ、イギリスの流儀が自分の知っているほかの国にもうまく適用できるとは思わないということはわたしにも言えます」

彼がうなずいた。ふたりは考えこみながらまた歩きだした。

また号砲がとどろいて艦が揺れた。アレックスは倒れないよう手すりをつかもうとしたが、手が届かず、よろけそうになった。すかさずドミニクが腕をつかんでアレックスを支えた。思いもかけず彼に触れられて、アレックスは稲妻に打たれたような衝撃を受けた。いま自分がどこにいるかもすっかり忘れ、全身が震えだして、口からは悲鳴がもれた。

ドミニクはそれに取りあわなかった。もう支えなくていいとわかると、彼はこんなできごとはよくあることだと言わんばかりに手を離した。

アレックスはしゃべることもできなかった。彼への気持ちが表情に出てしまってはいないだろうか。不快に思われたり軽蔑《けいべつ》されたりしてはいないだろうか。そう思って彼の顔を見あげたが、彼はまったくの無表情だった。

「少々自信を持ちすぎたんだ、アレクサンドロフ。きみは船に酔わなくなったと思ったが、インプレグナブル号はそうは思わなかったわけだ」

アレックスは絶句した。まだ全身がうずうずしている。彼にはそれがわかるにちがいない。わたしが熱くなっているのは外見にも出てしまっているのだろうか。アレックスは手すりにつかまり、背中を伸ばそうとした。わたしは軽騎隊将校。意志薄弱な女ではない！「ありがとう、コールダー」ようやくアレックスはふだんどおりの声で言った。

「もう大丈夫だ。射撃が終わったからね。下で余興があるよ。すばらしい軽食も」

食べ物と聞いただけでアレックスは胸が悪くなった。

「でもきみは欠席しても許されるよ」彼はアレックスの肩に手を置いた。

今度の反応は前以上に強かった。アレックスはうめいた。体がまるで熱病にかかったように震えだしている。アレックスは必死でそれを抑えようとした。しばらくかかったが、震えはやがて止まった。ドミニクはとっくに手を離し、アレックスの気分が治るのを待っている。

アレックスは彼の顔が見られず、おなかをかかえると、つっけんどんに言った。「失礼。食べ物の話をすると、煎じ茶の効能が全部消えてしまう。どうかお許しを」アレックスはできるだけ彼から離れると、片手を手すりにもう片方の手をおなかに当て、水平線を見つめて祈った。どうかこの変な行動は船酔いのせいだと彼が思ってくれますように。

変だ。ひどく変だ。ドミニクはしばらくアレクサンドロフを見つめていた。彼は立派な青年だが、いまのふるまいにはひどく奇妙なところがある。船酔いを起こしたと本人は言っているが、この二日間で船酔いにはずっと強くなったはずだ。きょう艦隊がポーツマスを出港したときは波のうねりにも平気のようすだった。それなのに、さっきは容易に体がふらついていた。さらには軽食のひと言で極度な反応を引き起こしている。

いや、食べ物の話でアレクサンドロフの顔色がやや青くなったのはたしかだが、あの奇妙な体の震えはわたしが肩に手を置くまではじまっていなかった。それで彼は気分がおかしくなったのか？

鈍い寒けが背すじを走った。ドミニクはアレクサンドロフのいるところには近づかないようにしつつ、甲板を歩きはじめた。ふたりのあいだには親近感がある。ドミニクはアレクサンドロフに対して友人のように、いや、弟のような存在として接してきた。それがいけなかったのだろうか。アレクサンドロフが女性とのつきあいを避けているのははっきりしている。そこには内気だからという以外に理由があるのだろうか。もしもそうなら、アレクサンドロフがかわいそうでならない。

とはいえ、いま重要なのは行動だ。それには痛みを伴うだろうが、自分は痛みには慣れている。今後二日間、ロシア皇帝がイギリスを去るまで、もっと慎重に行動しなければならない。完璧《かんぺき》に友好的かつ丁重な態度をとりながらも、アレクサンドロフと顔を合わせるのは極力避ける必要がある。それに彼の体に触れてはならない。どのような形でも。

ドミニクはすばやくあたりを見まわした。手すりのそばに立っているアレクサンドロフの姿からは船酔いよりも屈辱が感じられる。どうして自分はもっと早く兆候に気がつかなかったのだろう。今後はアレクサンドロフのためにもよくよく気をつけなければならない。

ウッド艦長がドミニクに合流した。艦長はアレクサンドロフをしぐさで示した。「かわいそうに。しかし残念ながら面倒をみてやる時間がない。摂政皇太子殿下とプロシア王がまもなく乗船される」彼はインプレグナブル号にみるみる近づいてくるロイヤル・ソヴリン号を指さした。「ところで、公爵、ロシア皇帝が下船されるときはわたしもキスされるのでしょうかね」

「なんでそんなことをきくんだ?」

「皇帝がロンドンを発《た》つとき、あらゆる男と抱擁をかわしたと聞いたので」

「それは本当だが、男というのはすべてロシア人だ。ロシアの習慣なんだよ。イギリス人は省略してかまわないだろう」

「ああ、よかった! そうでなければ、どうしようかと思い悩んでいたんです」

ドミニクは笑い声をあげ、気分転換ができたのをありがたく思った。ふたりは並んで摂政皇太子とプロシア王を迎えに行った。

アレックスはドミニクの顔に浮かんだ軽蔑の表情を見のがさなかった。彼にはわかっているのだ。アレックスの反応が船酔いではないことを。そうだとすれば、彼はアレクサンドロフ大尉が自分に対してきわめて不健全な関心をいだいていると考えたにちがいない。

アレックスはうめき声をあげた。ドミニクにはいい印象を持ちつづけてもらいたかったのに、そんなふうに思われてしまったとは。もう二度と彼とは目を合わせられない。

状況を修復するすべはなにひとつない。アレクサンドロフは異常な男だと思われたままにしておくか、実は自分は異常な女なのだと打ち明けるか。前者は不快この上ない考えだし、後者は身の破滅となる。アレックスにできることは成り行きをひたすら我慢する以外なにもない。二日後にはイギリスをあとにする。もう不面目な思いをしなくてすむ。こちらを見る彼の顔に嫌悪が浮かぶのを見ずにすむ。

男と女としてすごした一夜の喜びを思い返し、ほかの忌まわしい記憶はすべて忘れてしまえばいいのだ。

14

ドーヴァー港の海は驚くほど穏やかだった。ひょっとするとあすのカレーまでの航海はさほど不快なものではないかもしれない。

アレックスは寝室の窓を閉め、外の景色に背を向けた。あすアレックスはドミニクにとうとう別れを告げる。しかしまだどのように告げるかを決めていない。彼はおそらくアレックスが敬礼すると思っているだろう。握手をかわし、そのまま道板を上って去っていくと。本当にそうできるだろうか。体が言うことを聞いてくれるだろうか。

この二日間は拷問だった。ドミニクははっきりとアレックスを避けていた。ロシア皇帝の一団がポーツマスに戻ると、歓迎ぶりはたいへんなものだった。そしてその締めくくりとして、ウェリントン公爵が到着した。歓声と祝賀気分にまぎれ、コールダー公爵とアレクサンドロフ大尉とのあいだに生まれた冷ややかさは気づかれずにすんだ。

きのうときょうは何時間も旅してすごした。皇帝づき補佐官は一日じゅういくつもの仕事をかかえ、行ったり来たりを繰り返さなければならなかった。でもいまはドーヴァーにいる。すべてが変わり、なにもかもが息をひそめて待機している。

真夜中はとっくにすぎ、歓迎の祝砲もずいぶん前にやんだ。町の人々はそれぞれ家に帰り、やすんでいることだろう。

アレックスは寝巻きのひもを結んだ。でも眠れないとわかっている。目を閉じると、彼の顔が浮かぶのだ。不快そうな、軽蔑《けいべつ》の表れた顔が。

いま彼はほんの数メートルしか離れていないところにいる。たくましい体から力を抜き、白い枕《まくら》に頭を休めて眠っている彼の姿をアレックスは思い描いた。もしもアレクサンドラがそのベッドに忍びこみ、そっと彼の隣に身を横たえたら、どうなるだろう。彼は喜んでアレクサンドラを迎えるにちがいない。そしてふたりは――。

なにをばかなことを考えているの。早く寝なさい。アレックスは自分に言い聞かせた。でも体はそのことばに取りあわず、手が部屋のドアを静かに開けた。廊下にはだれの姿もなく、静まり返っている。手にした燭台《しょくだい》の明かりは斜め前にあるドミニクの部屋のドアにちょうど届いた。

アレックスは廊下に出た。はだしで歩くと木の床は音がしなかった。彼の部屋のドアに耳を押しあててみる。ゆっくりとした規則正しい寝息が聞こえた。

思わずアレックスはドアのノブに手をかけた。鍵《かぎ》がかかっているものと思ったのに、ドアは音もなく開いた。アレックスはなかに入り、ドアにもたれると室内を眺めた。

彼はほぼ想像したとおりの姿で眠っていた。でも安らかにではない。彼は毛布やシーツを体からはぎ、まるで熱でもあるかのように激しく寝相を変えはじめた。アレックスは何歩かベッドに近寄った。彼の上半身は汗に濡《ぬ》れ、顔が苦しそうにゆがんでいる。彼が深いうめき声をあげた。

あと一歩だけ足を踏みだし、アレックスは苦しんでいる彼のすぐそばに近づいた。こんな姿の彼を覚えていたくはない。彼は強く、安らかでなければならない。

アレックスは彼の額にそっと手を当て、苦悶《くもん》のしわを撫《な》でながら、静かにささやいた。「安らかに、ドミニク。さあ、眠るのよ」

ほぼ同時に彼が動きを止めた。その安らいだ姿をアレックスは見つめた。この状態の彼を覚えておきたい。強いながらも傷つきやすい彼を。

あすをすぎれば、ふたりが出会うことは二度とない。でも彼はわたしのもの。わたしが彼のものであるように。

ふいに隙間《すきま》風が蝋燭《ろうそく》の明かりを揺らめかせた。彼を起こしてはならない。それにここにいるのを見つかってはならない。

アレックスは愛をこめてふたたび彼を見つめると、そっと部屋を出た。戸口で足を止め、蝋燭を掲げて最後にもう一度だけ彼の姿を眺めた。「さようなら、ドミニク」そして愛する人の部屋のドアを閉めた。

「だめだ！　行かないで！」

ドミニクはベッドで体を起こした。毛布やシーツがほとんど床に落ちている。蝋燭のかすかなにおいがあたりに漂っている。

このわたしが眠ったまま蝋燭に火をつけ、また消すことができるだろうか。それに〝さようなら、ドミニク〟ということばが頭のなかにこだましている。あれは現実に起きたことなのだろうか。きっと幻覚をみたのだ。あるいは夢を。エイキンヘッド・パークに戻り、充分休養を取れば、この奇妙な記憶もわたしを悩ませなくなるかもしれない。

ああ！　今度は厩《うまや》で見たあの小柄な娘がまた白い寝巻きと刈りこんだ髪をして現れ、わたしの顔にそっと触れていた。やさしく慰めるように。そして別れのことばを言ったのだ。

これはいったいどういうことなのだろう。わたしは頭がおかしくなってしまったのだろうか。

ドミニクは火口箱をつかみ、蝋燭をともした。ベッドはまるでだれかがシーツの奪い合いをしたかのように乱れている。このところ少しも安眠できない。変なじゃま物のあいだを縫って必死にアレクサンドラを追いかけようとしているらしいのだ。そしてアレクサンドラは姿を消す。

しかし今回はなぜ厩で見かけた娘だったのだろう。自分が求めているのはスコットランドのレディであって、フランス娘ではないのに。仮面舞踏会以来、あのフランス娘のことは一度も頭に浮かんだことがない。それなのに、今夜夢に出てきたとは。

彼は毛布とシーツをざっともとに戻し、蝋燭を消してもう一度横になった。今度はぐっすりと眠るつもりだった。夢はみない。アレクサンドラの夢も厩の娘の夢も。好意のいだき方を誤った哀れなアレクサンドロフのことも。とにかく眠るのだ。

彼は目を閉じ、さまざまな思いを勝手にさまよわせた。眠りに落ちる直前、蝋燭のことでふと疑問に思うことがあったが、それは眠りのもやのなかにのみこまれていった。

アレックスは燭台を窓辺の小さなテーブルに置く

と、羽根ペンの先をインクスタンドにひたし、まず頭に浮かんだことを便箋《びんせん》に書きつけた。〝コールダー公爵ドミニク・エイキンヘッドさま〟

彼に手紙を書く。そうするしかない。手紙を書いて事実を打ち明けるのだ。でもそれで彼になにがわかるというのだろう。彼が仮面舞踏会で戯れあった半分ロシア人の女性は英語が話せるのをわざと隠し、男性に扮《ふん》してロシア軍全体を欺いていたことが？

アレックスは頭をかかえこんだ。そんなことはできない。いまのままにしておいたほうがまだましだわ。一瞬アレックスは絶望を感じかけた。

はじかれたように立ちあがると、アレックスは室内を歩きはじめた。二日前は彼に軽蔑されても耐えられると思っていた。でもやはりそれはできない。愛する彼に、もう二度と会えなくなる彼には、自分のことをよく思っていてもらいたい。なんとしても。

手紙を書こう。彼に少しでも知ってほしいことを打ち明ける方法がきっとあるはず。手紙は自分が去ったあとに配達され、彼がどんな反応を示すかはこの目で見ることができない。でもどれだけぼかして書いても、彼はこちらの伝えたいことを理解してくれる。ロンドンで渇望に駆られていだきあったとき、ふたりはひとつになったのだから。心がひとつになったのだから。

ドミニクは驚くほど爽快《そうかい》な気分で目を覚ました。何週間かぶりに熟睡したのだ。奇妙な夢をみて、蝋燭がどうかしたという記憶があいまいにあるものの、それ以上はなにも思いだせないが、どうでもいいことだ。夢にすぎないのだから。

彼は窓の外に目をやった。まだ雨が降っている。ロシア皇帝とその随行団はホテルで足止めをくっている。みんな出発したくてうずうずしているが、夕潮までそれは無理だ。

彼はもう一度懐中時計に目をやった。職務の持ち場に戻る時間だ。最後の職務。ロシア皇帝はイギリス軍連絡将校の仕事ぶりにことばをつくして礼を述べるだろう。ドミニクはひとり頬をゆるめた。皇帝の感謝の度合いがカースルレー外務大臣より大きいことはまちがいない。すでに外務大臣は摂政皇太子からシャーロット公女の縁組が破談になったことと、王女がロシア皇帝の妹君から紹介されたドイツ人公子に熱い視線を送っていることへの激しい怒りを浴びせられているはずだから。

ドミニクは広間に赴いた。ロシア皇帝も妹君もそこにはいなかった。したがって若い将校たちは気楽なようすでいつものように雑談をしたり、賭《かけ》をしたりしていた。

ザス少佐が控えの間から現れた。「公爵、ここにいらっしゃるとはよかった。皇帝陛下がお別れとお礼の挨拶《あいさつ》をなさりたいとのことです。どうぞこちらへ」

ドミニクはお辞儀をすると、少佐のあとから次の間に入った。ロシア皇帝は暖炉のそばの風格のある大きな椅子に座り、その隣には妹君もいた。ドミニクが現れたのを見て、ふたりは立ちあがった。ドミニクは部屋の入り口でまず皇帝に、それから大公妃にお辞儀をした。

皇帝がそばへ寄るよう手招きした。「われわれロシア人を救ってくれたイギリスを訪問できて、光栄だったよ、公爵。しかもこれほどの歓待を受けるとは！　この国の人々は本当に温かくて快い。きみにはとてもお世話になったお礼も言わなければ。英語が不得手なわたしを助けてもらってどれだけ感謝しているか。ロシアの流儀で敬意を表してかまわないかね？」

ドミニクがひと言も発せないうちに、皇帝は前へ出て彼を抱き寄せ、両頬にキスをした。ドミニクはめんくらったあまり、ぴくりとも動かなかった。

「イギリスに、そしてきみの上に祝福が降りそそぐことを」

ドミニクはお辞儀でそれに応じるしかなかった。

「ありがとうございます、皇帝陛下」

「わたしからもお礼を申しあげなければ」大公妃が一歩前に出た。また抱きしめられるのだろうか。笑みを浮かべた大公妃の目にきらりとなにかが光ったような気がする。心を読まれてしまったのか。

たぶんそうにちがいない。大公妃が片手を差しだした。ドミニクはほっとしつつその手にキスをした。ところが彼が身を起こして下がろうとしたとき、大公妃は彼の額にキスをした。彼は思わずはっと息をのんだ。

大公妃が静かに言った。「これがわたしたちの流儀なの、公爵」

ドミニクは体を起こした。皇帝も大公妃も彼が去るのを待っていた。ほかに選択の余地もなく、彼は深々とお辞儀をすると、ザス少佐に従って部屋をあとにした。

ドミニクの頭のなかには、インプレグナブル号の甲板でウッド艦長とかわした会話がよみがえった。ドミニクはロシア人がイギリス人にロシア式の抱擁を強いることはないと思いこんでいたが、艦長の懸念のほうが正しかったのだ。こんな尋常でないできごとが知られてしまってはたまらない。

皇帝への謁見を終えて部屋を出てきたドミニクの顔には怒りが表れていた。アレックスはなにがあったのだろうと思わずにいられなかった。侮辱されたのだろうか。皇帝陛下は礼儀を完璧《かんぺき》に守る人だから、それはありえない。それにザス少佐はまったく平気な顔をしている。なにがあったにしても、それはドミニクひとりに関することであり、彼は怒りを抑えるのにとても苦労している。

少佐が室内を眺め渡すと、瞬時に若い将校たちが直立不動の姿勢を取った。「諸君、皇帝陛下と大公妃殿下はコールダー公爵に正式の別れの挨拶をなさった。今回の訪問でどれだけ公爵のお世話になったかは、全員の知るところだ。よってわれわれも公爵に同様の挨拶を送ろうではないか」

ドミニクが目を見開き、それを断ろうと口を開きかけたが、少佐は彼の肩に手を置き、二度キスをした。つまりこれが謁見で起きたことだったのだ。人前で感情を表さないことを自慢にしているイギリス人がロシアの風習ひとつでばかにされたような気分に陥っている。アレックスは唇をかんだ。彼を愛してはいるが、いまは笑いだしてしまいそうだった。この二日間、彼はアレックスを冷ややかに見下すような態度をとっていたが、皇帝陛下はその彼に見下された気分を味わわせたのだ。

とはいえ、ドミニクの沈着さには感服せざるをえない。少佐に抱擁されても、腕も上げず、身じろぎひとつしなかった。抱擁は少佐の一方的なもので、少佐がうしろに下がったとき、ドミニクは完全に無表情を装っていた。もっともアレックスには彼の頬がほのかに赤みを帯びているような気がしたが。上級将校たちが別れの挨拶をはじめると、ドミニクはますます困ったらしく、その姿勢はさらに硬直の度合いを増していった。

アレックスは下級補佐官の集団のなかにいたが、笑いたいのを必死でこらえた。冷たいようだが、でも彼はこの二日間アレックスのそばに近寄るのを徹底的に避けてすごしたのだ。彼の立場にあれば、自分も同じようにしたかもしれないが、それでも彼が困惑しているのを見ていい気味だと思ってしまうのはしかたがない。

ついに挨拶が終わった。いよいよドミニクは去っていく。アレックスは彼から目を離さず、これが最後になる彼の姿に見とれた。この力強い姿、たくましくありながらも、ふたりのときはとてもやさしく情熱的な彼の姿を覚えておきたい。

ザス少佐がドミニクの肩に手をかけた。「当然下級将校たちもたいへんお世話になっています、公爵」少佐は彼をアレックスたちのほうへ促した。

さあ、困った！　少佐はドミニクに補佐官全員から抱擁を受けさせるつもりでいる。最下級のアレクサンドロフ大尉を含めて。みんなの見ている前で！

アレックスは全身が硬直した。ドミニクはいまアレックスから三番目の若い大尉に抱きしめられている。アレックスもほかのみんなと同じように腕を差しだして彼を抱きしめなければならない。

もしもそれをしなかったら？　イギリス式に片手を差しだすだけにしたら？　ドミニクはほっとするだろうが、少佐は侮辱されることになる。そして仲間たちはふつうのロシア人将校としてふるまわないことをけげんに思うにちがいない。やはりここは抱擁をかわさなければならない。握手は選択肢にない。

アレックスは自分の顔から血の気が引いていくのを感じた。最下級のアレックスが挨拶の最後になる。仲間たち全員の前で、たんにドミニクに触れるのではなく、彼を抱きしめ、彼の頬にキスをするのだ。どうか体が震えたりなどしませんようにとアレックスは祈った。自分の将来はこの仲間たちにどう見られるかにかかっている。もしも赤くなったりひるんだりすれば、仲間たちにわかってしまう。そしてうわさになり、自分の将来はそこで終わってしまう。

アレックスは気持ちを抑えようとした。そして体に勝手な反応を起こさないよう言い聞かせた。彼はいま隣のペトロフに抱きしめられている。

「最後がアレクサンドロフ大尉です。彼はとくにお世話になりましたね、公爵。船酔いの件で」

アレックスにはペトロフのくすくす笑う声が聞こえたような気がした。背すじを伸ばす。試練のときが来た！

ドミニクが横に一歩踏みだし、アレックスの正面に立った。アレックスは深く息を吸いこみ、腕に彼の肩をつかめと命じた。ところが腕は命令に従おうとしない。

ドミニクの口元に小さな笑みが浮かんだ。「残念ながら、われわれイギリス人にはきみたちロシア人のように抱擁をかわす習慣がない。少なくとも男同士では抱擁しないんだ」

ザス少佐の顔に笑みが広がるのをアレックスは目の隅でとらえた。

「わたしにも抱擁のしかたがそろそろわかったような気がするな。そう思わないか、アレクセイ・イヴァノヴィッチ？」ドミニクはアレックスの返事を待たずに肩に軽く手を置き、左右の頬にキスをした。

まるでアレックスが病気であるかのように。彼が触れたのはほんの一秒か二秒のことだった。

アレックスは動けなかった。それだけの接触でも、肩が燃えるように熱くなっている。顔は真っ赤になっているにちがいない。アレックスはなにか話そうと口を開いた。が、のどがこわばり、ことばはなにも出てこなかった。

少佐がおおらかな笑い声をあげた。「公爵、いまのは必ずしもロシア式とぴったり同じではありませんが、やってみようとされた心遣いには感謝しますよ」それをきっかけに、ほかの将校たちもどっと笑いだした。緊張が解け、ドミニクすら笑っている。

アレックスもそうしようとした。彼の手が最後に置かれた肩が熱くうずくのを無視しようと努め、足の震えが止まるよう、頬の赤みが消えるよう念じた。

少佐とともに笑っているドミニクはまったく気楽なようすに見えたが、彼の態度のなにかからアレックスにはそうでないとわかっていた。彼はアレックスの気力をくじいたと思っているらしい。そしてなぜかそれを気にしている。ついでアレックスは思いあたった。彼はわたしを哀れんでいる。なんということを！　そうはさせるものですか！

「少佐、われわれも負けずに、イギリス式の挨拶ができるところを公爵にお見せすべきですね」アレックスは快活に言い、片手を差しだした。意志だけの力で手は震えなかった。「感謝とお別れのしるしに握手をかわしていただけますか、公爵」

ドミニクはためらいを見せた。かつては親しくしながらも、いまは嫌悪を感じている女のような男に心底触れたくなさそうだった。アレックスは手を差しだしたまま、じっと待った。

ロシア皇帝の随行団全員の目の前で、彼が握手を断るはずがない。彼はアレックスの手を握った。

「お別れです、公爵」アレックスはつい先ほどまでよりずっと自信を持って言った。「わたしがあずかったさまざまなご親切と、わが皇帝陛下に示してくださったご尽力に感謝します」

ふたりの手が離れると、アレックスは腕を両わきに下ろし、踵《かかと》をぴたりと合わせてうなずくプロシア式のお辞儀をした。

「みごとだ、アレクセイ・イヴァノヴィッチ」感心した声でドミニクが言った。「きみは全同盟国の習慣を習得したらしい。いつか軽騎兵でなくなった日には、優秀な外交官になることまちがいなしだ」

暮れなずんでいくようだが、もちろん六月の午後のいまの時刻でそんなはずはない。きっと雨が降りつづいているせいだ。長雨はなにもかもを灰色で味気なくする。

アレックスはひとり手すりのそばにいた。波止場に立っている公爵の背の高い姿がまだ見えるような気がしたが、それは光のいたずらにすぎないのかもしれない。ドーヴァーが徐々にもやにまぎれ、やがてなにも見えなくなっても、アレックスはその場を動こうとはしなかった。風はあまり強くなく、船はゆっくりとした速度を保っている。それはアレックスにとってありがたいことだった。船酔いがひどくならずにすむ。甲板に立ったままでいるのなら、なおさらだった。ドミニクからそうするように言われたのだ。少なくともそれは適切な助言だった。

アはだしの水兵が湯気の立つマグを持ってきた。アレックスはありがたくマグを受けとった。アレクサンドロフ大尉に煎《せん》じ茶を用意しておくよう、公爵が指示を出しておいてくれたにちがいない。彼らしい思いやりだ。「ありがとう」アレックスは英語で言った。英語が話せるのではと思われたところで、いまはもうかまわない。

ドミニクをだまさずにすめばよかったのに。人を欺くのは自分が紳士ではない、はずべき存在になったような気がする。そしてそれでなにが得られただろう。なにも。英語がわかることで得られた情報はほとんどなにもない。ロシア皇帝がシャーロット公女と結婚する可能性のある相手にとくに関心を示している以上、摂政皇太子についてと、皇太子父娘《おやこ》の関係についての断片的な情報は役に立つかもしれない。だが、その程度の情報は皇帝自身がレディ・ジャージーとの仲睦《むつ》まじいやりとりから得ているはずだ。

アレックスは顔を曇らせた。皇帝陛下はよき夫ではない。いくら陛下を崇《あが》めていても、女遊びが好きである事実は見逃せない。美しくて気立てのやさしい妃《きさき》がありながら、皇帝はその妃を心底嫌っている。イギリスの摂政皇太子が皇太子妃を嫌うにはそれなりのわけがあるのだろうが、ロシア皇帝のふるまいを納得するのはそれよりはるかにむずかしい。

皇帝が愛人に子供を産ませているのはだれもが知っていることだ。皇后にとってそれはひどい屈辱にちがいない。

いったいなぜわたしはこんなことを考えはじめたのだろう。これまで皇帝を批判的な目で見たことは一度もないのに。かつて乳母のメグと農奴制のひどさについて議論したときも、アレックスは皇帝の弁護をしたものだ。いまは同じようにできるだろうか。

ドミニクは沸騰する釜《かま》の湯気を少し逃がすというようなことを言っていた。メグと同じように、彼は風刺画が摂政皇太子やその愛人、彼の浪費癖をからかうのをそれでよしとしているようだった。イギリス人は王の首を切ったことがある。そしていまは王室をからかいの的としている。それは進歩なのだろうか。

アレックスにはわからない。でもひとつわかっているのは、イギリスに行って以来自分は変わったことだ。もはやロシアの体制にあるものをなにもかも無条件で受け入れることはできなくなってしまった。皇帝は完璧ではない。皇帝は統治者であり、必要とあらばアレックスは義務をつくさなければならないが、皇帝の欠点が見えるようになってしまった。

コールダー公爵と比べると、アレクサンドル皇帝はとても欠点の多い男性だ。

アレックスは自分の考えたことに愕然《がくぜん》とし、思わず音をたてて手すりにマグを置いた。わたしはドミニクに魔法をかけられたにちがいない。彼も完璧とはほど遠い人なのだ。容姿も皇帝より劣るくらいで、顔だちはまじめすぎるし、いかめしすぎる。

ただし笑ったときはちがう。女性にキスしようとするときも。濃い茶色の目が柔和になって渇望に満ちたとき、彼はこの世で最もハンサムな男性になる。

アレックスは首を振り、なまぬるくなってしまった煎じ茶をもうひと口飲んだ。生姜《しょうが》の味はこれからもずっと彼のことを思いださせるにちがいない。わたしは彼を愛している。そして彼はいつまでもわたしとともにいる。彼の面影はほかのどんな男性より、皇帝より、明るい光を放っている。そして彼の心の広い考え方はわたしの考えにも影響を及ぼした。これまでのわたしは視野が狭く、ものごとの多くに疑問を持たなかった。でもこれからは……。

アレクセイ・イヴァノヴィッチ・アレクサンドロフは、これまでとはまるきり変わってイギリスから帰っていくのだ。

15

ドミニクはくたびれきっていたが、ロンドンに着くと外務省に直行した。とても遅い時刻だったが、カースルレー卿《きょう》は待っていた。卿は報告を黙って聞いていたが、ドミニクがロシア皇帝の妹とその政治的な干渉についてやや辛辣《しんらつ》な感想を述べると、初めて口を開いた。「摂政皇太子殿下はシャーロット公女を訪ねてくる男性客についてのきみの報告をありがたくお思いだ。きみの報告がなければ、大公妃の思惑がわからずに終わったにちがいない。手は打ったよ。ありがとう」

ドミニクはそれ以上期待していなかった。彼は立ちあがった。

「あとひとつ。首相からきみに質問があるかもしれない。あと数日はロンドンにいてもらえないか」

これはドミニクにとってありがたくない要請だった。まずエイキンヘッド・パークで一、二週間休養を取る必要がある。そしてしたいことといえば……

これはまったくべつの話だ。あの仮面舞踏会で出会った謎《なぞ》の美女アレクサンドラについてもっと知る機会がほしい。スコットランドに行けば、その機会はあるだろうか。アレクサンドラを包む謎を解く機会があるなら、エイキンヘッド・パークで休養するのは喜んでやめよう。とはいえ、いまはそれもおあずけだ。カースルレー卿の要請を断るわけにはいかない。

「けっこうですよ。来週いっぱいロンドンにいます」

目覚めると、まだ暗かった。ここはどこだ？一瞬ドミニクはとまどった。それから思いだした。彼は腕をゆったりと頭の下に置き、暗闇《くらやみ》を見つめた。

ここはロンドンの自宅の自分の部屋だ。ずいぶん長い時間眠りつづけていたにちがいない。〝年寄りはぐっすり眠る必要があるんだよ〟レオとジャックの大笑いする声がいまにも聞こえそうだ。

またアレクサンドラの夢をみた。アレクサンドラのことを思っただけで体があらたに反応を示したが、彼は慎重に考えろ、理性的に動けと自分に言い聞かせた。どこへ行くべきか、なにをすべきかを決める際、欲望はきわめて貧弱な羅針盤にしかならない。綿密に計画を練り、見込みを計算することの重要性を諜報員《ちょうほう》としての長い経験が教えてくれている。

彼は頭を整理した。彼女の名前は知っている。一部だけ。容貌《ようぼう》も知っている。これも一部だけ。アレクサンドラは母親のことを話していた。ギリシア語を話す学者で、アン・カトリオナという名前だと。

結婚するまでアン・カトリオナは外交官だった父親とずいぶん旅をした。これは手がかりになりそうだ。当局の関係すじに調べてもらえる。アレクサンドラの母は何歳だろう。アレクサンドラがいちばん上の子供である場合、おそらく結婚して数年以内に生まれたはずだ。アレクサンドラは未熟な娘ではない。成熟し、落ち着きがあり、自分の考えを持っている。たぶん二十五歳というところだろうか。すると母親を手がかりにするとすれば、外交官の父親と旅し、二十五年ほど前に結婚した女性を捜すことになる。

よし、ここからはじめればいい。関係すじに探偵を送ろう。

仮面舞踏会の夜、アレクサンドラはとても凝った高価そうな衣装を身につけていた。これは手がかりにならないだろうか。バックルのついた緑色の靴は平凡なものではなかった。つくった靴屋を突きとめれば、その靴屋を買収して客の名前か配達先の住所を聞きだせるかもしれない。長い巻き毛のかつらにも同じことが言える。

ドミニクは枕《まくら》に頭を戻した。少し希望が持てる気がしてきた。しかしなぜアレクサンドラは逃げだしてしまったのだろう。それにいったいどこへ消えたのだ？

逃げだした理由はわからないでもない。自分の情熱に圧倒されたのだ。暗くて人目につかない小さなベンチで、アレクサンドラは欲望のままに愛撫《あいぶ》に応《こた》えていた。女性用の控え室に入り、見ず知らずの男性を相手になんというふるまいに及んだかに気づき、顔を合わせるのがはずかしくなって逃げだしたのだ。

あの仮面舞踏会には手がかりがあったにちがいない。あのときあの場でそれを探すべきだったのだ。それなのに自分は情熱に駆られ、情熱のつぎには絶望に襲われた。門番にもっとくわしく尋ねるべきだったのだ。レディがそのまま消えるわけがない。なぜ馬車や行き先についてきかなかったのだろう。

理性を失っていたせいだ。情熱が満たされず、頭に血が上っていたからだ。あの庭の片隅でアレクサンドラとなにをしたかを思うと、いまも体がうずきだす。二度とあんなへまはするものか。ドミニクは調査に神経を集中しようとした。そうだ、手にいくらか握らせれば、門番がなにか思いだすかもしれない。淡い緑色のあの古い時代のドレス、ポロネーズを着てバックルのついた靴をはいたレディはひとりしかいなかったのだから。

だれに調べてもらおうか。自分で行くわけにはいかない。あの夜同じレディについて尋ねた男を門番が覚えていれば、手に握らせる金額が上がるし、それは払えるとしても、コールダー公爵にまつわるうわさが生まれかねない。信頼できるだれかを送ったほうがいい。

少し考えてドミニクはレオに頼むことにした。ジャックも同様に信頼できるが、ジャックには賭博《とばく》好きで選《え》り抜きの独身男という評判がある。女遊びの経験はまだたいしてなく、愛人も囲っていない。反対にレオは徹底した道楽者で知られ、賭事《かけごと》もさることながら、社交界の有名なレディたちを何人も誘惑してうまくいったことを自慢にしている。レオがいなくなったレディのことを尋ねても、だれも驚きはしないにちがいない。

いま何時なのだろう。ドミニクは手を伸ばし、呼び鈴のひもを引っ張った。

すぐに側仕《そばづか》えのクーパーが化粧室から燭台《しょくだい》を持って現れた。ずっと待機していたにちがいない。

「ご用でしょうか」

「これはまた早いな、クーパー。いま何時だ?」

側仕えはにやりとした。「十時十分前です。そろそろお目覚めだろうと思っていました」

「そうか。人の心が読めるんだな。覚えておこう」

ドミニクはさっと足を床に下ろし、立ちあがった。いつもながらはだかで寝ていたので、開いた窓から入ってくるかすかな夜風が肌を刺す。クーパーが黒い絹の部屋着を差しだし、ドミニクはそれに腕を通した。「レオはいるかな」

「いえ。大奥さまがレディ・モリッシーの夜会にエスコートをしてほしいとおっしゃって。おふたりは十五分前にお出かけになりました」

「ジャックは？」

側仕えはドミニクと目を合わせなかった。「まだお戻りになっていません」

「全然？」

「ゆうべレオ卿とお出かけになってからは一度も」

なんてことだ！　ジャックはまただらだらと賭事に興じて財産を浪費しているにちがいない。困ったやつだ。

「もうすぐ帰ってくるんじゃないかな。着替えをしに。賭博場では受け入れてもらえても、ほかでは無理だろうから」

ドミニクは郵便物の山を半分近く片づけたところだった。たった数日でどれだけ郵便物がたまるか、あきれるばかりだ。大半が請求書や催し物の招待状だが、すべて処理しなければならない。

驚いたことに、アレクサンドロフから手紙が届いていた。直接何度も礼を述べたあとなのに、なぜわざわざ手紙を書いたのだろう。そう思いながら、ドミニクは文面に目を通した。思ったより美文調の書き方だ。たぶんそれがロシア式なのだろう。あとでひまになったら考えることにしよう。彼は手紙をわきにやり、つぎの郵便物を手に取った。

最後の返信を書き終えたとき、書斎のドアが開いた。レオだった。「戻ったのに気づかなかったよ」

レオがにやりとした。「諜報員はこっそり忍びこむことができないとね」

ドミニクは屈託なく見えるよう、椅子を机から離した。レオが彼と向かいあった椅子に座ると、おなかで手を組み、目を閉じた。「眠りたいなら、二階にすばらしいベッドがあるぞ」

レオがのんびりと片目を開けた。「せっかちだな」

「重要な用件でなければ、おまえを送らなかったはずだぞ。さあ、わかったことを教えてくれ」

レオが両目を開けてやや体を起こすと、脚を伸ばした。「馬車や御者についてはなにもわからなかった。例のレディはひとりで去ったんだ。徒歩で」

「本当なのか?」

「門番がたしかだと言うんだ。ギニー金貨を一枚握らせたのだから、嘘《うそ》をつくはずがない」

「そうだな。しかしロンドンの街を、それもあんな時刻にレディがひとりで歩くとは物騒だ。マントを着ていたのだろうか」

「着ていなかったようだ。それであとの質問が楽になったんだよ」

「なにかつかんだな」

「たぶん。ただわけのわからないところがある。正面近くで街路の掃除夫をやっている小僧を見つけたんだ。この小僧も例のレディを覚えていた。道路を渡るのを手伝って六ペンスもらったそうだ」

「レディがどこへ行ったのかを見たのか?」

「見た。それがわけのわからない点なんだ。レディはパルトニー・ホテルに入っていったと小僧は言うんだ」

「パルトニーに? しかしあのホテルは全館ロシア皇帝の随行団に充てられていた。ほかの客が泊まる余裕はなかったはずだ」

「そうなんだよ。でもホテルの従業員にきいて確かめてみたところ、そのようなレディはひとりもいなかったそうだ」

「小僧がまちがえたのかもしれない。おそらくほかの建物に入っていったんだ」

「もう一度行ってきいてこようか？」

「いや、いい。レオ・エイキンヘッド卿がそんな変なことをしてはまずい」

「ではどうする？」

「ピカデリーのいろいろな建物に探偵を送ってみよう。街路掃除夫にももう一度きいてみる。ほかに思いだすことがあるかもしれない」

「これは大事なことなんだろう？」めずらしくレオがまじめな声でそっと言った。

ドミニクはレオの顔をのぞきこんだ。おそらくこの世のだれよりもレオを信頼してはいるが、この件はあまりに個人的すぎて打ち明けることはできない。

「協力してくれてありがとう、レオ。探偵がなにかつかんできたら、知らせるよ」ドミニクは窓辺まで行き、外を見つめた。やがてドアを閉める音がしてレオが出ていったとわかった。

なぜアレクサンドラは徒歩で帰ったのだろう。自分の馬車がなくとも、貸し馬車を呼べばいい。それにあの衣装でひとりピカデリーを歩くとは、声をかけられないほうが不思議だ。あるいはもっとひどいことも起こりうる。

もどかしさにいらいらしながら、彼は机に戻った。なにか専念できるものが必要だ。あす行動に移るとして、いま手を打てることはなにもない。せっかくアレクサンドロフが手紙をくれたのだから、せめてそれをきちんと読んでおこう。

彼は椅子に腰を下ろし、アレクサンドロフの手紙を読みはじめた。そして三番目の文を読んで、全身をこわばらせた。うなじに鳥肌が立った。〝あなたはわたしを感嘆の世界へ連れていってくださいました〟手紙にはそう書いてある。

こんな文を書くとは、あの若者は頭がおかしくなったにちがいない。彼は手紙をくしゃくしゃに丸めた。こんなものは燃やしてしまおう。彼は深く息を吸いこみ、立ちあがった。

そのとたん、彼はあの仮面舞踏会の庭にいた。アレクサンドラの香りがした。柑橘《かんきつ》系のめずらしい、謎めいた香り。その香りを便箋《びんせん》が含んでいる。彼は丸めた便箋を広げなおし、慎重に文面を読みなおした。〝あなたはわたしを感嘆の世界へ連れていってくださいました。ともにすごしたあのひとときはわたしの宝物です〟そんなはずはない！

アレクサンドラがなぜパルトニー・ホテルに消えたのか、これで説明がつくとささやく声がする。しかしそんなことがありうるはずがない。アレクサンドロフは何年も軽騎隊に服務しているのだ。戦場で戦い、その勇敢さを称《たた》えた勲章すら授かっている。彼が女性であることは考えられない。

ドミニクは椅子に座りなおし、もう一度アレクサンドロフの手紙を読んだ。〝あなたはわたしを感嘆の世界に連れていってくださいました〟こんな文を男にあてて書く男はいない。男に対してふつうでない感情をいだいている男以外は。アレクサンドロフの手紙はそういう意味なのだろうか。しかしそれではなぜアレクサンドラがパルトニー・ホテルに入っていったかが説明できない。便箋からアレクサンドラの香りがすることも。

ドミニクはアレクサンドラとアレクサンドロフが同一人物である手がかりを得るために、仮面舞踏会で起きたことを正確に思いだそうとした。ふたりの名前はそっくりだが、アレクサンドラは完璧《かんぺき》な英語を流暢《りゅうちょう》に話した。アレクサンドロフはひと言も話さない。いや、そうではない。アレクサンドロフが自分は英語を話さないと言っただけだ。

ふたりが同一人物なら、仮面舞踏会の衣装は実にうまく選ばれている。かつらは刈りこんだ髪を隠し、ドーランは日に焼けた肌を隠した。それにあの手袋！　アレクサンドラが手袋をはずそうとしなかったのも無理はない。アレクサンドロフの手は頬と同じように日焼けしている。あのような手ではレディとして通用しないはずだ。

ドミニクはアレクサンドラが一度だけ手袋をはずしたのを思いだした。ドレスとコルセットのひもを解いたときだ。あのときは暗くて手の肌の色まではわからなかった。こちらがドレスを脱がせようとしているのに、アレクサンドラは手袋をまたはめた！

そう、アレクサンドロフはアレクサンドラにちがいない。

アレクサンドラは皇帝とともにロシアに帰った。軽騎隊将校としての非凡な経歴をさらに積むために。これまでどうやって女性であることを隠してきたのか、あるいはなぜそのように危険な道を選んだのか、ドミニクには見当もつかないが、とにかくアレクサンドラはうまくやってのけてきたのだ。

もしもそうなら、ドミニクは完全にだまされたことになる。それにロシア軍も。欺かれたのなら、激怒して当然なのに、なぜか腹は立たない。

いやはや、なんという冒険だろう！　アレクサンドロフの勇敢さには前にも感心したが、アレクサンドラの勇敢さとなると、これはまさに息をのむしかない。なんと感嘆すべき女性だろう。

ドミニクはマデイラワインをグラスにつぎ、その芳醇《ほうじゅん》さをしみじみと味わった。今後どうするかについて迷いはなかった。アレクサンドロフが本当にアレクサンドラであることを確かめるには、方法はひとつしかない。ロシアへ行き、これまでにわかったことをアレクサンドロフに突きつけるのだ。そしてすべてを告白させる。その結果自分の言い分がまちがっており、アレクサンドロフは実際に男でドミニクに不健全な関心をいだいているということになれば、詫《わ》びを言って引き下がらなければならない。しかしそうはならないだろう。その確信はある。アレクサンドロフはアレクサンドラだ。

なぜアレクサンドロフは仮面舞踏会に出席するのに女性の衣装をまとったのだろう。同僚の将校たちに見られる可能性があったはずだ。ロシア軍での地位が致命的に危うくなったかもしれないのに、なぜそのような危険を冒したのだろう。何年も男としてすごしてきて、もう一度女性としてわずかな時間をすごしてみたかったのだろうか。あるいは……。

ドミニクは頭を振り、浮かんでくる推測を抑えようとした。が、その推測は抑えきれなかった。なぜなら彼自身なんとしてもその推測を信じたかったからだ。アレクサンドロフが女装した理由――それは、ドミニク・エイキンヘッドに自分が女性であることを示したかったからだと。

16

「何日ぐらいの予定？」

夜も遅かった。エイキンヘッドの兄弟は長時間馬に乗ってすごしたあと、ドミニクの狩猟小屋にある小さな書斎にいた。狩猟の季節がまだはじまってもいないのだから、ほかにすることはほとんどない。ロシア皇帝がウィーン会議に際してどんな心づもりでいるのかを探るために、カースルレー卿《きょう》がドミニクをロシアへ送りこむことになったのだが、外務省すら迅速に出発できるよう手配するのは不可能だった。ロシア人にはロシア人のやり方があるのだ。

「まだわからないんだ、レオ。カースルレーは緊急だと言っているが、わたしはまだ必要な書類をなにも受けとっていなくて、出発もできない。船の準備は命じてある。陸路を旅するよりいいだろうからね。順風なら、三週間以内にクロンシュタットに着けるはずだ。サンクトペテルブルクはそこから一日しかかからないんじゃないかな」

「着いたら、どうするつもり？」レオは窓の外を見つめている。声は穏やかだが、きわどい領域に踏みこんだのを心得ているように、ためらいがちだ。

「皇帝に謁見して思惑を探る。そのために送りこまれるのだから」

レオは黙って聞いている。

「おそらく皇帝づきの補佐官が何名かその場にいるだろう。ヨーロッパに平和が戻ったいま、あの将校たちは所属連隊に呼び戻されず、宮廷生活を楽しんでいるのではないかな」

「もしもアレクサンドロフに出会ったら、わたしからもよろしく伝えてもらいたい。それにジャックからも。アレクサンドロフがイギリスに滞在してはという招待を断ったときはわたしもジャックも残念に思ったものだから」

ドミニクは顔が青ざめたのを自覚した。しかしレオはいまも庭を見つめている。「わかった、伝えよう。わたしの留守中はおまえがわたしの代役だぞ、レオ」

レオが目を躍らせた。

「外務省に関することにかぎりだ。新しい任務の要請が来たら、おまえが引き受けなければならない」

「なにかあると思う？」

「いや。少なくともすぐにはないだろう。ナポレオンは無事エルバ島でじっとしているから、彼のことは忘れていい。当面のおもな気がかりはウィーン会議だろうな。ヨーロッパの列強がすべてそこに集まる。実際、皇帝が出発する前にロシアに入れれば、わたしは運がいい。カースルレーはみずからウィーンに行く。いつものように言わば控えの要員としてわれわれを送りこんで裏の仕事をさせたいのではないかな」

「わたしに行けと？」

「わたしがロシアから戻らない場合、どうすべきかはおまえが自分で決めなければならない。仲間が必要なら、ジャックと親友のベンを同行させろ」

「ウィーンとなると、ジャックは大喜びで行くな。ベンもだ」

ドミニクは低く笑った。冒険のかすかなにおいさえすれば、エイキンヘッド・オナーズの若いメンバーふたりはまるで二匹の猟犬のように飛びだしていく。「たしかにな」

レオがあくびをして立ちあがった。「今夜は早めに寝るかな。眠くてたまらない。外を駆けまわったからだな」レオはドアに向かった。「おやすみ」レオが手をかけないうちにドアが開いた。

「こんばんは、ドミニクにレオ」

「ハリエットおばさん！　もうとっくにおやすみになったと思っていましたよ」

「この年になるとたいして眠らなくていいのよ、ドミニク。レオはまだうんと眠らなければならないようね」ミス・ペンワーシーは子供に対するようにレオの頬を軽く叩《たた》いた。「おやすみ、レオ。よく眠りなさい」

「ご安心ください、ハリエットおばさん。おっしゃる意味は通じましたよ。おやすみなさい」レオが出ていき、そっとドアを閉めた。

ドミニクはミス・ペンワーシーに椅子を勧めた。

「なにか飲み物は？」

「ブランディを少しいただくわ。レオとふたりで空にしたのでなければね」

ミス・ペンワーシーに背を向けて頬がゆるむのを隠しながら、ドミニクはブランディをグラスにたっぷりついだ。ハリエットおばさんがなぜここへ？　情報がほしいのだろうか。問題はハリエットおばさんがわたしのことを知りすぎているという点だ。そしてこれはなにかあると思いはじめたら、それを突きとめるまで手をゆるめない。とはいえ、カースルレーの機密をもらすことはできないし、自分自身の秘密は打ち明けたくない。

「ロシアに行くんですって？」

「ええ。でも書類が来ないと出発できないんです。届き次第、発《た》ちます」

「なぜロシアなの？」

ハリエットおばさんらしく大胆な質問だ。「任務にかかわることですからね。おばさんであってもそれ以上は言えません」

「信頼していないからわたしの意見には耳を貸さないというわけね？　首を振ってもだめよ、ドミニク。わたしにはあなたの考えがわかっていますからね。それにあなたが秘密の仕事のことをわたしに話さないのはわかっているわ」ミス・ペンワーシーはブランディをたっぷり口に含み、グラスに微笑《ほほえ》みかけてからドミニクの目をまっすぐに見た。「むこうに行ったら、アレクサンドロフに会うんでしょう？」ドミニクの返事は待たず、ミス・ペンワーシーは続けた。「おもしろい若者だと思ったわ。あの人にも秘密があるのよ、ドミニク。滞在を延ばすのを断ったと聞いても、わたしは驚かなかったわ」

ハリエットおばさんは情報をつかんでいる。そこでドミニクは機嫌を取ってその情報を聞きだすことにした。「なにを知っているんです、ハリエットおばさん？　アレクサンドロフとは一度パーティで会ったきりでしょう？」

「そうよ」ミス・ペンワーシーはブランディを飲み干し、グラスを差しだしてお代わりを催促した。

ドミニクはデカンターを取ったが、指を栓にかけたまま動きを止めた。「彼がわたしの招待を断ったのはなぜですか？」

「グラスが空なのよ、ドミニク」

ドミニクはブランディをつぎ、椅子に座りなおして待った。

「アレクサンドロフは秘密を知られてしまうのを恐れて滞在を延ばさないことにしたのではないかしら」

アレクサンドロフの手紙を読んで以来、ドミニクもまったく同じ結論に行き着いていた。ハリエットおばさんはわたしの知らないことを知っているのだろうか。ドミニクは胸がどきどきしはじめた。

「あなたはわたしのことを頭のおかしくなったばあさんだと思っているでしょ。知っているのよ」

「そんなことは少しも思っていませんよ。おばさんの頭は切れ味抜群です。で、アレクサンドロフのことをなにかご存じなんですね？」


「あなたに英語は話せないと言ったようだけれど、それは嘘《うそ》だと思うわ」

「本当ですか？」

「自分で判断なさい、ドミニク。アレクサンドロフはわたしがジャックと話しているのをそばで聞いていたの。あなたの家で晩餐会《ばんさん》を催したときにね。あとで彼はその内容に触れたわ。ちらりとだけだけれど。でもやりとりをちゃんと理解していたのはたしかね。ジャックとわたしは英語で話していたのよ」

ドミニクはゆっくりうなずき、胸が静まるのを待った。いまの話は自分が持っているほかの証拠と合う。アレクサンドロフはアレクサンドラなのだ。

「それにね、彼の母親はスコットランド人ではないかと思うの。髪や肌の色が合うわ。母は金褐色の髪に青い目をしていると言っていたわ。母からリールの踊り方を教わったとも」

「たしかにそれなら英語がわかるでしょうね。でも本当にまちがいありませんか？」

「わたしはまだぼけていませんよ。あの夜晩餐のあいだじゅう彼はわたしの隣に座っていたわ。それで確かめるためにもう少し探ってみたの。彼がワインを二、三杯飲んだころにね」

「アレクサンドロフはグラス一杯しか飲みませんよ」

「あら」ミス・ペンワーシーの首のあたりが赤みを帯びた。「それは知らなかったわ。白状すると、アレクサンドロフがよそを向くたびに彼のグラスにワインを足すようウィザリングに頼んだの。気づかれないようほんの少しずつね。だからアレクサンドロフは自分で思っている以上に飲んでいるはずよ」

ドミニクは小声で悪態をついた。「ハリエットおばさん、なんという――」

「わたしはあなたのように生意気な青二才に喜んで侮られたりはしない老いた親戚《しんせき》よ。相手が公爵であろうとなかろうとね！」

ドミニクは噴きだした。「わたしはハリエットおばさんが創意に富んでいると言いたかっただけですよ。あの晩餐会でアレクサンドロフについて探りだしたことはほかにもあるんでしょう？」

「たぶんね」

「もっと教えてください。喜んでおばさんの才能を褒めたたえますから。さ、話してください」

ミス・ペンワーシーの目からふいにきらきらした光が消えた。ミス・ペンワーシーはドミニクの目を見つめた。「あなたにとっては本当に大事なことなのね、ドミニク」

平時の任務は極度につまらない。いつ果てるともしれない監視にあまりに多すぎる点検。部下と演習をするほうがアレックスはずっと好きだった。槍《やり》にしてもサーベルにしても乗馬にしても、訓練はすべて役に立つ。軍帽の羽根飾りを正確な位置につけることはそうではない。

きょうはこの一週間で初めて任務が休みとなった。愛馬ペガサスを駆ってサンクトペテルブルク郊外にすばらしい夏の気候を楽しみに出かけることもできたが、あいにくその自由時間も規制を受けた。大佐から大佐の家族とともにすごすよう命じられたのだ。大佐は親切心から命令したにちがいないが、アレックスは気が進まなかった。

鏡の前に立ち、アレックスは自分の礼装姿を細かく点検した。本当に男性のように見える。アレックスは手袋をはめようとした。

手袋！　手にした手袋を放《ほう》りだし、アレックスはたんすのいちばん上の引き出しを開けた。そう、あのときの手袋は薄紙に包んで男物の下着の下にちゃんとある。ふいにアレックスは大佐の家に行くのは遅れてもかまわないという気になった。薄紙の包みを開け、淡い緑色の子山羊《こやぎ》革の手袋を取りだした。上着を脱がなければその手袋ははめられないので、そっと手の甲で撫《な》で、頬に当てて深く息を吸った。まだドミニクのにおいがかすかに残っているような気がする。あのときの思い出がどっとよみがえる。

ドアをノックする音があり、アレックスは飛びあがった。

「なんだ？」

「大佐の馬車が着きました」

アレックスは手袋を薄紙に包みなおした。「すぐ行く」そう答え、包みを引き出しの底にそっと戻した。せめてドレスか靴を残せればよかった。でも仲間の将校たちから売って出費分を少しでも回収したいから返してくれと言われたのだ。薄緑色の手袋だけがアレックスに残された思い出の品だった。

「これを見て、アレクセイ・イヴァノヴィッチ。最高にすばらしいと思わない?」大佐の娘が宝石をちりばめた金色の大きな装飾品を指さして言った。

「あなたの眺めている絵よりこっちのほうがずっとすてきよ。せっかくエルミタージュ宮に来たのに、絵ばかり見ていてはもったいないわ。全部見ようと思ったら何カ月もかかりそうだし、退屈なんですもの」

アレックスは宝石に目をやった。ひどい代物だが、礼儀上眺めてみなければならない。「お母さまがお呼びのようだよ」それはあながち嘘ではなかった。大佐夫人はたしかにこちらを見ている。「お母さまも宝石に興味を感じておられるのではないかな。わたしは失礼して絵画の場所に戻るよ」

アレックスはさっきまで見ていた絵のところへ引き返した。それはイギリスで描かれたらしい肖像画だった。描かれているのは無名の男性で、一世紀前の凝ったビロードの上着を着て髪が肩までたれたかつらをつけている。衣装はこの際どうでもいい。重要なのは目だ。ドミニクの目とそっくりで、しかもこちらをまっすぐに見返している。アレックスはそのまなざしに触れられているような心地を覚えた。肖像画の男性はいまにも話しかけてきそうな気がする。ドミニクの声で。

「アレクサンドロフじゃないか」

アレックスはぎくりとして振り向いた。宮廷長官のヴォルコンスキー公爵だ。「長官、こんばんは」

「やはりきみだったか。連絡を取りたかったんだ。話があってね。いっしょに歩かないか」ヴォルコンスキー公爵はだれもいない部屋にアレックスを連れていった。「じかに話せてよかった。もちろん生活費やそのほかのことで連絡を取りあってはいるが」

アレックスは赤くなった。日々の生活に必要な金銭をすべて皇帝から支給されていることにはいつもきまり悪さを感じてしまう。

公爵はそれを感じとったにちがいない。アレックスの肩に手を置いた。「心配いらない。陛下は喜んできみに送金されているんだ。きみの並はずれた勇敢さに少しでも報いたいと」

「どうもありがとうございます」

「陛下のイギリスご訪問中はきみの英語力がたいへん役に立ったとザス少佐から聞いている」

アレックスはそれを打ち消そうとした。実際には情報をほとんどなにもつかめなかったのだ。

「それはいいんだよ。情報が少ししかつかめなかったのは、つかむべき情報が少ししかなかったということで、そのこと自体貴重だ。ほかにはだれもやっていないのだからね」

「ありがとうございます」

「しかしその話をしたいんじゃない。気を悪くしないでもらいたいのだが、皇帝陛下もわたしもきみときみの家族のあいだに亀裂《きれつ》が生じているのを心配している。なぜ亀裂が起きたのかはもちろん承知しているし、きみの献身にはたいへん感謝しているが、陛下はきみがお父上と和解することをお望みだ」

「皇帝陛下はわたしを家に戻そうとお考えなのですか？　女性に戻そうと」

「ちがう、ちがう。陛下はきみが男として軍隊にとどまることに満足しておられる。しかし家族との和解をお望みなんだ。わたしはお父上にきみを軽騎隊大尉アレクセイ・イヴァノヴィッチ・アレクサンドロフとして迎えてほしいと、陛下のお名前のもとに手紙を書くよう言われている。もちろんきみの同意がなければ、それはしないが」

これは重大な提案だ。それも皇帝陛下ご自身から！　アレックスはためらった。考える時間がほしかった。「ご提案に心から感謝申しあげます。しかし申し訳ありませんが、この場でお返事を差しあげることはできません。人生の重大な変化を伴うことになるでしょうから。長官は父がわたしをこのまま受け入れてくれるとお思いになりますか?」

「もちろん断言はできない。しかしわたしはさまざまな情報源から、お父上がきみのことをとても心配しておられるのを知っている。お父上はきみを愛していらっしゃるのだよ、アレクサンドロフ。父親なのだからね。きみをいまのまま受け入れ、女に戻れとは言われない可能性は大いにあると思う」

アレックスは考えこみつつ、うなずいた。

「いま答えなくていい。時間をかけて考えたいだろう。妻があすの夜わが家で小さな集いを催すことになっているんだが、きみの知っている人も来るよ。それにきみの好きな音楽もある」

アレックスはもう一度うなずいた。

「きみも来てはどうだね? ふたりだけで話のできる時間をつくろう。返事はそのときでいい」


アレックスは唇をかんだ。もうすぐ馬車がヴォルコンスキー邸に着く。父と和解をするためのとりなしをしようというヴォルコンスキー公爵の提案にどう答えるか、まだ決めていない。とても心が動く。父がひどく恋しい。両親とともに陸軍駐屯地で暮らしていたころは家族同士が本当に仲がよかったし、母が亡くなったあとはアレックスが父の右腕となり、地所のなかを馬で駆けまわって、父が教えてくれるあらゆる知識や技術を身につけたものだった。自分が家出をして父が悲しんだことはわかっている。心配もしているはずだ。多くのロシア軍将校が戦死したり負傷したりしたのだから。でもヴォルコンスキー公爵の話では、父はアレックスが生きて元気でいるのを知っているとのことだった。

父に会い、足元にひざまずいて慈悲を請うことができるだろうか。縁談を壊してしまった醜聞は、もう何年もたったのだから、もしかしたら忘れられているかもしれない。父はありのままのアレックスを受け入れようとさえしてくれるかもしれない。問題は継母が納得してくれないだろうという点だ。継母にとって、アレックスのふるまいは従順なロシアの娘のあるべき姿をすべて否定してしまったのだ。

アレックスは深いため息をついた。もしかしたら事態は思ったほど複雑ではないかもしれない。判断は自分ではなく父がなすべきことだ。父が和解してはどうかというヴォルコンスキー公爵のとりなしに応じたなら、アレックスもそうすればいい。いまも継母に感化されているなら、父は断り、状況はこれまで以上にひどくなるだろう。いや、ある意味ではよくなる。父はアレックスが和解を試みたのを知ったのだから。

馬車が止まった。アレックスは考えをまとめ、馬車を降りた。ヴォルコンスキー公爵はアレックスの知っている客もあると言っていたが、いったいだれなのだろう。そう思いながら、アレックスは豪壮なヴォルコンスキー邸の石段を上っていった。

それは思っていた以上に大きな集まりで、著名人や有力者がおおぜい来ていたが、アレックスがひるむようなことはなかった。経験豊富な軽騎隊将校で、皇帝随行団のひとりでもあったアレックスには、こういった集いに参加する資格は充分にあるのだ。

「アレクサンドロフ！　久しぶりだな」ザス少佐が笑いかけた。抱擁をかわし、少佐はアレックスの肩を叩いた。「ロンドン訪問のときの仲間がほかにも来ているぞ」彼はあたりを見まわした。「いないいな。たぶん例のごとくカードルームに閉じこもっているんだろう。どこから遊ぶ金を見つけてくるのやら」

「まったくです。わたしには賭《かけ》に興じる余裕などありません。もっとも賭をしたいとも思いませんが」

「そのほうが賢明だ。シャンペンはあるかな？」少佐は給仕に尋ねた。

　アレックスは中身が半分入ったグラスをトレーから取った。いまこれだけにとどめておけば、食事の際にまたグラス半分飲める。陽気な雰囲気に加わりたがらない印象はあたえたくなかった。

「妻を紹介しよう」少佐は部屋の奥へアレックスを促した。「きみのことを話したら、ぜひ会わせてほしいということなのでね」

「それは光栄です」

「それに意外な人物にも会わせたいんだ。くわしく話すと意外でなくなってしまうから、これ以上は言わないがね」少佐はアレックスを従えて部屋を突っ切り、両開きのドアを入っていった。そしてぽかんとした表情を見せた。ここに妻がいるはずだったらしい。「あれ？　どこに行ったんだろう」

　ふたりのうしろで声がした。完璧《かんぺき》なフランス語だった。「奥方をお捜しなら、庭にいると伝えてくださいとのことでした、少佐。ご案内しましょうか？」

　まちがえようのない声。ドーヴァーを発った日から毎夜アレックスの夢に出てくる声。せめてもう一度聞けたらと思いつづけてきた声。彼がここに来ている！　振り返りさえすればその姿が見える。いまになって、アレックスはとまどった。体は逃げだせと告げている。でもそれはできない。勇気を出して彼と向かいあうのよ。敵と対峙《たいじ》したときのように！

　アレックスは無理やり足を動かし、笑顔で言った。「これは、公爵。ごきげんよう。サンクトペテルブルクでお会いできるとは。驚きましたね」

「ごきげんよう、アレクセイ・イヴァノヴィッチ。久しぶりだね」彼はいぶかしげにアレックスを見下ろして微笑んだ。そしてなんの前触れもなく、アレックスを抱きしめると音をたてて両頰にキスをした。

　そのキスはあまりに現実的だった。

17

かわいそうに、アレクサンドラはまさかここでわたしに会うとは思ってもいなかったのだ。わたしに抱きしめられて、まったくことばを失っている。ドミニクはそう思い、内心頬をゆるめた。アレクサンドラはわたしを欺いた。本気で腹を立てることはできないとはいえ、これくらいの罰はあたえてもいいだろう。この抱擁はアレクサンドラにとって衝撃的だったとすれば、ドミニクにとっては天からの贈り物だった。人生で最も望ましい女性をついに抱きしめたのだ。今度こそもう逃がすことはしない。

すべてを考えあわせると、アレクサンドラはここまで非常にうまくやってきている。たとえ最初は真っ赤になったとしても。赤くなる点を見のがしていたとは不思議だ。アレクサンドロフはすぐに赤面する傾向があった。そしてそれをドミニクは内気な青年だからだと思いこんでいた。アレクサンドロフが女性であれば、すぐ赤くなるのもうなずける。しかし軍の将校を演じているのであれば、ひどく始末に負えない癖にちがいない。長年にわたってアレクサンドラはそれを驚くほどうまく隠してきたのだ。

これまでのところ、ふたりは儀礼上の会話しかかわしていない。アレクサンドロフはザス少佐の妻に紹介され、サンクトペテルブルクでの勤務のことやエルミタージュ宮を訪ねたことを話していた。もどかしさのあまりドミニクが庭を散歩しようと言いだそうとしたところへ、ヴォルコンスキー公爵が現れ、ちょっと話したいことがあるとアレクサンドロフを連れていってしまった。

宮廷長官がアレクサンドロフと話したいことがあ

るとは、どんな用件なのだろう。ドミニクはぼんやりと考えた。もう一度コールダー公爵をスパイせよという話だろうか。それならかまわない。その場合はまずお互いに告白しあう必要がある。告白とそのあとに続く和解。これは実に楽しいことになりそうだ。ドミニクはイギリス政府のために諜報《ちょうほう》活動を行うべくサンクトペテルブルクにいるが、積極的に動くつもりはない。有用な情報が舞いこんできたら、イギリス大使に知らせるが、自分から情報を探しに行こうとは思っていない。今回の目的はロシア皇帝とその思惑ではなく、いっしょにいて楽しい謎《なぞ》の美女アレクサンドラなのだ。

「コールダー公爵をお見かけしたのでびっくりしました。なぜ公爵がサンクトペテルブルクに?」アレックスは落ち着きを取り戻したところだった。

ヴォルコンスキー公爵は大きなマホガニーの机に積みあげてある書類のなかから目的のものを探していた。「いい質問だ。公爵は皇帝陛下の招待に応じただけだと言っている。もちろんそれは本当だろうが、たんなる遊覧旅行かどうかは疑わしいね」

アレックスは顔を曇らせた。おそらくドミニクの目的は以前と同じく諜報だ。それ以外にどんな目的があるというのだろう。

ヴォルコンスキー公爵がようやく書類を見つけ、父親のような口調で言った。「心を決めたかね、アレクセイ・イヴァノヴィッチ?」

「はい。皇帝陛下と長官閣下がご寛大にも和解を勧めてくださったのに、それをお断りするような無礼なことはできません。喜んでお受けします」

「すばらしい! きみならその意義をわかってくれると思っていた。三カ月の休暇を取るよう手配してある。それだけの時間があれば、お父上の家に行き、長期滞在を楽しめるだろう。書類はすべて用意してある。通行許可証、馬の要求書などなどだ。ほら」

長官は印章のついた書類の束をアレックスに渡した。

「ありがとうございます。しかし父はわたしを迎え入れてくれないかもしれません。ご提案に応じようとはしないかもしれないのです」

「それはどうかな。これは皇帝陛下がみずから提案されたことだ。お父上は喜んで応じられるだろう。今夜お父上に手紙を送ってきみが返事を待たないですむようにしておこう。きみの休暇はあすからはじまる。すぐにも旅行に出発できるよ」

ああ、いまいましい！　どうして彼は〝だめだ〟と言っているのに納得してくれないのだろう。

「皇帝陛下からきみが休暇を取ると聞いている。だから問題はなにもないわけだ」

ドミニクはご満悦な男性特有の尊大さを漂わせてアレックスに笑いかけた。彼は招待に応じる返事しか受けつけないつもりなのだ。では、こうしよう。応じると答えて、馬車が迎えに来たときにはとっくに旅に出ていることにする。これしか方法はない。彼とふたりきりになることはできない。あと一度抱擁されれば、あと一度彼に触れられれば、わたしは激しく脈打つ渇望にとろけだしてしまう。

「わかりました。お受けします」アレックスは自分の住所を教えた。

「すばらしい。あす九時半に迎えに行こう。わたしの借りた田舎家の感想が聞けるのを楽しみにしているよ。とても小さな家だが、川の眺めがすばらしくて、あたり一帯は乗馬を楽しむにはもってこいなんだ。厩《うまや》に馬はいるが、きみは自分の馬のほうがいいんだろうね？」

「ペガサスですか？　ええ。いまでは老いてきているけれど、何年も忠実にわたしを運んでくれましたから、穏やかに引退させてやらなければなりません」

「ペガサスだって？　羽のある駿馬《しゅんめ》だ。いい名だね。空は飛べるの？」

アレックスは微笑《ほほえ》んだ。「ペガサスは風のように走るんです。それに怖いもの知らずです」

「会うのが楽しみだな。わたしの大家が用意してくれた駄馬よりはるかにいい馬のようだ」

アレックスは笑い声をあげた。「残念ながら、外国人はかもにされやすいんです。われわれロシア人でさえ同じ目に遭うんですから」

「ほう？　それは覚えておこう。ところで礼を言うのを忘れていた。別れの手紙をどうもありがとう」

アレックスは真っ赤になった。彼を見つめるのに心を奪われたあまり、手紙のことをすっかり忘れていた。あのように赤裸々な手紙がよく書けたものだ。しかも身につけていた香りまで少し封じこめるとは。ほんの一滴だけ便箋《びんせん》に落とさずにはいられなかったのだ。なんのために？　アレクサンドロフとアレクサンドラが同一人物であることに彼が気づいてくれるのを期待して？　気づくはずなどない。マリウポリ軽騎隊のアレクサンドロフ大尉が女であるとは一瞬たりとも思わないはず。いいえ、彼はあなたが考えている以上に鋭いかもしれないわ。頭のなかでそうささやく声がする。彼はわたしを捜すためにわざわざロシアまでやってきたのでは？

「ダンスはしないんですか、公爵」ヴォルコンスキー公爵がどこからともなく現れた。「きみもだ、アレクサンドロフ。まったくふたりともこんな片隅で女同士のようにうわさ話に花を咲かせるとは」彼は笑みを浮かべて頭を振ると、ドミニクの腕を取った。「お客を紹介させてください。全員美人ばかりですよ」

ドミニクはおとなしくそれに従った。

ついにひとりになったアレックスは肩で壁にもた

れ、かすかに震える手を額に走らせた。ヴォルコンスキー公爵が現れなかったら、さっきのやりとりは痛ましい結末を迎えていたかもしれない。

アレックスは公爵がドミニクを美しいロシアのレディたちに紹介するのを見つめた。ドミニクは優美にお辞儀をしている。そしてレディたちに話しかけてから、その内のひとりをダンスフロアに連れていった。

ワルツを踊るために！　アレックスの心は沈んだ。ドミニクが相手のレディを巧みに導き、ふたりはすべるようにフロアを動いている。アレックスは彼に抱かれて踊ったときの感覚を思いだした。ふわふわと空中を漂うようなあの気持ち。いまではもう二度とそれを体験することはできない。二度と。

見ているのは耐えられない。帰らなければ。いま。

アレックスはヴォルコンスキー公爵夫妻を捜し、あすの夜明けにサンクトペテルブルクを発《た》つのでこのあたりで失礼しなければならないと告げた。公爵は愛想がよかった。「それはそうだ。長旅をしなければならないのだからね。よい旅を祈っているよ。それから旅以上にいい結果を」

「ありがとうございます」アレックスは夫妻のそれぞれにお辞儀をした。そして別れのことばを告げ、足早に部屋を出た。

自室の机の前に座ったアレックスはいまや安全だった。ドミニクもここまでは来られない。

アレックスは窓のむこうの夜の闇《やみ》を見つめた。いまも最後に目にした彼の姿が見えるような気がする。ワルツを踊っていた姿が。

彼はわたしを抱きしめた。

なぜ彼はあんなことをしたのだろう。ドーヴァーではわたしに触れないよう、あれだけ気を遣っていたのに。彼はわたしの両頬に音をたててキスをした。

いまはそれを心からありがたく思う。なぜならあのときわたしは彼にしがみつき、唇を重ねたかったから。もしもそうしていれば、醜聞となったにちがいない。でもなぜ彼はキスをしたのだろう。もしかしたら、彼はわたしの正体を見破ったのだろうか。あの無謀な手紙には手がかりを多数残してしまった。

ドミニク宛《あて》の手紙をもう一通書き、急用で帰省するため約束を守れなくなったと知らせなければならない。今回は簡潔に書き、香りもつけない。

アレックスは礼儀をわきまえた文面を三行にまとめてしたため、署名をした。便箋を折りたたみ、封印をして彼の名を記した。

「これも荷物に入れますか？」当番兵が軽騎隊の戦闘服を見せて尋ねた。

「いや、家に帰省するだけだから戦闘服はいらない。ふだんの制服だけを頼む」

当番兵がうなずき、下着類を荷物に入れた。

「荷物はひもをかけて階下に運んでおくように。馬車は夜明けに来る。絶対に出発が遅れてはならない」

「わかりました」

アレックスは乱雑になった室内を見まわした。荷造りが終わるまでここでは落ち着けない。「厩に行ってくる。留守中の馬の世話を頼んでこなくては」

当番兵の返事は待たずに、アレックスは部屋を出ると階段を下り、中庭にある厩に行った。

ペガサスはアレックスを見るといなないて頭を振りあげた。アレックスはつやつやした首を撫《な》でて頬を寄せた。「かわいそうに、あすからまた寂しい思いをするだろうね。父の家は遠くておまえを連れていけない。おまえは強くて、持久力にかけては無敵だけれど、それでも父の家までは休みなしでは行けないからね」

ペガサスはそれはわかったが不満だとでも言いた

げにふたたび頭をもたげた。

「すまないと思っている」アレックスはすばやくあたりを見まわした。馬以外だれもいない。「サンクトペテルブルクから逃げださなくてはいけないのよ、ペガサス。彼から逃げなくてはならないの。だれか支えてくれる人が必要なのよ。乳母のメグのようにそばにいてくれる人が」アレックスは愛馬の鼻を撫でた。「このままサンクトペテルブルクにいれば、すべてを彼に打ち明けてしまいそうなの。彼の顔を見ると、どれだけ彼を抱きしめてキスしたいか、そのことしか考えられなくなるの」

ペガサスは少しも感銘したようすを見せず、歯をむき出しにすると、アレックスのポケットに鼻をすり寄せ、おやつをねだった。

アレックスはみじめな気分も忘れ、笑い声をあげた。「おまえはやっぱり無敵ね」ポケットを探り、いつも持っている砂糖を馬にあたえて首を叩《たた》いた。

ペガサスがほかのポケットに鼻を寄せた。「だめだめ。もう持っていないの。そんなに砂糖を食べては太ってしまうわ」

愛馬は蹄《ひづめ》を上げ、ブーツをはいたアレックスの足の上にのせた。

「それはどうも、ペガサス」愛馬は重みをかけていたわけではなく、アレックスは蹄を自分の足からどけると、馬の頬に頬ずりした。「旅に連れていけないのは本当にすまないと思っているの。わかってくれるわね？　父がわたしを歓迎してくれれば、おまえをむこうに送るよう手配するわ。むこうには最良のオート麦と青々とした野原があるのよ。すばらしい余生が送れるわ」

けれどもアレックスの残りの日々は愛のない砂漠となるのだ。

ドミニクはふたりの美しい伯爵夫人と連続してダ

ンスを踊った。心はほかのところにあった。いちばんワルツを踊りたい女性を、男性の格好をしたその女性を舞踏の間の片隅に残してきてしまったからだ。

二時間ほどというもの、ドミニクはヴォルコンスキー公爵の案内で重要な客に紹介されてすごした。その間ずっとアレクサンドラのほうには目を向けなかった。ダンスをしないアレクサンドラはおそらくあくびが出るほど退屈していることだろう。いや、アレクサンドラはダンスがすばらしくうまい。ダンスを踊ろうとしないのはアレクサンドロフ大尉のほうだ。考えてみれば、それは理解できる。女性と体を近づけあうのは危険なことにちがいない。女の勘は鋭く、しかも予測できない。アレクサンドラはそんな危険を冒すほど愚かではない。

食事の時間になると、ドミニクは不審がられずにアレクサンドロフ大尉を捜していいころだと考えた。だが、彼の姿はどこにもなかった。さまざまな部屋をしばらく捜したあと、大尉はほかの客よりずっと早くに帰ったのだと考えざるをえなかった。いったいなぜそうしたのだろう。そのような無礼をヴォルコンスキー公にどう言い訳したのだろう。

ヴォルコンスキー公爵が食堂の入り口近くでいろいろな客と話をかわしていた。「すばらしいパーティですね」ドミニクは彼に声をかけた。「おもてなしに感謝します。とくにロンドンで会った将校たちと再会する機会をあたえてくださったことに。たとえばザス少佐、それにアレクサンドロフも。そういえば、アレクサンドロフはどこにいるんでしょう」

「ああ、公爵、アレクサンドロフ大尉は少し前に帰りました。明朝早くに出発するのでね」

「なるほど、そうでしたか」明朝早くに出発？　ドミニクとの約束の時刻は九時半だ。夜明けとともに起きるのに慣れている騎兵には、とうてい早い時刻とは言えない。つまりアレクサンドラが早めにパーティを退出したのはドミニクとの約束に備えてではない。なにかあるぞ。今度こそアレクサンドラを逃がしてなるものか。アレクサンドラがどんなつもりでいるのか、それを突きとめなければ。

ドミニクは食堂に入った。さっきいっしょにダンスを踊ったレディのひとりが手招きしたが、彼は丁重にお辞儀をして断った。最終的に彼はヴォルコンスキー公妃が三人の年配のレディと席に着いているのを見つけた。「ごいっしょしてかまいませんか?」

「まあ、公爵! もちろんかまいませんわ」ヴォルコンスキー公妃は照れたように微笑んだ。

食事がほぼ終わりかけたころ、ドミニクはアレクサンドロフを話題にする好機を得た。「アレクサンドロフが食事までいなかったのは残念ですね」

「ええ、わたしもよ、公爵」ヴォルコンスキー公妃が答えた。「でも引きとめられなかったの。あす長い旅に出る予定で、夜明けとともに発つはずですからね。でも大尉は飛び抜けて優秀な若者だから、戻ってきたらまた招待するわ」

「それはいいことですね」ドミニクは公妃に微笑みかけた。必要な情報はつかんだ。アレクサンドラは逃げだすつもりなのだ。そうはさせるものか。しかしどうやって引きとめればいいだろう。

18

まだ暗いうちに当番兵がアレックスを起こしに来た。当番兵は燭台《しょくだい》とお茶をベッドのそばのテーブルに置き、洗面台に水差しの湯をそそいでから無言で部屋を出ていった。アレックスは束《つか》の間《ま》天井を見つめ、静けさに耳を傾けた。

それから起きて顔を洗い、手早く服を着た。なんとしても夜明けとともに出発するつもりだった。ドミニクが迎えに来るまでにできるかぎりの距離を進んでおきたい。発《た》ったすぐあとに彼が来れば、追いかけようとするかもしれない。しかしずいぶん前に出発してしまったと知れば、いかに断固としたドミニクでも追いかけるのはあきらめるだろう。

着替えがすむと、アレックスは窓辺に立ち、お茶を飲んだ。空は白みはじめたばかりだ。旅のことに意識を集中させつつ、アレックスはサーベルをつけ、軍帽をかぶって革の手袋をはめた。旅に必要なものはすべてそろっている。父が受け入れてくれれば、三カ月間ここには戻ってこない。

蝋燭《ろうそく》を吹き消し、アレックスはドアを開けて、階段を下りた。当番兵が荷物を馬車に積み終えているころだろう。あとは座席に腰を下ろし、出発を命じるだけでいい。

妙なことに、当番兵が階段の下で待っているはずなのに、姿がなかった。しかも荷物の箱がまだ壁際にきちんと積みあげたままになっている。きっと馬車の到着が遅れて、当番兵は中庭にいるにちがいない。

アレックスは重い木のドアを開け、中庭に出た。中庭には当番兵しかいなかった。まずい！　馬車が遅れたのだ。「いったいどうなっているんだ?」アレックスは怒り声で言った。

門のほうを見ていた当番兵がこちらを向いた。動揺しているらしい。「馬車は……その……」

そのとき構内の砂利を踏む蹄《ひづめ》の音がした。それは建物の角のむこうから聞こえてくる。当番兵が音のほうを向いて口をぽかんと開けた。

「馬車はどうした?」アレックスは繰り返した。

大型の鹿毛《かげ》の馬がアレックスの視界にゆっくりと入ってきた。「おはよう、アレクセイ・イヴァノヴィッチ」コールダー公爵が馬上からアレックスに微笑《ほほえ》みかけた。「きょうはすばらしいお天気だから、きみも暑くて乗り心地の悪い馬車より馬に乗ってわたしの家まで行きたいだろうと思ってね。馬車は返した。きみの当番兵はペガサスに鞍《くら》をつけようとしていたところなんだ」

アレックスは動けなかった。なぜドミニクがここに? 約束の時刻にはまだなっていない。彼とすごすことはできない。逃げなければ。

ドミニクが当番兵のほうを向き、言われたとおりにやれとしぐさで示した。

なぜドミニクがわたしの当番兵に命令を?「ちょっと待って――」のどがこわばり、声が出ない。アレックスは咳払《せきばら》いをして前に足を踏みだした。

「すまない、アレクセイ・イヴァノヴィッチ」ドミニクが馬から降りた。「勝手に命令してしまったが、なにしろきみの当番兵がまるでわたしに角でもあるようにこちらを見ていたのでね。それに正直言って当番兵に会話を聞かれたくなかった。いや、フランス語なら聞かれても大丈夫だったかな。いずれにしても、当番兵はむこうへ行ってしまった。ところで、ぐっすり眠れただろうね?」

憎らしい人! 彼はゆうベアレックスがヴォルコンスキー邸から逃げだしてしまったことを思いださ

せようとしている。

「さいわいわたしも朝は早起きでね。朝食の前に馬に運動をさせてやりたいんだ」

「残念ながら、けさの約束は守れません」

「ほう？」彼は片方の眉を上げた。「すまないが、わたしが誤解してしまったらしい。ほかにもパーティの約束があるとは聞いていないのでね」

アレックスは彼と目を合わせられなかった。彼はアレックスが三カ月の休暇に入ったことを知っている。だからアレックスとしては急用を口実に約束を破らざるをえなかったのだ。ところがいま彼は〝ほかにもパーティの約束が〟と言った。これはアレックス以外にも客が来るということだろう。彼とふたりきりでなければ、どうにか乗り切れるのでは。

アレックスがまだ迷っていると、当番兵がペガサスを引いて厩《うまや》から現れた。ペガサスはアレックスを見るとうれしそうにいななないて頭を上げた。いつものようにペガサスは遠出をしたがっている。この愛馬をまた厩に戻すような冷たいことがどうしてできるだろう。このあと三カ月間会えないというのに。ペガサスに乗ってドミニクの借りた家まで行き、彼やほかの客と二、三時間すごそう。彼にはできるだけ近づかないようにして。そのあとここに戻って旅に出る。これが正しくて礼儀にもかなった解決策だ。これまでの計画は意気地がなかった。

ドミニクがペガサスの首を撫《な》でていた。「なぜペガサスと名づけたか、わかるよ。すばらしい馬だ」ペガサスは彼の手のにおいをかぎはじめた。「だめ、だめ、わたしはおやつをなにも持っていないんだ」ドミニクが笑い声をあげた。「でも家に着けばりんごがもらえるぞ」

ペガサスはふつう人見知りをするのだが、ドミニクは信用できると判断したらしい。

アレックスはどうにか気を取りなおして当番兵を

建物の戸口に呼び、指示を与えた。「これからコールダー公爵と乗馬に出かける。約束があったのを忘れていたんだ。しかし旅にはきょうのうちに出る。四時に馬車をここに呼んでくれ。そのころまでには戻ってくるから。いいか？」

「わかりました」

「よし」アレックスは中庭へ戻り、馬にまたがった。いまでは自分を取り戻している。自信を持ってそう言える。公爵と乗馬を楽しむ。それだけのことだ。ゆうべのパーティの話をして、ロシアとその風習について雑談をしよう。彼の家の使用人はロシア人だろうから、夕食は早い時刻に供されるにちがいない。だから四時までにはここに戻ってこられる。四時には彼に別れを告げ、五年ぶりに父に会うための旅に出るのだ。

ドミニクは兵舎から借りた田舎家までの乗馬をまずまず楽しんだ。とりあえずアレクサンドラは逃げだす計画を断念してくれたのだ。それにいっしょにいるかぎり、イギリスにいたときのような、さらには仮面舞踏会のときのような、理解しあえる関係を取り戻す機会はあるかもしれない。アレクサンドラの手綱さばきは見ていて気持ちがいい。男でもこれほど巧みに馬を操れる者はめったにいない。女性ならおそらく皆無だろう。三十分ほど馬を駆ったころには、アレクサンドラも緊張を解いて乗馬を楽しみはじめた。とはいえ、それはたぶんドミニクが大いに気をつけて彼女を動揺させるような言動を慎んだからにちがいない。

「さあ、着いたよ。ご感想は？」

ふたりは朝日を浴びた小さな石造りの家に向かって小道をたどった。アレクサンドラはきらきらした目を彼に向けた。「すばらしい家ですね。金色の光を浴びて実に美しい」

「そうだ。それだけでも家賃を払ったかいがあるかもしれない」

アレクサンドラの笑い声が静かな朝の空気を震わせた。その響きに心を奪われ、一瞬ドミニクはアレクサンドラを見つめた。ブローニュの埠頭《ふとう》で最初に心を奪われたのと同じ声だ。

ふたりが馬を降りたちょうどそのとき、馬番が現れた。ドミニクがペガサスにりんごをあたえるよう命じたが、馬番には通じないようだった。「ロシア人なら必ずフランス語を話すというわけでもないんですよ、公爵」アレクサンドラがうれしそうな笑みを浮かべ、馬番にロシア語でなにか言った。馬番はうなずき、ふたりの馬を厩へ連れていった。「使用人は全員がロシア人なのですか？　どうやって意思の疎通を？」

ドミニクは首を振った。そのとき玄関のドアが開いた。「自分の使用人を何人か連れてきているんだ」彼はドアを押さえている男を指さした。「これは側《そば》仕《づか》えのクーパー。ことばの問題はクーパーとその同僚たちにまかせているんだよ」彼はいたずらっぽい笑みを浮かべた。「朝食の用意はできたかな、クーパー？」客人に敬意を表して、ドミニクはクーパーにもフランス語で尋ねた。彼の使用人の大半はフランス語が話せないが、クーパーはかなりできる。

「はい、小さいほうの応接間に用意してございます」

「よろしい。案内してくれないか」

応接間にほかの客がいるとはアレックスもあまり思わなかった。まだ朝も早い時間なのだ。ドミニクとふたりきりで朝食をとる。そう思うと肌が熱くなり、鼓動が速くなった。ばかなことをとアレックスは自分に言った。使用人がいるはずよ。朝もこんな時間になにが起きるというの？

テーブルにはふたり分の席しか用意されていなかった。ドミニクがアレックスに庭を向いた席を勧め、サイドボードを厳しい目で眺めた。そこには銀の皿に盛った温かい料理とつぎ口から湯気の立ちのぼるポットが並んでいる。「コーヒーと紅茶とチョコレートです」クーパーが言った。「ほかのものはすべてご注文どおりにいたしました」

「ありがとう、クーパー」

驚いたことに、クーパーは部屋を出ていってしまった。部屋にはふたりしかいない！

「イギリス式の朝食になるよ、アレクセイ・イヴァノヴィッチ。自分でよそう。イギリス人は朝食時に使用人がうろうろするのをとてもいやがるんだ」

アレックスはうなずいた。

「では席に着こうか。乗馬のあとだからおなかがぺこぺこだろう？　わたしはそうだ」

アレックスは彼に従うしかなかった。

「コーヒーのお代わりは？」

もう何時間も朝食の席にいるようだった。アレックスは朝食の終わったころにはほかの客も現れるだろうと期待し、できるだけゆっくりと料理を口に運んだ。胸が騒いでほんの少ししか食べられない。

「コーヒーのお代わりは？」ドミニクが繰り返し尋ねた。

アレックスはもの思いからわれに返った。コーヒーはもう冷めているにちがいない。お代わりを頼めば、使用人を呼んで入れたてを持ってくるよう命じるはずだ。「いただきます、公爵」苛立《いらだ》った表情がちらりと浮かんだような気がしたが、ドミニクはなにも言わずに立ちあがり、呼び鈴を鳴らした。しばらくしてクーパーが現れた。

「新しいコーヒーを頼む、クーパー」

「承知しました」側仕えはポットを取りあげた。

「ほかには？　チョコレートもお持ちしましょうか？」

　ドミニクが眉を片方吊《つ》りあげてアレックスを見た。アレックスは時間をつぶせるものを必死で考えた。

「ご迷惑でなければ、トーストと蜂蜜《はちみつ》を」

　ドミニクがやや目を見張ったが、すぐに無表情に戻り、指示をあたえようと側仕えのほうを向いた。だが、その必要はなかった。

「入れたてのコーヒーとトーストに蜂蜜ですね？　すぐにお持ちいたします」クーパーはお辞儀をして出ていった。

「トーストに蜂蜜だって？　あまりロシア風ではないな」

「ええ。以前――」まずい。またうっかり口をすべらせてしまうところだった。「ロンドンにいたとき、その味を知ったものですから」

「ほう？　トーストと蜂蜜はわたしには子供の食べ物だ」ドミニクはコーヒーを飲み干した。

　アレックスは自分の皿を見つめた。そう、子供の食べ物だ。特別なときにメグにこしらえてもらい、母とともに暖炉のそばに座って食べたものだった。数分間気まずい沈黙が流れた。しかしそれ以上沈黙を続かせるわけにはいかない。「この家はどうやって見つけました？　長期の予定で借りているのですか？」

　ドミニクはロシアに着いたときのことと、官僚主義のわずらわしさに遭遇したことを話した。「短期にすぎない。六カ月だ」

「六カ月？　ロシアの冬に耐える覚悟はありますか？　フランス軍がどうなったかを思いだしてください」

　クーパーがコーヒー、トーストと蜂蜜を運んできた。

「わたしはコサック騎兵に追いつめられているわけ

ではないからね。それにこの家は快適だ。ロシアの冬でも」

クーパーがアレックスのカップにコーヒーを満たし、ポットをドミニクのそばに置いた。ドミニクがうなずくと、クーパーはお辞儀をして去った。またふたりきりになってしまった。アレックスは黄金色の蜂蜜をトーストの端に塗り、小さくかじってためいきをついた。そして目を閉じた。暖かな子供部屋にいるような気がする。

「一度パルトニー・ホテルで朝食をとってみなければ。あのホテルのトーストと蜂蜜はよほどすばらしいらしい」

アレックスはぎくりとした。彼の口調にこめられた皮肉にいま自分がどこにいるか、どれほど危険が差し迫っているかを思いだした。「白状すると、子供のころいつも食料棚に蜂蜜があって、よくこっそりとなめたものなんです」

「なるほど。遠くを見るような顔をしていたのは、だからだな。思いだしていたのは蜂蜜の味なのか、見つかったときのお仕置きなのか、どっちだろう」

アレックスはことばにつまった。嘘《うそ》というのはつけばつくほど抜き差しならなくなってくる。「蜂蜜の味です。いつも子供のころを思いだします」これは嘘ではない。

「では存分に味わうといい。ゆっくりとくつろいで」

アレックスはナプキンで唇を軽くぬぐった。「ほかのお客はいつ到着するのですか？　夕食はロシア式ですか？」

アレックスがしゃべっているうちに、ドミニクはぼんやりと庭を見つめはじめた。「すまない、アレクサンドロフ。夕食はロシア式じゃない。何人もの給仕が必要になるからね。ロシアの風習に敬意を表して二時にはじめるが、冷たい軽食だ。きみが不満でなければいいが」

べつに不満ではない。アレックスは首を振り、蜂蜜を塗ったトーストをもうひと口かじった。「ただこれだけのごちそうのあとにすぐまた食べられるかどうか」最後にもう一度口をぬぐってアレックスはナプキンを置いた。「申し訳ありませんが、これ以上はもうひと口も入りません」

ドミニクが笑い声をあげて立ちあがった。「夕食にもトーストと蜂蜜がほしいなら、クーパーが喜んで用意してくれるよ。テラスに出てみないか？　川の眺めがすばらしいんだ。それに木陰になった散歩道がある。日なたを歩くのはすでに暑すぎるだろうからね」彼はテラスに面したフランス窓を開けた。

アレックスはためらった。「ほかのお客が現れるまで待ちませんか？」

彼が振り返った。その顔にはいたずらが見つかりながら、親が大目に見てくれるのを知っている子供のように、満足とくやしさの入りまじった表情が浮かんでいた。「誤解させたのなら、すまない、アレクサンドロフ。ほかに客は来ない」

二時になるころ、ふたりは庭での気分転換をやりつくしていた。川までぶらぶら歩き、眺めを楽しんだし、灌木《かんぼく》の茂みと菜園にも行ってみた。アレックスはロシアでの生活について語りに語り、話すことがなくなってしまった。

ぎこちない沈黙を破り、ドミニクが家に戻って食事にしようかと言った。

今度の食事には使用人がいる。もうこれ以上彼とふたりきりですごさなくともいい。彼と距離を保つのは、彼に触れたい気持ちをこらえるのは、本当にむずかしい。食事がすんだら、ひとりで馬に乗って兵舎に帰ると告げよう。アレックスはそう決心した。

クーパーが入り口で待っていた。「こちらです」

クーパーに案内されたのは、アレックスがまだ入ったことのない部屋だった。クーパーはドアを開け、うしろへ下がってふたりを通した。

「すべて用意ができているのか、クーパー?」

「はい」

「ありがとう。下がっていいよ」

アレックスは室内を眺めて驚いた。そして不安を覚えた。部屋の中央にはテーブルも椅子もない。奥に白いクロスをかけた長いテーブルがあり、そこにさまざまな種類の極上の肉料理やくだものがのっている。ワインを入れたデカンターやクリスタルのグラスがあり、ワイン・クーラーにはシャンペンが冷やしてある。しかしそれ以外、部屋にはふたつの小さなテーブルと長いソファしかなかった。

ドミニクがシャンペンのボトルを開け、ふたつのグラスに中身をつぐと、ひとつをアレックスに渡した。「友情に乾杯」彼はグラスを触れあわせた。

「友情に乾杯」アレックスは少しだけ飲み、眉をひそめて彼を見た。「ずいぶん変わった食堂ですね。これはイギリスの習慣ですか?」

「いや」彼はそっとアレックスのグラスを取りあげ、彼のグラスの隣に置いた。「いや、これは破れかぶれでやったことだ」長いうめき声をあげると、彼はアレックスを抱き寄せ、キスをしはじめた。その激しさにアレックスは息もできなかった。

ついにアレックスは悲鳴をあげた。「ドミニク、やめて! こんなことをしてはいけないわ!」

彼が顔を上げ、やや体を離した。「だめだって?」その声はことばというよりうめきに近い。

「使用人がいるわ。それにわたしは……」アレックスは自分の服装を指さした。

彼がアレックスの頬をそっと両手ではさんだ。

「この家に使用人はひとりしかいない。わたしの側仕えだ。彼はじゃまをしない。それからきみの軍服は……」彼はアレックスの剣帯の留め金をはずし、剣帯とサーベルをそっとソファに置いた。毛皮のついた外套《がいとう》がそれに続いた。「これでずっとよくなった」

彼が頬に触れた瞬間から、アレックスは動けなくなっていた。彼はわたしを求めている。あの仮面舞踏会の夜そうだったように。そしてあのときはわたしを守るために自分を抑制したけれど、今度こそわたしとひとつになるつもりでいる。わたしもそうしたい。お互いの人生できょう一日しかいっしょにすごせないのだから。どちらにとっても、そうするのが正しい。

「アレクサンドラ」彼の声にはややためらいがあった。アレックスの顔になにかを見たにちがいない。アレックスは微笑んで腕を差しのべた。しかし彼は少し悲しげな笑みを返し、アレックスの手にキスをしてささやいた。「ここではだめだ。いいね?」アレックスがうなずき、ふたりは部屋を出て階段を上り、二階の広々とした寝室に入った。

彼がドアを足で閉め、アレックスを抱き寄せた。「ああ、どれだけこの瞬間を待ち望んでいたことか」彼はアレックスの唇を求め、アレックスの上着のボタンをはずそうと手探りしたが、うまくいかなかった。仮面舞踏会のときと同じだ。慣れたアレックス自身の手でボタンをはずさなければならない。

アレックスは彼から体を離し、ゆっくりとボタンをはずしはじめた。彼はその場を動けなくなったように見つめている。ひとつ。またひとつ。アレックスは急がなかった。時間をかけたほうが甘美な褒美が待っているのだから。ふたりのどちらにとっても。黄金色に輝く極上の蜂蜜のように。

アレックスは下唇をなめた。彼が身を震わせる。両手をこぶしに握り、首すじを固く緊張させながらも、彼は動こうとしなかった。

ひたすら見つめられて、アレックスの手は動きがぎこちなくなっていった。ようやく最後のボタンがはずされると、彼の自制は切れた。彼は前に出てアレックスの上着を脱がせた。そしてリネンのシャツを押し開き、唇で胸に触れた。

「あなたもよ」耐えきれず、アレックスはあえぎながら、彼の幅広のネクタイ《クラバット》を引っ張った。「あなたを見たいわ、ドミニク。あなたのすべてを」

「きみが望むなら」すぐさま彼は上着を脱いで床に落とした。クラバット、ベスト、シャツがそれに続いた。

アレックスは息をのんだ。はだかになった彼の上半身はみごとだった。

「今度はきみだ」彼が熱いまなざしでアレックスを見つめた。

アレックスは少しもはずかしいとは思わなかった。ゆっくりとシャツのボタンをはずしていくと、やがて首と胸の谷間が現れた。アレックスが肩をすぼめると、シャツは床にすべり落ちた。アレックスは誇らしげに彼の前に立っていた。彼が息をのみ、唇をなめた。息遣いが速くなっている。彼が膝丈ズボン《ブリーチズ》のウエストに手をかけ、アレックスを見つめた。

とてもゆっくりと、アレックスも彼の動作にならった。

彼が片手を上げた。「待った。きみのブーツを脱がさせてくれないか」彼はアレックスの足元にひざまずき、片足ずつブーツを脱がせた。アレックスも彼の靴を脱がせたかったが、彼はアレックスを抱き寄せた。「アレクサンドラ、どうかこれ以上じらさないでほしい。我慢の限界だ」彼はアレックスをベッドに連れていき、そこに横たわらせた。

「残りもあなたが脱がせてくださる？」アレックスは自分の大胆さに自分で驚いた。

彼がウエストのひもを解き、アレックスのブリーチズをゆっくり引き下げていった。むさぼるような彼のまなざしの前にアレックスのすべてがあらわになっていく。アレックスはやわらかな枕《まくら》に頭をあずけ、悩ましげな気分にひたりながら待った。

彼がブーツを脱ぎ、身につけていたものの残りを取り去った。それからアレックスのところへ来た。アレックスが彼を愛していると気づいて以来ずっと焦がれ、夢みてきたすべてがいまここにある。彼はキスをし、愛撫《あいぶ》し、触れた。アレックスの肌は炎に包まれ、体のあらゆる部分が彼のものになりたいと叫んでいる。それでも彼は待ち、胸の先端を口に含んだり、おなかのやわらかな肌を鼻先で撫でたりして徐々にアレックスの芯《しん》へと下りつつある。

「お願い、ドミニク」アレックスののどからは引き絞るような声がもれた。

彼が長いため息をついた。アレックスのおなかに温かな吐息がかかる。それから彼はゆっくり体を起こし、アレックスの目をのぞきこんだ。彼はアレックスの腿の内側に片手を当てたが、まだためらっている。アレックスは腰を浮かせた。彼がほしい。たまらなく。

彼はアレックスの唇をキスでふさぎ、アレックスのなかに入ってきた。

アレックスは叫び声をあげた。痛みの悲鳴ではなく、結ばれたときの喜びの声だった。愛があふれて、ふたりを包みこむなかで、愛の行為のリズムは高まり、ふたりを思考も理性も超えたところへと運んでいった。

19

真昼間にベッドに横たわっているなんて変だわ。

目覚めるとまず、アレックスはそう思った。つぎにここがどこで、なにをしたかを思いだした。ドミニクへの情熱が理性より勝った。このあとには身の破滅が待っている。なぜなら彼はわたしを愛してくれてはいないのだから。たとえ愛してくれていても、自分を妻にはしない。イギリスの公爵が男としてロシア軍で何年も服務した女と結婚するはずがない。

ドミニクはまだ眠っていた。彼の寝息が肌に当たる温かさが感じられる。アレックスは愛する彼の顔を見つめた。

そして彼からそっと体を離し、ベッドを出た。軍服がドアからベッドまでに点々と落ちている。アレックスはどうやって脱いだかを思いださないように努めつつ、それをひとつひとつ拾った。彼のことは考えてはいけない。どのように愛をかわしたのかも。彼はアレックスの秘密を知り、純潔を奪ったのだ。正直に言えば、喜んで奪われたと認めざるをえないが、彼から堕落した女として軽蔑《けいべつ》されるのではと思うと耐えられない。望みを失わせるその思いをアレックスは頭から締めだした。いまは見つからずにこの家を抜けだすことだけを考えなければ。

寝室から化粧室にそっと入ると、アレックスは急いで服を着た。ふだんより手がもたついたが、どうにか着終えた。それからブーツを持つと忍び足で階段に向かった。

使用人がいるのではないだろうか。こんなふうにブーツを持った格好でこっそり歩いているところを見られてはならない。階段の途中でアレックスは足を止め、耳を澄ましてみた。なんの物音もしない。

残りの階段を下り、アレックスはすべてがはじまった食堂に入った。料理とワインはふたりがこの部屋をあとにしたときのままで、小さなテーブルにシャンペン・グラスが中身を残したまま置いてある。泡はとっくに消えている。

あなたの希望のようにね、アレックス。

頭のなかのそんな声には耳を貸さず、アレックスはブーツをはいて剣帯とサーベルをつけ、外套《がいとう》を肩にかけて軍帽を持った。

食堂を出たときも、家のなかは静まり返っていた。ブーツの拍車が音をたてるたびに心のなかで悪態をつきながら、アレックスは廊下を玄関に向かった。そして軋《きし》まないことを願いながら、玄関のドアを開け、外の日差しのなかに出た。もう走ってもかまわない。

厩《うまや》の手前でアレックスは走るのをやめ、足早に歩いた。走っているのを馬番に見られると、なにかあったのかと思われる恐れがある。軍帽をかぶってアレックスは厩に入った。「馬番はどこだ？」できるかぎり軍隊口調でアレックスは呼びかけた。

空の馬房の奥から馬番が現れた。どうやら眠っていたらしいが、ペガサスに鞍《くら》をつけるよう命じると、てきぱきとそれに応じた。

ペガサスにまたがりかけて、アレックスは鐙《あぶみ》に置いていた足をいったん下ろした。「ああ、忘れるところだった。公爵からの伝言だ。ロシア語が話せないから伝えてくれと頼まれたんだ。ちょっと変わった指示だが、公爵は外国人だからね。外国のやり方は変なことがよくある」アレックスは指示を告げた。

馬番が目を丸くした。「本当にそうおっしゃったんですか？　なにかのまちがいではありませんか？」

「まちがいではない。疑問を持たないほうがいいぞ。イギリス人は命令に従わない使用人にとても厳しいんだ。言われたとおりにするんだな」アレックスは馬番に硬貨を渡した。

馬番はそれをさっさとポケットにしまい、お辞儀をした。「はい、ただちに」

アレックスはペガサスに乗り、中庭に出た。振り返ると、馬番が馬具をかかえて運んでいた。よし。アレックスは馬に拍車をかけ、サンクトペテルブルクに向かって走りだした。

鏡の前でアレックスは自分の姿を点検した。鏡のなかの自分がとても男らしく見えることに満足したのは、本当につい一日前のことなのだろうか。いまではすっかりちがって見える。

以前よりウエストは細く、腰は丸みを帯び、女らしい。胸は上着が前よりきつく思える。たった一日のあいだに男のような体つきがすっかり変わってしまった。アレックスは下腹に手を当て、不安と希望が入りまじった思いで、ここに新しい生命が宿ったかもしれないと考えた。

ドミニクの子供。くるくるした髪の小さな男の赤ん坊が足元を這《は》っている光景が目に浮かぶ。男の子がドミニクそっくりの濃い茶色の目でこちらを見あげる。せめて――。

「大尉」当番兵が戸口に現れた。

アレックスはあわてて下腹から手を離し、剣帯の具合を直しはじめた。

「馬車が下で待っています。準備は万端整いました」

「わかった。すぐ行く」アレックスは軍帽をかぶり、サーベルを直した。長い、長い旅がはじまる。いまの目的は父との和解だ。この二十四時間に起きたことはなにもかも忘れよう。ドミニクがロシアにいることも。彼をどれほど愛しているかも。父には受け入れてもらわなければならない。もしもドミニクの子供を宿しているとすれば、ほかに行くところはないのだから。

「アレックス」ドミニクは眠気でぼんやりとした頭でアレクサンドラの愛称をつぶやき、枕《まくら》にもっと深く頰を寄せた。しかし目が覚めて思いだしてしまったいま、それではもの足りない。はだかの体にアレクサンドラのやわらかな体が触れるのを感じたい。彼は手を伸ばした。そこにはアレックスの姿も温《ぬく》もりもなかった。

一瞬彼はわけがわからないまま凍りついた。ついで毛布をはねのけると、体を起こした。状況はひと目で見てとれた。彼自身の衣服は部屋のあちらこちらに散らばっているが、アレックスの軍服は影も形もない。またしてもこんなことが！

彼は部屋着をつかむと、それを着ながら部屋を飛びだした。家のなかが妙に静かだ。「クーパー！」どなったが、返事はない。それも当然だった。台所に引っこんでいて呼ばれるまでそこから出るなと命令しておいたのだから。ほかの使用人たちは休みでまだ戻っていない。家のなかにはだれもいない。アレックスは去ってしまった。わたしはなんという愚か者なんだ。彼は階段の手すりをこぶしで殴り、悪態をついた。

それから急いで寝室に引き返し、服を着た。馬で追いかけよう。アレックスはサンクトペテルブルクの兵舎に戻ったにちがいない。まださほど時間はたっていないと思うが、兵舎でつかまえられない場合は、旅の道中に追いつける。アレックスは馬車で旅するはずだ。馬のほうが馬車より速い。きょうじゅうに追いつけるだろう。

ドミニクは乗馬用ブーツをはいた。素手であることはまったく無視した。つややかな革に指の跡をつけたとクーパーはぶつぶつ言うだろうが、それはクーパーが磨いて直せばいい。そもそもクーパーが、アレックスが逃げだすのを防いでいてくれれば、こんなことにはならなかったのだ。

ドミニクは階段を駆け下りた。側仕《そばづか》えへの怒りが八つ当たりだとはわかっているが、いまは苛立《いらだ》ちのあまりでくわした相手はだれかれかまわず首を絞めてやりたい心境だった。彼は玄関を出ると、厩へと駆けだした。

「おーい！」彼は厩に駆けこんで叫んだ。なんの返事もない。厩は空っぽだった。

こんなばかなことが。馬が一頭もいないとは！

彼は中庭に出て、あたりを見まわした。だれも、なにもいない。厩の裏にまわってみたが、なにもない。ついでテラスに戻り、庭も見てみた。どこにもだれもいなかった。それに馬も。これがアレックスのしわざだとすれば、なんとみごとにやってのけたものだ。美しい首を絞めてやりたい気がしながらも、その頭のよさと実行力には感嘆せずにいられない。

使用人が戻るまで、ここからどこへも行けない。アレックスはいなくなってしまった。彼女の勝ちだ。

「使用人が戻ってまいりました」側仕えが手のつけられていない皿をテーブルから下げた。

ドミニクは立ちどまった。「すぐに馬に鞍をつけてくれ。サンクトペテルブルクに戻る」

「あいにくそれはできません。乗馬用の馬がないんです。荷車を引く老いぼれ馬しか。わたし以外の使用人が町へ行くのにそれを使っています」

「では――」ドミニクは言いかけてやめた。必死になるあまり、荷車の馬を馬車につなげと言うところだった。いったいあのいまいましい馬番は乗馬用の馬をどうしてしまったのだろう。彼はまた室内を行ったり来たりしはじめた。

「ほかにご用は？」

「馬番が馬を連れて帰ってくるまではない。馬番が戻ってきたようすは？」

「ありません」

「あの馬番め、生きたまま皮をはいでやる」

「それはおやめになったほうがよろしゅうございます。なにぶんにもここは外国ですから。ロシア人は大目に見てはくれないかもしれません」側仕えがあまりに心配そうに言うので、ドミニクは笑うしかなかった。

「それはどうも、クーパー。心配しなくとも、わたしは完全に正気を失ったわけではない。とはいえ、あんまり長く部屋のなかを行ったり来たりしなければならないようなら、拘束服を用意しておいたほうがいいかもしれないぞ」

側仕えが悲しげに微笑《ほほえ》んだ。彼は長年ドミニクに仕えている。お互いに気心が知れているのだ。「トランクの底に一着用意してあります。念のため取りだしてアイロンをかけておきましょうか？」

このやりとりはドミニクの負けだった。「その皿をテーブルに戻してくれ。おまえを黙らせるためなら、少し口に入れてもかまわない」

「なにもかも本当のことなの、メグ」

アレックスの元乳母は悲しげに首を振った。それから窓辺のソファにいるアレックスのところまで来ると隣に座り、アレックスの手を軽く叩《たた》いた。「明るい面をごらんなさい。少なくともいまはその方の子供を宿していないとわかっているのですからね」

アレックスはしゃくりあげたいのをこらえた。このほうがいいのはわかっている。ドミニクがロシアを去ったら、なにごともなかったようにまた軍隊に戻り、軽騎隊での生活を続ければいい。メグ以外なにがあったかを知る者はいない。

でもなにもかもが変わってしまった。アレックスはこれまでのアレックスとは別人になった。いままでは軍隊での生活にもさほどあこがれがない。それに戦争も終わった。軽騎隊での任務は護衛と演習が主体になる。子供を宿していれば、それがまったくちがったものになったにちがいない。

子供ができたとしても、残念には思わなかったのに。

「さあ、さあ、お嬢さま、元気をお出しなさい。お父さまが階下でお待ちですよ。いっしょに乗馬をすることになっていたでしょう？　立派な軍服を着たお嬢さまをみんなにお見せしたいんですよ。お父さまがこれほどお嬢さまを自慢になさるとは夢にも思いませんでした」

「そうね、メグ。もう終わってしまったことは忘れなければならないわ。家族のもとに戻れて、本当にうれしいの。お父さまはとてもやさしくしてくださるし。わたしが婚約を破ったことをなにひとつおっしゃらないのよ。お継母《かあ》さまも。せめて女の衣装を着なさいと言われるものと思っていたのに」

「いいえ。お嬢さまは軽騎兵ですよ。お父さまはお嬢さまが戻ってこられたことがうれしくてたまらないんです。いまのままのお嬢さまを受け入れていらっしゃいますよ」

メグの言うとおりだ。アレックスは立ちあがり、鏡の前に立った。いまは家に到着したときと同じ二番目にいい制服を着ている。父は腕を広げてアレックスを迎え、涙を流して喜んでくれた。それ以来アレックスを賓客のように扱い、親の言うことを聞かなかったことや、何年も連絡を取らなかったことを一度としてとがめていない。

「きょうはお父さまがお望みだから制服で馬に乗るけれど、あすは昔お父さまがあつらえてくださったコサックのチュニックを着たいわ。あのチュニックはまだあるかしら」

メグが衣装だんすからチュニックを取りだした。五年以上前に着たときと同じ状態を保っている。

アレックスは微笑んだ。思い出がどっとよみがえる。「それを着たら、お父さまはよくいっしょに馬に乗ったことや軽騎隊での生活についていっぱいわたしの頭に吹きこんだことをきっと思いだすわ。わたしが何年もいなかったことなど嘘《うそ》のように」

「お父さまはお嬢さまがなにを着ていてもにこにこなさいますよ。さあ、お行きなさい。お父さまをお待たせしてはいけませんよ」

アレックスは元乳母の目が悲しみをたたえているのを見た。時間を戻すことなど不可能なのだ。いまではアレックスは心に痛みをかかえる女になってしまった。どれほどそうしたくとも、もはや昔に戻れることはない。

最初ドミニクはやけを起こしかけていた。しかしその後アレックスを追いかけてみようと思う程度に冷静さを取り戻した。三週間近くたつが、アレックスの消息はなにひとつつかめない。所属連隊の将校たちはアレクサンドロフ大尉についての情報を頑《かたく》なに教えてくれず、ザス少佐もその点については寡黙だった。だれにきいても、大尉は休暇中で、二、三カ月すれば戻ってくるとしか答えない。

しばらくしてドミニクは情報収集をやめざるをえなかった。イギリスの公爵が一軽騎隊の大尉のことを気にするのは異常に思われはじめていた。アレックスを捜しだしたい気持ちがどんなに強くとも、アレックスの評判を犠牲にするわけにはいかない。

もしもアレックスが彼の子供を宿しているとすれば、評判はすでに回復できない状態になっているかもしれない。結果を考えず、自分の欲求と快楽のためだけに愛をかわしてしまったのだ。アレックスが処女かもしれないとはまったく考えもしていなかった。自分はヨーロッパ一の道楽者よりひどいふるまいをしてしまったのだ。アレックスを捜しだし、自分のしたことを償わなければならない。妊娠しているなら、アレックスと結婚しよう。子供ができていなくとも、結婚を申しこむつもりでいる。するかしないかはアレックスが決めればいいことだ。軍隊生活に戻りたいとアレックスが望んだとしても、それは驚くべきことではない。アレックスが望めば、そうさせなければならない。

しかしなによりもまず、アレックスを捜しださなければ。いまとなっては、アレクサンドル皇帝に望みをかけるしかないように思えた。ヴォルコンスキー公爵には週に数度会い、そのたびに皇帝に拝謁したいと頼んでいるが、いまだ実現しない。そして二日後に皇帝はウィーンに向けて出発してしまう。

ドミニクは幅広のネクタイ《クラバット》を直し、帽子をわきにはさんで馬車に乗りこんだ。これからまたサンクトペテルブルクに赴くつもりだった。

「おはようございます、公爵」ヴォルコンスキー公爵がいつものようにお辞儀をした。

ドミニクはお辞儀を返した。「おはようございます、長官。きょう皇帝陛下に拝謁を賜ることはできますでしょうか？」

「残念ながら、むずかしそうです。現在陛下は実にご多忙で。用件をお話しくだされば、わたしがお役に立てるか、陛下に数分でも時間を割いてくださるようお願いできるのですが。用件がわかりませんと……」

ドミニクは首を振った。「とても個人的な用件なので、陛下ご自身以外にはお話しできません」

ヴォルコンスキー公爵は口をすぼめた。「控えの間でお待ちください。拝謁がかなうようならお呼びします」

ドミニクはうなずいた。選択の余地はない。控えの間で座り、歩き、窓から外を眺め、また座ってすごした。室内を行ったり来たりしながら、彼はアレックスの勇敢さと才気と情熱を思い返した。そのすばらしい体を抱きしめたときの感触を、アレックスとの愛の行為がかつて経験したこともないほどの陶酔をもたらしてくれたことを思い返していた。そして自分がアレックスを失ったことを。

「皇帝陛下がお会いになります、公爵」

「なんですって?」ドミニクは窓辺から振り返った。ドアが開いたままの入り口にヴォルコンスキー公爵が苦笑を浮かべて立っていた。「陛下に拝謁を賜れるというのですか?」

「そうです。どうぞこちらへ」ヴォルコンスキー公爵は自分の執務室を通り、その奥にある扉をノックすると、扉を開けてお辞儀をした。「陛下、コールダー公爵です」

そこは絵画や鏡が壁に飾られたとてつもなく広い部屋だった。驚いたことに、家具はほとんどなにもない。金色の大きな机のむこうから皇帝が手招きした。ドミニクは机から二歩ばかり離れたところまで進み、お辞儀をした。

「何日も前からわたしに会いたいとのことだったが、そうすると重要な用件なのだろうね?」

「そのとおりです」

「イギリス政府にとってかね?」

「いえ、個人的な問題です。マリウポリ軽騎隊のアレクサンドロフ大尉にぜひ会って話さなければならないことがあるのですが、大尉は休暇中ということで、だれも居所や連絡先を教えてはくれません」

「大尉に手紙を書きたいのかね?」

「いいえ、じかに会って話す必要があります。行き先がわかれば、そこに赴いて彼に会うのですが、だれも行き先を知らないようなのです」

「ほう」皇帝は思案するように指先で机を叩いた。それからドミニクの顔をまともに見つめて言った。「なぜわたしに今回の依頼を？　皇帝に下級将校の居所を問いあわせるのは尋常ではないが」

パルトニー・ホテルに宿泊していたときの皇帝とはまるで別人だ。自国にいる皇帝は畏敬《いけい》の念を起こさせる。「アレクサンドロフは陛下ご自身から任務を賜ったと言っていました。それで失礼ながら、陛下なら彼の居所をご存じだろうと考えたのです」ドミニクにはお粗末な釈明だと自分でもわかっていた。

いぶかしげな表情を見れば、皇帝もそう考えたにちがいない。「きみが嘘をついているとは言わない。わたしはきみが名誉を重んじることを知っているからね。しかしきみはすべてを話しているわけではない。わたしは力を貸せる立場にいるが、ことの全貌《ぜんぼう》がわからなければ、残念ながら力は貸せない」

それに続く沈黙のなかで、ドミニクは選択肢がふたつしかないのを知った。皇帝にアレックスの秘密を話し、彼女と結婚するために居所を知りたいと打ち明けるか、なにも言わずにアレックスを失うかだ。

皇帝の視線はとても厳しかった。彼はアレクサンドロフが女であることを知っているのだろうか。おそらく知らないだろう。皇帝が女性に軽騎隊将校として仕えることを許すとは考えられない。ここでドミニクがアレックスの秘密を暴露すれば、アレックスを破滅させることになる。アレックスは軽騎隊に戻れず、ドミニクと結婚するか社会的な落後者となるかしかないのだ。アレックスを救うためには、そしておなかにいるかもしれない赤ん坊を救うためには、アレックスの秘密を明かさなければならない。もうひとつの選択肢は、アレックス本人のために彼女を失うことだ。

選択の余地はない。彼は深く息を吸った。「陛下――」

ことばは出てこなかった。愛する女性の将来を自分が決めるべきではない。これは自分勝手な行為だ。アレックスを自分のものにしたいのだから。そう自覚した瞬間、ドミニクは多くを悟った。ロシアまで追いかけてきたのは、アレックスを愛しているからだった。アレックスは自分にとってこれまでも、いまも、これからも、ほかのどんな女性より大切な存在なのだ。心底アレックスを愛しているなら、その秘密を守り、アレックス自身に未来を決めさせるしかない。たとえその結果、二度とアレックスに会えなくなるとしても。

「気分が優れないのかね、公爵?」

顔色が悪くなったにちがいない。胸が騒然とし、頭がくらくらしているのだから。何週間もアレックスのことで頭がいっぱいになりながら、愛しているのに気づかないとは、なんと自分はまぬけだったのだろう。「いえ、なんともありません。ただ……いまわたしはジレンマに陥っているのです。アレクサンドロフ大尉に会わなければならない理由を話すには、ある秘密を打ち明けなくてはなりません。たとえ相手が皇帝陛下であっても、それをわたしが勝手に話すわけにはいきません。お手をわずらわせて申し訳ありませんでした」

皇帝はあごに手を当て、ドミニクをしばらく見つめた。それからうなずいた。「わかった。それならお引き取りいただこう。出ていくときにヴォルコンスキーにわたしが呼んでいると伝えていただけないかな。彼にはきみと話したいことがあるようだが、わたしとの話は長くかからない。お待ちいただけるかな?」

「もちろんです」ドミニクは深々とお辞儀をして部屋を去り、次の間にいるヴォルコンスキー公爵に皇帝のことばを伝えた。

　ヴォルコンスキー公爵がドアに向かった。「お待ちくださいますね、公爵。すぐに戻ってきますから」

　ドミニクがお辞儀をし、ヴォルコンスキー公爵が皇帝の部屋に入っていった。

　ドア番とふたりきりになると、ドミニクは室内を歩きはじめた。ふいに彼はわめきだしたくなった。愛する女性を見つけたというのに、そう気づくのに長い時間がかかり、さらに今度はその女性を失ってしまったのだ。なんとも形容しがたい痛みが彼を貫いた。アレックスがこの腕のなかにいるあいだに、愛していると告げてさえいたら、その愛に応《こた》えてくれるかどうかがわかったはずなのに。いまではそれを知ることもできない。ふたりのあいだには激しい情熱があるが、それはアレックスがドミニクを愛している証《あかし》にはならない。なんといってもアレックスは彼のもとを去ったのだ。彼を愛してはいない可能性のほうが大きい。

「ああ、まだいらしてくださったのですね。よかった」ヴォルコンスキー公爵が急ぎ足で机に戻り、なにかをしたためだした。「すぐに終わります」

　ドミニクは儀礼的に返事をしたあと、窓の外を見つめた。ここを去らなければ。ロシアになどいたくない。アレックスの愛が得られないのなら、何千キロかの距離をふたりのあいだに置きたい。

　ヴォルコンスキー公爵が数枚の書類を手に立ちあがった。「あなたに必要なのはこれでしょう、公爵」彼は書類を差しだした。

　ドミニクは当惑しつつ、受けとった書類に目をやった。ロシア語で書かれており、意味がまったくわからない。「残念ながら、わたしにはロシア語はわかりません」

ヴォルコンスキー公爵が微笑んだ。「通行許可証と、駅で必要な馬を得られる指令書です。きわめて役に立ちますよ。皇帝陛下はロシア語とフランス語を話す案内人を用意するよう指示されました。案内人はあすの夜明けにあなたを待っています」

「陛下はわたしをどこに行かせようとなさっているのです？」

ヴォルコンスキー公爵がくすりと笑った。「行き先は一枚目の書類に書いてあります。陛下はあなたがアレクセイ・イヴァノヴィッチ・アレクサンドロフに会いに行く旅を許可されたのです。アレクサンドロフは父親であるイヴァン・クラルキン伯爵の屋敷にいます」

20

ドアが閉まり、長い旅路でようやく初めてドミニクはひとりになった。皇帝の用意してくれたフランス語の話せる案内人は、際限なくしゃべりつづけ、黙っていてほしいこちらの気持ちにはいっこうに気づいてくれなかった。

アレックスの家族についてなにかわかることがあるかもしれないと、ドミニクは部屋のなかを眺めた。天気がいいので火は燃えていないが、ストーブがある。ややくたびれた革張りのソファと椅子、金色のテーブルとその上にのったフランス風の立派な時計、それにピアノ。壁には肖像画がかかり、ドアの反対側の壁には聖像《イコン》がある。彫像が三体飾ってあり、様式のばらばらな花瓶がいくつかある。どうやらどれもアレックスの父親が軍隊とともに旅しているときに集めたものらしい。

うしろでドアが開いた。アレックスだ！　ドミニクはぱっと振り返った。

入ってきたのは使用人のエプロンと帽子をつけた年寄りの女性で、ドアを閉めると、小さくお辞儀をしてから英語で言った。「いらっしゃいませ、公爵さま。メグ・フレイザーと申します。アレクサンドロフ大尉のお母さまづきのメイドで、大尉の乳母だった者です」

ドミニクは待った。アレックスが現れたのでなければ、悪い兆しだ。

「アレクサンドロフ大尉はあいにく体調が優れず、お会いできません。わざわざ来てくださったのに残念でならないとのことです」

「アレックスが病気だって？」くそ、うっかり愛称を言ってしまった。体調が優れないとは、子供ができたということだろうか。

「アレクサンドロフ大尉は体調がよくないのです」

「来客に面会できるようになるまでどれくらいかかるだろう？」

「さあ、それはわかりません」

「失礼だが、大尉から信頼されているのかな、ミセス・フレイザー？」

元乳母は鋭く細めた目でドミニクを見つめた。

「なぜそんなことをおききになるのです？」

「遠くから大尉に会いに来たからだ。それにこのあとわたしはロシアを去らなければならない。その前に大尉に話しておかなければならないことがある。アレクサンドロフ大尉にそう伝えてもらえないだろうか」ドミニクはポケットを探り、硬貨をいくつか取りだして元乳母に差しだした。

元乳母は怒った様子で両手をうしろに隠した。

「おことばは伝えます。でも硬貨はいりません」

アレックスはわたしに会わないと決めたのだ。いまではわたしを憎んでいるかもしれない。ドミニクはそれが本当かどうかを知りたかったが、この元乳母が立ちはだかっている。「すまない、ミセス・フレイザー。侮辱するつもりではなかったんだ。遠路はるばるアレックス……アレクセイ・イヴァノヴィッチを説得するために来た。なんとしても会いたいと大尉に伝えてもらえたら、まことにありがたいのだが」

元乳母は値踏みするようにドミニクを眺めた。「お伝えします」小さくうなずくと、元乳母は部屋を出ていった。

ドミニクはふたたびひとりになり、待った。アレックスは本当に会いたくないのだろうか。もしも妊娠初期にあるなら、面倒をみてくれる夫が必要なはずだ。わたしが必要――。

ドアが開いた。元乳母が出ていってからまだ二分とたっていなかったが、そこにはアレックスがいた。もはや軍服姿ではなく、ブーツにズボンをはき、コサック式の長いチュニックを着ている。ゆったりとしたチュニックはアレックスに着せてみたいやわらかな女性らしいドレスをドミニクに思いださせた。

アレックスは頬がかすかに上気している以外、まったく落ち着いているように見えた。静かにドアを閉めると、アレックスは彼と向きあった。「わたしがここにいる可能性に賭《か》けて長い道のりをいらしたのですね」アレックスはフランス語で言った。「賢明なことでしょうか」

その美しい声は冬の雪がふいに溶けてほとばしり流れるようにドミニクの体にしみこんでいく。「きみに会えるなら、きみの声が聞けるなら、世界の反対側にまでも旅しよう」

「本当に?」アレックスの声は冷たくよそよそしい。

わたしを拒むつもりなのだ。

ドミニクの唇からはことばがあふれだした。「アレックス、わたしはきみに妻になってほしいと頼みに来た。きみはわたしの子供を宿しているかもしれない。もしもそうなら、きみには夫が必要だ。わたしは……わたしはきみを養っていける。きみを見捨てたりはしない。どうかこの申し出を受けてもらえないだろうか」

アレックスはゆっくりと部屋のなかへ入ってきたが、彼のそばで足を止めず、窓辺まで行くと外を見つめた。「わたしの名誉を重んじてくださるあなたの気持ちはよくわかるけれど、お受けすることはできないわ」

ドミニクは手をこぶしに握り、舌をかんだ。まず彼女の話をすべてを聞かなければならない。

「コールダー公爵がどこのだれともわからない、しかも長年軍隊にいた外国の女と結婚するなんて。何千人ものロシア人兵士とベッドをともにした女を妻にしたなどと言われたくはないはずよ」

これはあんまりだ。「わたしと愛をかわしたとき、きみは処女だった。きみはわたしの子を宿しているかもしれない。それなのにわたしとの結婚を拒もうとするのか？　なんと頑《かたく》なで鈍いんだ」

アレックスがくるりと彼のほうを向き、今度は英語で言った。「頑なで鈍いのはあなたのほうよ！　わたしはあなたの子供を宿してはいないし、宿していたとしても、あなたとは結婚しないわ！　これほど尊大で横柄で頭が空っぽの――」

ドミニクはほっとため息をつくと、容赦なくアレックスをつかまえた。アレックスが英語で話しだした瞬間、彼はアレックスの気持ちを理解し、どうすべきかを悟ったのだ。彼は死に物狂いの激しさでアレックスにキスをした。最初アレックスは抱擁から逃れようとしたが、彼のキスがやさしくなると、それに応《こた》えはじめた。これまで満たされなかった渇望に駆られ、ふたりはむさぼるように唇を重ねた。

やがてドミニクは唇を離し、安堵《あんど》とうれしさから笑い声をあげた。「これできみはわたしのものだ、アレックス。わたしに向かってまくしたてた瞬間、きみは気持ちを表してしまったね」彼はアレックスの手を唇に押しあてた。そしてひと言しゃべるごとに、ほっそりとしながらも力強くて美しいその手にキスをした。「きみを愛している、アレックス」彼は手を離さずに待った。

「あなたを欺こうとしてもだめね。うまくいかないとわかっていたわ。わたしはあなたを愛してはいるけれど、子供を宿してはいないのよ、ドミニク。あなたとは結婚しないわ。わたしはあなたにふさわしくないんですもの」

彼はそのことばに取りあわなかった。アレックスは自分を愛してくれている。それ以外のことはどうでもよかった。アレックスを抱きあげると、彼はその場を何度も何度もまわった。それからアレックスを下ろし、革張りのソファに隣りあって座らせた。「きみとわたしは愛しあっている。それで充分じゃないかな。わたしにはほかのどんな女性をもきみのようには愛せない。きみが拒めば、わたしは絶望の淵《ふち》に突き落とされる。きみがいなければ、生きていけないんだ。わたしの妻になってほしい」

アレックスが小さな悲鳴をあげた。

「しかし、もしもきみがわたしとの結婚を拒みたいなら、軍隊生活に戻りたいなら、きみに無理強いをするつもりはない。わたしはきみのすべて、きみが築きあげてきたすべてを尊んでいる。だからこれ以上きみを苦しめずにイギリスに帰る。しかしこれだけは言っておく。きみがわたしの妻になってはいけない理由などなにひとつないんだ。名誉はなにひとつ損なわれない。わたしを愛してくれているなら。

きみがそう望むなら。わたしの最も大切な望みはきみに受け入れてもらえることで、決めるのはきみなんだ」ドミニクはアレックスの肩から下ろした手を膝の上で握りしめた。そしてその手を見つめて待った。

沈黙が流れた。

アレックスはうつむいているドミニクの頭と握りしめた手を見つめた。地位も力もあり、公爵でもある彼が妻になることを無理強いせず、ただ妻になってほしいと頼んだだけで、返事を待っている。

彼はわたしを愛していると言ってくれたわ！　まるでわたしがすべてであるかのようにキスをしてくれた。結婚しても名誉はなにひとつ損なわれないと言ってくれた。わたしとの結婚は由緒ある彼の家名を傷つけないのだろうか。彼は傷つけるとは考えていないらしい。

彼の愛が本物で、わたしを妻にしたいという彼の気持ちはわかった。アレックスはふいに彼との生活が目に浮かぶような気がした。愛により結ばれた夫婦。足元には子供たち。ああ、彼を拒むことはできない。彼を絶望の淵に突き落とすことは。

彼は身じろぎひとつしていない。わたしを見ていない。見られないのでは？

ああ、ドミニク、そう信じたい。

彼のことばが混乱した頭のなかに静かに反響する。強く、ゆるぎなく。彼がそこまで確信を持っているなら、彼の判断を信頼していいのでは？　なんといっても、彼はわたしを愛してくれているのだ。全存在を懸けて。わたしが彼を愛しているように。

アレックスは深く息を吸いこみ、ついに沈黙を破った。「名誉はなにひとつ損なわれずに？」

ドミニクが顔を上げた。その目は希望に輝いていた。アレックスはことばを失い、彼を見つめて自分の深い思いをまなざしで伝えようとした。それはうまくいったらしい。彼が手を差しだした。「名誉はなにひとつ損なわれずに」それは誓いだった。

アレックスは微笑《ほほえ》み、彼の手に手をあずけた。

「さてそろそろイギリスの風習に切り替えるときだ」

アレックスは目をしばたたいて彼を見た。

「きょう一日は宝石で飾って香を焚《た》いた豪華なロシア式ですごしたからね。指輪は交換したし、ワインは飲んだし、冠もかぶった。ようやくふたりきりになったのだから、素朴なことがしたいよ。素朴で親密なことがね」

アレックスはことばにつまり、頬を染めた。きょうは何度も顔を赤らめたが、今度こそ彼の言った意味は取りちがえようがない。ふたりはいまサンクトペテルブルクの家の玄関にいる。この家はふたりが初めて愛をかわした場所だった。それに今夜は結婚初夜でもある。

「きみが頬を染めるのは大好きだよ。さあ」彼はアレックスを抱きあげて廊下を進み、階段を上りはじめた。「寝室に行こう」

「ドミニク！　だめよ！　使用人に見られたらどうするの？」

「使用人は自分にとってよかれと思ったら、引っこんでいるだろう。それにこれは風習なんだ。頬を染めた花嫁は抱かれて敷居を越えるのは」

アレックスは彼の肩に頬をうずめて微笑んだ。これが愛しあう男と女というものなのだ。いま自分は女であり、女として彼を求めている。

彼が肩で押してドアを開け、大きなベッドにアレックスをそっと横たえた。それからベッドの端に腰を下ろして笑みを向けた。「きみの家族が飾りつけた宝石を全部はずしてもかまわないかな？」彼はアレックスのブレスレットやブローチをやさしくはずした。それに刈りこんだ髪を覆うベールにはめたダイヤモンドの飾り輪も。「きみの髪が伸びたら、寂しくなるだろうな。男の子のような魅力が恋しくなりそうだ」

「まあ、いやな人ね！」アレックスは体を起こし、彼に飛びかかろうとした。が、彼はその腕をつかみ、自分の首にからませた。「男の子のような魅力はいつか消えても、わたしの愛はいつもあるわよ」アレックスは彼の髪に指をもぐらせ、キスを求めて唇を差しだした。でもそれでは足りない。彼のあらゆる場所に触れ、ひとつになりたい。アレックスは彼も同じ気持ちでいるのを感じとった。

彼がアレックスのくるぶしに手をやり、ゆっくりと脚に沿ってすべらせた。シルクとレースの婚礼衣装が泡立つ滝のようなひだをつくった。

「ドミニク、あなたがほしいの。いま」

彼はうめき声で応えたので、アレックスは彼を引き寄せた。

「いま？」

アレックスは彼の腰に両手を当て、指をくいこませた。「いますぐよ！」

「満足した？」

「いまのところはね」アレックスはけだるげな笑顔で彼に答え、彼の顔をつぶさに覚えておこうとした。この瞬間を記憶に刻み、年老いたときにも思い浮かべられるようにしておきたい。

ドミニクが笑みを浮かべながら泡立った滝のような婚礼衣装のひだをもとに戻しはじめた。「いったいこれはなんだ？」彼は何層ものペティコートをかき分け、秘密のポケットから中身を取りだした。

アレックスはじっと横たわっていた。

「これは、これは。緑色の子山羊《こやぎ》革の手袋だ」ドミニクは手袋とアレックスの赤くなった顔を見てまなざしをやわらげた。「婚礼衣装に？」

アレックスは彼の目から視線をはずせなかった。「お守りよ、ドミニク。あなたと初めてすごしたときの思い出の品はそれしかないの。あのときはこれが最後と思っていたから」アレックスは手袋の片方を取り、そのにおいをかいだ。「今夜枕《まくら》の下に置くつもりでいたの」

彼がもう片方の手袋にキスをした。「きみの香りがまだ残っている。あの夜この手袋にはずいぶんてこずらされたな」彼は手袋をアレックスに渡した。

アレックスは一対の手袋をきちんとたたみ、枕の下にしのばせた。それから彼に微笑んだ。手袋は本当にお守りとなってくれたのだ。ふたりの愛が通いあったのだから。

彼がアレックスの唇にキスをすると、隣に身を横たえた。しばらくどちらも動かなかった。いまはともにいるだけで満ち足りていた。

やがてドミニクが穏やかな沈黙を破った。「きみに言わなければならないことがあるんだ、アレックス。きみにでかしたと言うのを忘れていた」

アレックスのけだるい気分は瞬時に消えた。「なにに対して？」

「馬を隠した策略だ。きみが馬番に全部の馬を村に連れていって蹄鉄《ていてつ》をはめなおしてもらうよう命令したのだとわかるまで、何日もかかった」

アレックスは笑い声をあげた。

「いまごろ馬番はイギリス人というのはみんな完全に頭がどうかしていると思いこんでいるよ」

「そのとおりだわ。あなたを見れば一目瞭然《りょうぜん》よ！それにフランス人もおそらく同じように思っているのではないかしら」

「フランス人も？」

「〈リオン・ドール〉で馬を残らず救ったのはあなたですもの」彼の表情を見て、アレックスはやっぱりと思った。彼の体の重みを全身で受けたとき、そう悟ったのだ。

「あの小柄なフランス娘……。あれはきみだったの？」

アレックスはうなずいた。彼の驚いた表情を見ると、魂が癒《いや》されるようだった。すると彼がアレックスを悩ませたように、アレックスも彼を悩ませていたのだ。

彼が眉をしかめて頭を振った。「あのフランス娘を、きみを頭から追い払うことができなかった。きみの夢を、ナイフを持ったきみの手の夢をしょっちゅうみた。ああ、アレックス、わたしはきみに取りつかれていたんだよ。そのうちもっと魅惑的な女性がきみと入れ替わった」

「あら。どなたなの？」アレックスは笑いたいのをこらえた。

「とてもわずらわしいひものついたドレスを着た小柄なスコットランドのレディだ」彼がにやりとした。

アレックスはとても満足して微笑んだ。

「われわれはなんと不似合いな夫婦だろう」彼はいまにも噴きだしそうに言い、仰向けに姿勢を変えて天蓋《てんがい》を見つめた。「それでも結婚した。イギリス人公爵ドミニク・エイキンヘッドとその妻軽騎隊大尉」

アレックスは彼の頬にキスをした。「ザス少佐はあなたがスパイではないかと疑っているわ」

ふいに彼が身をこわばらせた。「わたしはスパイだ」

アレックスは凍りついた。口のなかに残る彼の味が苦いものに変わった。

「きみもスパイだよ、アレクセイ・イヴァノヴィッチ」

アレックスはさらに凍りついた。

「そうでなければ、英語は話せないと嘘《うそ》をつく必要

「わたしはきみのものだ」彼が先を続けた。「きみとわたしは硬貨の両面のようだね。片方を取れば、もう片方もついてくる。異なっているのに同じものなんだ」彼はアレックスの頭のてっぺんにキスした。

アレックスはことばもなく、彼の手を取ると唇に寄せた。それからその手を自分の胸に戻した。「あなたは一度もきかなかったわ」

「いつかきみが話してくれると思ったからだ。待つのは平気だった」

「まあ」彼はわたしを愛し、わたしと結婚してくれた。それでもなお、わたしの秘密を知るのは待つつもりでいる。わたしが打ち明ける気になったときまで。「あなたはもう充分待ってくれたわ」アレックスは彼の腕のなかで体の向きを変え、彼の顔を見つめた。

そしてすべてを彼に語った。軍隊ですごした楽しい子供時代から、結婚させられようとして家を出たことはない」

「嘘をついたわけではないのよ、ドミニク」ついさっきアレックスは怒りにまかせてしゃべってしまったが、いまはわからなかった。彼はどうするつもりなのだろう。

「わたしにはなぜきみが皇帝随行団の一員に選ばれたのかがわからなかった。きみが英語を話せるとわかれば、簡単だったが。きみの任務はスパイすることだったんだ。わたしの任務がそうであったように。これで五分五分じゃないかな」

彼がアレックスをうしろから抱きしめた。彼の規則正しい鼓動が背中に伝わってくる。アレックス自身の速い鼓動とは対照的だ。

「なにも心配いらない、アレックス。きみはわたしのもので――」

アレックスは身をこわばらせた。わたしは物のように所有されるつもりはないわ！

こと、軽騎隊で幸せな生活を見つけたことまでを。

「軍隊仲間とともに笑ったり戦ったりする生活ほど充実したものは考えられなかったわ。でもあなたと出会って、それまでの安定した生活がすべて狂いだしてしまったの。あなたがここまで追ってきてくれなかったら……」

彼がアレックスの頬に触れた。「そうせずにはいられなかったんだ。カースルレー卿《きょう》はわたしの動機を疑っているのではないかな」

「カースルレー卿があなたを送りこんだの？　ロシアでスパイ活動をさせるために？」

長い沈黙があった。「そうだ。でも活動はしていない。それよりもきわだって優秀な若い男を追跡するのに忙しかった。その男は……男でないとわかった」彼はアレックスの耳たぶをかんだ。「わたしがわたしの国を愛しているように、きみがきみの国を愛しているのはわかる。きみがロシアの利となる諜報《ちょうほう》活動をしないと約束するなら、わたしもロシアに不利となる諜報活動をしないと約束しよう」

「それは同等の取引じゃないわ、ドミニク。そう簡単にはだまされないわよ。わたしがロシアの利になる諜報活動をしないなら、あなたもイギリスの利になる諜報活動をすべきじゃないわ」

「理屈をこねる奥方だな！」彼はくすくす笑った。「これはおもしろくなりそうだ。でもひとつ忘れているよ。きみはそもそも半分しかロシア人じゃないうえ、イギリス人と結婚した。スパイとして活動するなら、イギリスのためにすべきじゃないかな」

アレックスは黙って考えた。彼の意見は筋が通っている。わたしはもはやロシア人ではない。イギリス人公爵の妻であり、イギリス人なのだ。心の片隅でだけロシア人であればいい。彼に結婚指輪をはめてもらったとき、わたしはそれを受け入れたのだ。

「それは架空の話よ、ドミニク。イギリスの公爵は妻にスパイなどさせないわ」

「ところがこの数年間、わたしと兄弟で結成しているエイキンヘッド・オナーズは諜報活動で優れた成果をおさめてきているんだ。エース、キング、ネーヴ、テンの小さな集団なんだが、クイーンだけが欠けている」

アレックスは思わず鋭く息を吸いこんだ。

「テンはジャックの友人のベンだが、女性の役が必要なときはかわいそうに彼が女装をしてきた。ベンはまずまずうまくやっているよ。もっとも男装したときのきみに比べれば雲泥の差だが」

アレックスはくすっと笑った。

「われわれの集団に本物の女性がいれば、みんなどれだけ楽で安全になるだろう」

「わたしに仲間に加われというの?」

彼はアレックスの髪に頬ずりした。「命令じゃない。頼んでいるんだよ。断ってもかまわない。断られたら、二度とこの話は持ちださない」

ドミニクは待った。だが、アレックスはこう言っただけだった。「ロシアに不利な諜報活動はしないでおきましょうね」

「しない。それは約束する」

アレックスは心からの笑顔で応えた。「言っておきますけど、対フランスのスパイ活動の経験はかなりあるの。それで仮面舞踏会のときに将校仲間たちが賭《かけ》をしたのよ。わたしがフランス人農婦に変装したのを知っているから。でもレディに扮《ふん》するのは無理だろうと考えたの」

「ほう。で、きみが仮装した理由は賭だけのためなのかな」

「それは……スパイもすることになっていたわ。でもそれはしなかったの。もっと楽しいことがあったから」アレックスはそれ以上質問されないように彼の唇に指を当て、にっこりした。「仮面舞踏会に行けば会えると思っていた人とね」

「なるほど」

アレックスはドミニクの首に両腕をからませ、彼の名をささやいた。

ドミニクが小さくあえいでから、アレックスを引き寄せようとしたが、アレックスは彼をうしろへ押し戻した。まだ尋ねなければならないことがある。

「ドミニク、あなたのお母さまにはなんと話すの？」

「母にはもちろん手紙を書く。予想どおりロシアでスコットランド人のアレクサンドラを見つけたと知らせるつもりだ。そしてそのアレクサンドラと結婚したと」

「わたしの……わたしの過去も話すの？」

彼がアレックスの背中に手を当て、ゆっくりと下へすべらせた。その手でヒップを包みこむと、アレックスの髪にキスをした。「それはなにも話さない。ロシアから送った手紙は行方不明になったり、途中で開封されたりすることがあるからね」

アレックスは吐息をもらし、体の力を抜いた。

「それにわたしが勝手にきみの秘密を明かすわけにはいかない。母にはきみがいいと判断したときに話せばいいことだ」

「あなたの兄弟には？」

「それもきみが決めることだ。言っておくけれど、レオは怪しんでいるよ。ハリエットおばさんもだ」

「どうしてハリエットおばさんが？」

彼がアレックスのお尻を軽く叩《たた》いた。「きみがへまをしたんだよ。ロンドンのわたしの家で晩餐《ばんさん》会を開いたとき、きみは、ハリエットおばさんにだまされてしまった。おばさんがぼけた年寄りのレディだとね。ところがハリエットおばさんは頭が切れて、気丈で、勇敢なんだ。いろんな意味できみに似ている。きみの行いから、おばさんはきみが英語を理解するのに気づいた。でも心配しなくていい。おばさんはレオと同じく口が堅いからね。ロンドンに戻ったら、きみからおばさんに話すといい」

気がかりなことがもうひとつ生まれた。これが最後であればいいのだが。「ロンドンに戻ったら?」

アレックスは小さな声で尋ねた。

「きみさえよければ、しばらく旅行をしてすごすのもいいんじゃないかと思っている。そのあいだにきみの髪も伸びるしね。メグがきみの手に塗る、とてもいいクリームがあると言っていたよ。日焼けに効くローションも。塗る役はわたしが喜んで務めよう」彼は指先でアレックスの頬を撫《な》でた。

「まあ、メグとそんなことを企《たくら》んでいるの? わたしは裏切り者に囲まれているのね! サーベルをそばに置いて寝なければならないわ」

「もちろんそうしてかまわないよ。夫に切りつけるようなことがなければいいが。死刑に値する重罪だ」

「本当に? だとすれば、コールダー公爵をおとなしくさせるにはほかの方法を考えなければだめね」アレックスは彼の上に乗り、彼の肩を両手で押さえつけた。

ドミニクがじっとしたままアレックスを見つめる。「降参だ。非力な民間人対熟練した騎兵ではどうしようもないよ」

アレックスは乾いた唇をなめた。「教訓にすることね」そして唇を彼の唇に重ねていった。

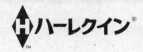

ハーレクイン・ヒストリカル・スペシャル　2011年2月刊（PHS-10）

仮面舞踏会は公爵と
2025年5月5日発行

著　　者	ジョアンナ・メイトランド
訳　　者	江田さだえ（えだ　さだえ）
発 行 人	鈴木幸辰
発 行 所	株式会社ハーパーコリンズ・ジャパン 東京都千代田区大手町 1-5-1 電話 04-2951-2000（注文） 0570-008091（読者サービス係）
印刷・製本	中央精版印刷株式会社
装 丁 者	橋本清香［caro design］

ISBN978-4-596-72811-1 C0297

5月14日発売

ハーレクイン・シリーズ 5月20日刊

ハーレクイン・ロマンス

愛の激しさを知る

赤毛の身代わりシンデレラ	リン・グレアム／西江璃子 訳	R-3969
乙女が宿した真夏の夜の夢〈大富豪の花嫁にII〉	ジャッキー・アシェンデン／雪美月志音 訳	R-3970
拾われた男装の花嫁《伝説の名作選》	メイシー・イエーツ／藤村華奈美 訳	R-3971
夫を忘れた花嫁《伝説の名作選》	ケイ・ソープ／深山　咲 訳	R-3972

ハーレクイン・イマージュ

ピュアな思いに満たされる

あの夜の授かりもの	トレイシー・ダグラス／知花　凜 訳	I-2851
睡蓮のささやき《至福の名作選》	ヴァイオレット・ウィンズピア／松本果蓮 訳	I-2852

ハーレクイン・マスターピース

世界に愛された作家たち
～永久不滅の銘作コレクション～

涙色のほほえみ《ベティ・ニールズ・コレクション》	ベティ・ニールズ／水月　遙 訳	MP-118

ハーレクイン・プレゼンツ作家シリーズ別冊

魅惑のテーマが光る
極上セレクション

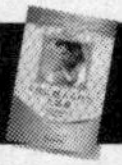

狙われた無垢な薔薇《リン・グレアム・ベスト・セレクション》	リン・グレアム／朝戸まり 訳	PB-409

ハーレクイン・スペシャル・アンソロジー

小さな愛のドラマを花束にして…

秘密の天使を抱いて《スター作家傑作選》	ダイアナ・パーマー 他／琴葉かいら 他 訳	HPA-70

文庫サイズ作品のご案内

◆ハーレクイン文庫・・・・・・・・・・・・・・毎月1日刊行
◆ハーレクインSP文庫・・・・・・・・・・・・毎月15日刊行
◆mirabooks・・・・・・・・・・・・・・・・・・毎月15日刊行

※文庫コーナーでお求めください。

ハーレクイン”の話題の文庫
毎月4点刊行、お手ごろ文庫！

4月刊
好評発売中！

ダイアナ・パーマー
傑作選
第2弾！

『あなたにすべてを』
ダイアナ・パーマー

仕事のために、ガビーは憧れの上司J・Dと恋人のふりをすることになった。指一本触れない約束だったのに甘いキスをされて、彼女は胸の高鳴りを抑えられない。

(新書 初版：L-764)

『ばら咲く季節に』
ベティ・ニールズ

フローレンスは、フィッツギボン医師のもとで働き始める。堅物のフィッツギボンに惹かれていくが、彼はまるで無関心。ところがある日、食事に誘われて…。

(新書 初版：R-1059)

『昨日の影』
ヘレン・ビアンチン

ナタリーは実業家ライアンと電撃結婚するが、幸せは長く続かなかった。別離から3年後、父の医療費の援助を頼むと、夫は代わりに娘と、彼女の体を求めて…。

(新書 初版：R-411)

『愛のアルバム』
シャーロット・ラム

19歳の夏、突然、恋人フレーザーが親友と結婚してしまった。それから8年、親友が溺死したという悲報がニコルの元に届き、哀しい秘密がひもとかれてゆく。

(新書 初版：R-424)

※ハーレクインSP文庫は文庫コーナーでお求めください。